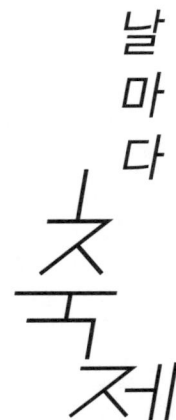

날마다

축제

날마다 축제

초판 발행/2004년 3월 25일

지은이/강영숙
펴낸이/고세현
편집/김정혜 문경미 안병률 최은숙
미술·조판/이선희 정효진 신혜원
펴낸곳/(주)창비
등록/1986년 8월 5일 제85호
주소/우편번호 413-832 경기도 파주시 교하읍 문발리 파주출판도시 42블록 5
전화/031-955-3333
팩시밀리/영업 031-955-3399 · 편집 031-955-3400
홈페이지/www.changbi.com
전자우편/literat@changbi.com

날
마
다

축
제

강영숙
소설집

차 례

씨티투어버스

공항폐쇄조치가 예고된 그 여름, 밤이 되면 나는 온몸의 상처를 죄다 가리는 검은색 터틀넥 원피스를 입고 씨티투어버스를 탔다. 버스 안에서 내다보는 여름밤의 도심은 뜨거운 황색의 물결을 이루어 일렁거리다가 어느 순간 정지된 홀로그램 화면처럼 차갑게 얼어붙곤 했다. 밤이면 가끔 바람이 불기도 했지만 그때의 바람은 거대한 시멘트 건물들 사이를 휘돌던 복사열의 불규칙적인 충돌에 지나지 않았다. 시간은 여름의 정점을 향해 빠르게 움직이고 있었다.

공항폐쇄조치가 예고된 날, 사람들은 모두 길거리로 나와 삿대질을 해가며 입에 거품을 물었다. 무엇 하나 제대로 돌아가는 것 없는 나라에 사는 국민들은, 모든 상황이 정상화될 때까지 폐쇄된 자국 영토 내에서 꼼짝할 수 없으며, 어쨌든 우리들끼리 잘 지내고 있어야 한다는 것을 표면적으로는 잘 받아들였다. 처음엔 거리로 나와 흥분하던 사람들도 달팽이가 더듬이를 감추고 껍질 속으로 쏙 들어가듯, 시간이 흐르자 집으로들 들어가 틀어박혔다.

웃지 못할 일도 있었다. 가까운 이웃나라에서 급히 날아온 비행기들이 궁둥이는 땅에 대지도 않은 채, 정체를 알 수 없는 물건들을 투하하고는 도망치듯 날아갔다. 자국에는 더이상 놔둘 수 없는 오만가지 배양 세균들, 실험 도중 알 수 없는 이유로 죽어버려 용도폐기된 일단의 희귀동물들, 인종차별적이고 성차별적 시각이 적나라한 화질 나쁜 섹스비디오 테이프들. 무엇보다 관심의 대상이 됐던 것은 썩은 밧줄에 묶여 내려온 미친개 한마리였다. 개는 낯선 나라의 드넓은 공항에서, 해가 기울고 달이 뜨고 새벽이 오는 걸 보며 고국에서의 지나간 추억을 그리워했을 것이다. 공항 관계자들이 그 이상한 것들을 모두 어떻게 처리했는지 저녁 뉴스에서는 더이상 다루지 않았다.

내 남편이었던 R──그가 결혼했다는 소식을 최근에 들었다──과는 예전의 햇살 따뜻하고 몸 튼튼하고 경제적으로 호황이던 시절에 만나, 길고 긴 불황의 피크였던 그 시절에도 함께 살고 있었다. 순리대로라면 늙고 병들어 상대가 죽는 순간까지 지켜봐야 했으나, 그와 나는 상대가 눈앞에서 왔다갔다하는 집안의 공기조차도 참을 수 없어했다. 그럼에도 불구하고 R과 나는 직장인으로서 열심히 일했다. R은 포크와 나이프와 접시를 만들어 파는 식기 제조판매회사에 성실하게 다녔으며, 나 또한 최신식 복덕방인 부동산 임대회사에 열심히 다녔다. 그는 늘 흥얼거리던 유행가의 한 소절에서 착안하여 보라색 나팔꽃 모양의 접시를 생산하자고 제안하기도 했고, 옛날 고무신 모양의 그릇을 만들자는 아이디어를 내서 '그해의 우수직원'으로 뽑히기도 했다.

십분 동안 모든 전기가 끊긴 최초의 정전사태가 일어난 날 밤이었다. 아파트 밖에서 긴 싸이렌 소리가 들려왔다. 텔레비전 화면이 먼저 꺼졌고 실내의 모든 전기가 툭툭 꺼졌다. 올 것이 왔네. R이 말했다. 그 십분 동안 그는 베란다로 나가 서 있었고 나는 접시에 있던 참외껍질을 씹어먹으며 씽크대 앞에 서 있었다. 전기가 다시 들어오자 목운동을 하며 거실에 앉아 있던 그가 입을 열었다. 미리 겁을 주는군, 이제 세상은 어떻게 되는 거지? 나는 달리 할말이 없었다. 겁이 나지만 죽기야 하겠어. 그렇게 대답하며 평소같이 그의 머리를 가볍게 툭 쳤다. 근데 왜 머리를 때리냐? 그가 과민하게 반응했고 우리는 장난삼아서 서로의 몸을 툭툭 치기 시작했다. 그러다가 내가 팔뚝을 꼬집자 그가 방바닥에 있던 신문을 반으로 접어 내 얼굴을 때렸다. 점점 더 힘이 들어간 터치가 몇번이나 오갔다. 아니 이게 진짜. 그가 갑자기 한쪽 다리에 힘을 주고 반쯤 몸을 일으킨 상태에서 내 뺨을 갈겼는데 정신이 번쩍 들었다. 이게? 예의 없이 이게라니! 나도 화가 나서 그의 어깨를 세게 밀쳤다. 그리고 계속 돌진, 그를 의자 아래 바닥으로 넘어뜨리고 재빨리 배 위에 올라탔다. 그는 내가 깔고 앉자 꼼짝도 못하고 한숨만 휘휘 내쉬었다. 그러나 그것도 잠깐, 그는 용케도 몸을 빼 벌떡 일어나 앉더니, 내 팔과 다리를 뒤로 모아 활 자세를 만들고는 마구 발로 차기 시작했다.

　너 꼭 소 같다. 싸움이 일시 중지됐을 때 그가 말했다. 하긴 밥을 그토록 처먹어대니 기운도 좋겠지, 처먹고 또 처먹고. 그의 말은 다 맞았다. 내가 그렇게 소처럼 기운이 좋을 줄은 나도 몰랐다. 그래서 나는 자신감을 갖고 일어나 그에게 달려들었다. 그래 나 소다, 소답게 행동해주지. 그렇게 싸움은 계속됐고 우리가 그러는 동안 거실 어항 속의 물고기는 동서로 빠르게 왔다갔다했다.

액체 근육진정제를 듬뿍 바르고 온몸의 상처를 죄다 가리는 검은색 터틀넥 원피스를 입었다. 전보다 살이 쪄서 옷이 몸에 꽉 끼었다. 그는 오래 전에 사다 냉장고에 넣어둔 훈제족발을 먹으며 텔레비전을 보았다. 허기가 지긴 마찬가지였지만 유통기한이 한참 지났을 거라는 생각에 이르자 미련이 없어졌다.

그날 서점이며 길거리를 돌아다니다가 발견한 것이 광화문 네거리에 서 있던 씨티투어버스였다. 버스는 외국 여행객들의 시내관광을 위해 운행하지만 누구나 자유롭게 탈 수 있다고 했다. 삼십분 가량 정류장 앞에 서 있었는데 타는 사람이 많지 않았다. 서류가방을 들고 양복을 입은 남자 하나와 외국인 노부부가 승객이었다. 버스 안은 냉방장치가 잘 되어 있어 시원하고 쾌적했다. 한밤중에 도심을 뱅글뱅글 돌아 처음 탔던 자리까지 데려다주는 버스가 있다니 참 신기했다. 양복을 입은 남자는 서류가방을 그러안은 채 잠이 들었고, 외국인 노부부는 삐삐 마른 팔로 창밖을 가리키며 작은 목소리로 소곤거렸다. 오른쪽 갈비뼈 부근과 등이 아팠지만 머릿속은 오히려 맑아졌다. 가끔씩 눈을 뜨고 해가 지는 거리를 내다보다가 다시 눈을 감았다. 그때 갑자기 들소떼가 보였다. 천둥과 번개가 동시에 몰아치는 듯한 소리가 들려왔고, 무섭게 살이 찌고 흰 뿔이 달린 들소들이 대평원의 한 지점을 향해 미친 듯이 달려가고 있는 게 보였다. 멀리서 들리던 북소리 행렬을 눈앞에서 맞닥뜨린 것처럼 심장이 두근거렸다. 나는 온몸이 움츠러들어 눈을 꼭 감았다.

날이 갈수록 그와 나는 자주 싸웠다. 아주 사소한 것에서 출발한 싸움도 꼭 육박전으로 이어졌다. 그는 나를 무섭게 때렸다. 그렇다고 얼어맞고만 있을 내가 아니었다. 속전속결일 때는 그의 주먹이 효과가 있었지만, 말꼬리를 잡느라 한 말 또 하고, 뚜렷한 이유도 승산도 없고, 점점 지리멸렬한 싸움이 될수록 내가 더 오래 버텼다. 그렇게 싸우고 나면 구운 식빵에 딸기잼을 바르고 그 위에 또 땅콩잼을 발라 대여섯 개쯤 먹어야 조금은 느긋하고 아둔한 기분이 되었다.

어느 금요일 밤, 아홉시에 출발하는 씨티투어버스를 탔다. 시에서는 공항폐쇄조치가 내려지는 날까지, 국내에 들어와 있는 외국인들의 불안감 해소 차원에서 씨티투어버스의 운행을 중단하지 않겠다고 발표했다. 외국인들은 혹시 일어날지도 모르는 대규모 건물 테러와 교통수단 운행 마비 등을 우려해, 낮에는 호텔방에 들어앉아 있다가 밤이 되면 밖으로 몰려나와 산책을 하거나 맥주를 마셨다. 그들은 기회 있을 때마다 이곳이 얼마나 위험한 지역인가를 실감한다며, 무사히 빠져나갈 날만 기다린다고 말했다.

발목 끝까지 내려오는 똑같은 디자인의 일자 원피스를 입고, 하나같이 헤어밴드를 두른 뚱뚱한 아프리카 여자들 네 명이 버스에 올라탔다. 또 콧날이 오똑하고 키가 큰 외국인 남자 두 명과 엉덩이와 가슴만 겨우 가린 과다노출 상태의 외국인 여자 두 명이 함께 올라탔다. 아프리카 여자들은 자기 나라 이름을 주문처럼 외면서, 오랜 불황에 빠진데다 공항폐쇄 예고조치까지 내려진 이 나라에 자기들이 오게 된 건 명백히 신의 저주라며 울상을 지었다.

또 남편과 싸우고 황색의 밤거리로 나오다! 나도 모르게 픽 웃음이 나왔다. 손에는 소주를 담은 생수병을 들고 통로 왼쪽 자리 중간에 앉아 있었다. 화장품과 영화 카탈로그, 지하철 노선안내도와 머리핀이 뒤엉켜 있는 가방 한구석에서 은박지에 싼 햄을 꺼냈다. 생수병을 입에 대고 조심스럽게 마신 후 햄을 한입 베어먹고 창밖을 내다봤다. 세상이 뒤집혀 이런저런 것들의 생산이 중단되면, 분홍색 햄덩어리의 특이한 생김새와 짭짜름한 맛이 그리워질 것 같았다.

버스가 남대문시장에 도착했을 때 검은 비닐봉지를 든 젊은 남녀 외국인들이 무리지어 버스에 올라탔다. 짐작하기로는 용산 미군기지에서 내릴 사람들이었다. 그들은 자리에 앉자마자 큰 소리로 떠들기 시작했다. 솔직히 말해, 너 어제 돈 잃었지? 이제 나한테 돈 빌려달라고 하지 마, 이제 나 돈 없다. 그 일행이 얼마나 큰 소리로 떠드는지 앞에 앉은 아프리카 여자들도 뒤를 돌아보며, 정말 교양 없는 애들도 다 있다는 표정으로 중얼거렸다. 앞쪽에 앉아 있던 두 쌍의 외국인들조차도 그들의 거침없는 소란에 노골적으로 신경질을 냈다. 그때 통로 오른쪽 앞자리에 조용히 앉아 있는 사람의 흰 셔츠자락과 팔이 보였다. 차 안이 너무 소란스러워서 다른 승객이 있는 걸 몰랐던 것이다.

앞쪽에 앉은 두 쌍의 외국인 중 짧은 머리를 노랗게 염색한 여자가 벌떡 일어나더니 운전기사에게 다가가, 왜 버스 안에서 담배를 피울 수 없느냐고 항의를 하기 시작했다. 이렇게 밤이 근사한데 여기서 우리가 담배를 피우면 얼마나 좋을까요? 그 여자 말의 요지는 그랬다. 운전기사는 절대로 있을 수 없는 일이라며 오히려 여자에게 간청했다. 세상의 어떤 나라가 차 안에서 담배 피우는 걸 그냥 둡니까? 다른 손님들이 싫어합니다. 뒤이어 여자가 기사에게 말했다. 그렇지 않아요, 다른 사람들도 좋아할걸요. 공항폐쇄까지 될 마당에 이까짓 담배 하나 가지고 진짜 신경질나게 하네. 그때 내 앞자리에 앉은 외국인 중 흰 모자를 쓴 남자가 갑자기 뒤를 돌아보더니 날 보고 웃었다. 그의 모자 뒤엔 쌘디에이고라고 씌어 있었다. 오래 전 직장동료는 쌘디에이고 항구가 아름답다는 말을 했었다. 그는 혼자 여름휴가를 보내던 울릉도에서 죽었다. 바다와 가장 가까운 바윗돌 위에서 놀다가 파도에 휩쓸려 사망한 것으로 추정되었다.

명동을 지나면서 도로가 정체상태에 빠졌다. 차들은 움직이지도 못하고 서 있는데 딱정벌레처럼 붉고 검은 색깔의 싸이클 운동복을 차려입은 산악자전거족들만 용이하게 빠져나갔다. 땅속에 비축해둔 기름을 아껴야 한다고 캠페인을 했지만, 사람들은 그러거나 말거나 여전히 자동차를 몰고 거리로 나왔다. 차 안에서 담배꽁초며 음료수 깡통을 마구 내던지고, 라디오 볼륨을 잔뜩 높인 채 목청껏 노래를 따라 불렀다. 그때 황색의 거리에는 공항폐쇄가 예고된 상태의 팽팽한 긴장감도 있었지만 될 대로 되라는 식의 일탈 욕구도 함께 있었다. 그때까지도 뒤에 앉은 외국인들은 계속해서 떠들어댔다. 그들의 목소리가 점점 높아지고 말이 길어질수록 나는 무슨 소린지 알아들을 수가 없어 피로를 느꼈다. 그때, 앞에 앉은 아프리카 여자들이 어깨를 위아래로 들썩거려가며 알 수 없는 노래를 합창하기 시작했다. 멜로디는 익숙한 것 같았지만 아는 노래는 아니었다. 여자들의 목소리는 느리고 구성졌다. 그때 툭 툭 툭, 도심의 불빛들이 여기저기서 순서도 없이 꺼지기 시작했다. 사람들은 공항폐쇄가 예고된 이후 발생하는 정전사태 때마다 눈만 동그랗게 뜬 채 동작그만 상태에서 침묵했다. 앞으로 닥쳐올 상황의 일각을 미리 본 듯 사람들은 돌처럼 굳은 채 떨고 있었다. 오 마이 갓, 누군가 작은 목소리로 말했다. 그토록 담배를 피우고 싶어하던 머리 짧은 외국여자가 결국은 담배를 피워물었고, 아무도 여자에게 담배를 꺼달라고 말하지 못했다. 아프리카 여자들은 이제

삼중창으로, 좀전보다 더 큰 목소리로 노래의 클라이맥스를 향해 치닫고 있었다. 그때였다. 천둥과 번개가 동시에 몰아치는 듯한 소리가 들려왔고, 무섭게 살이 찌고 흰 뿔이 달린 들소들이 대평원의 한 지점을 향해 미친 듯이 달려가는 게 보였다. 들소들은 겁에 질려서 무엇에 쫓기는 줄도 모르는 채 앞으로만 달리고 있었다. 나는 눈을 감을 수도 뜰 수도 없었다. 그런 정전사태가 몇분간이나 지속되었을까. 저만치서부터 황색 불빛들이 화드득 켜지기 시작했고 거리의 사람들은 제어할 수 없는 자동인형들처럼 사방으로 움직이기 시작했다.

버스는 용산 전쟁기념관 앞을 지나 이태원으로 갔다. 남대문시장에서 탄 외국인들이 용산 미군기지 앞 정류장에 모두 내렸고, 아프리카 여자들을 포함해 광화문에서 탄 외국인들은 이태원에 모두 내렸다. 운전기사는 그들에게 친절하게 작별인사를 했고 버스는 다시 출발했다. 그때까지도 앞자리의 흰 셔츠는 창가에 붙어앉아 창밖만 내다보고 있었다. 그때부터 승객은 줄곧 흰 셔츠와 나 둘뿐이었다. 광화문에서 내릴 때 잠깐 흰 셔츠를 돌아봤다. 얼굴이 아주 어려 보였는데 또 어떻게 보면 나이가 아주 많아 보였다. 남자인지 여자인지도 잘 알 수 없는 특이한 외모였지만 여자가 분명했다.

그무렵의 부동산 투자회사는 때가 때인지라, 실제로 사고파는 일은 없이 주택매매에 관한 문의전화에만 붙들려 있었다. 사람들은 우리를 무슨 점쟁이로 아는지 팔아야 할지 말아야 할지를 결정해달라고 했고, 지금 이 시점에서 재산관리는 어떻게 해야 하며, 이런 위기상황에서는 어떤 자세로 살아야 하는지도 가르쳐달라고 했다. 빌딩 매물이 나온 게 있으면 보여달라고 찾아온 한 남자가 있었다. 사업체를 운영

하고 있다는 남자는 카메라를 들고 지하부터 지상 5층까지를 샅샅이 살펴보고 일일이 메모까지 했다. 정말 치밀하고 실력있는 사람이라는 생각이 들었다. 남자는 건물의 전체적인 이미지는 물론, 실금이 간 벽의 위치와 방화시설까지도 확인을 했다. 놀랍게도 그 건물의 환기구는 뚜껑만 달려 있는 가짜였다. 그는 헤어질 때 복권이 맞으면 꼭 다시 와서 사겠다며 명함을 한장 주고 갔다.

또 한번은 다세대주택을 사겠다는 일가족 다섯 명이 찾아왔는데, 시내가 훤히 내려다보이는 전망 좋은 집을 보여달라고 했다. 부녀자들은 내 차에 태우고, 나머지 청년 둘은 택시를 타고 북한산 줄기의 평창동까지 갔다. 그들은 매매를 의뢰한 다세대주택 3층에 들어가자마자 시내가 훤히 내려다보이는 베란다와 침실, 거실 앞 창문 등에 따로따로 붙어서서는 아무 말도 하지 않고 툭 트인 시내만 내려다보았다. 이상한 낌새를 눈치챈 집주인이 자꾸만 내 얼굴을 쳐다봤다. 그들은 내가 방을 보여주고 집 구조를 설명해줘도 별 반응 없이 고개만 끄덕거렸다. 여자애들 둘이 그 집 애들 인형을 갖고 놀겠다고 떼를 쓰긴 했지만 그것도 잠깐, 그들은 모두 굼뜨게 일어나 집주인에게 인사를 했다. 그때 마침 집주인이 시원한 물이라도 마시고 가라며 생수병을 꺼내놓았다. 식탁 주위에 모여서서 컵 하나로 커다란 생수 한병을 차례대로 나눠마신 그들은, 또 차례대로 베란다 쪽으로 나가서 시원한 바람이 불어오는 도심을 한번 더 내려다보고는 조용히 그 집에서 나왔다. 계단을 내려와 현관 앞에 섰을 때 그들의 어머니가 말했다. 집이 아주 시원하네, 그래도 영세민이 젤 편해! 내가 사무실로 돌아가 날 더운데 고생만 했다고 투덜거리자, 사람들은 아직도 그렇게 사람을 볼 줄 모르다니 도저히 이해가 안된다며 혀를 찼다.

휴일이면 그는 혼자서 낚시를 갔다. 그가 낚시를 가면 나는 그가 회사에서 할인가로 사온 보라색 나팔꽃 모양의 접시에 밥을 듬뿍 담고 그 위에 고기를 얹고, 다시 그 위에 쏘스를 얹고 다시 그 위에 토마토를 얹어서 아주 천천히 먹었다. 그것도 부족하면 다시 밥과 고기와 쏘스와 토마토를 같은 순서로 똑같이 얹어서 또 한번 먹었다. 그리고 그가 낚시터에서 돌아오면 또 싸웠다. 당장은 우리의 부모로부터 시작해 점차 얼굴을 모르는 그 윗세대 부모와 집안환경까지 들먹거려가며 싸웠는데, 싸우다보면 왜 싸웠는지를 잊었다. 어쨌든 핵심은 돈 문제였다. 오랜 불황에 저축도 별로 없던 상태에서 내가 친구에게 돈을 빌려준 것이 화근이었다. 친구는 그 돈으로 온몸이 굳어가던 엄마의 수술비를 댔다. 경솔하게 돈만 빌려주지 않았어도 우린 지금보다 훨씬 괜찮았을 거야. 내가 그 돈으로 투자만 좀 했더라도 이런 상황에서 이토록 불안하지는 않았을 거야. 유가 그토록 원하는 애도 낳았겠지, 벌써 초등학교는 갔겠네. 그의 시비에 대한 내 대답은 설득력이 없었다. 그래서 인간아, 우리가 지금 굶어? 남의 집 처마밑에서 자?

그리고 그무렵 아주 놀랍게도 그에게 연애하는 여자가 생겼다는 걸 알았다. 오호 제법인데! 정말 나는 감탄했다. 그가 나보다 훨씬 가능성있는 인간임에 틀림없었다. 경찰을 불러 간통현장을 잡고, 구치소에 처넣고, 쥐꼬리만한 재산이지만 다 몰수하고 팬티만 입혀 내쫓는 것, 나 역시 모든 조강지처들의 이혼 시나리오에서 벗어나고 싶은 생각은 없었다.

그런데 흥신용역쎈터 직원인 P는 아주 바빴다. 돈을 돌려줄 테니 의뢰를 취소해달라는 말까지 했다. 남녀를 불문하고 추적 의뢰가 많아 바빠 죽겠다고 했다. 세상이 이렇게 된 마당에 사람들이 남녀관계에 집착하는 이유가 뭐죠? 내 말에 P는 인삼즙이 담긴 컵을 만지작거리며 말했다. 사람 몸이야 어디로 갑니까, 사모님. P는 두 차례 정도 남편의 뒤를 추적하고는 김빠지는 소리만 했다. 여자를 만나긴 하지만 사모님 남편은 아냐, 피씨방에 들어가서 게임이나 하구, 사람도 없는 외진 낚시터에 가서 낚시도 안하구 내 졸기만 해. 그리구 말이지 딴 여자가 생긴 남자들이 풍기는 냄새라는 게 있는데 그 아저씬 내가 볼 때 아냐. 혹시 사모님이 잘못 안 거 아냐? 그러더니 P가 인삼즙 컵을 옆으로 밀쳐놓고 몸을 탁자 쪽으로 당기며 물었다. 잠자리 같이 안한 지 얼마나 됐어? 나는 검지와 중지 손가락 두 개를 들어 보였다. 두달? 야 독하네! 그럼 맞는데 이상하네.

씨티투어버스의 도심순환코스는 총 한시간 사십분이 걸렸다. 총 아홉 개의 정류장을 거쳤고 '즐겁고 짜릿한 대탐험'이라는 글자가 언제나 머리 위 버스 천장에 박혀 있었다. 공항폐쇄 이후 씨티투어버스는 운행되지 않는다. 나는 지금도 가끔 버스 안에 앉아 있는 것 같은 느낌이 드는 순간을 경험한다. 그때 버스를 탔던 사람들은 지금 어디에 있을까.

그날은 해가 질 무렵에 버스를 탔다. 버스는 이태원 중앙 삼거리에서 신호에 걸려 서 있었다. 그때 내 자리 바로 옆으로 맥주를 가득 실은 트럭이 와 섰다. 트럭기사는 창문을 다 열어놓은 채 벌겋게 상기된 얼굴로 주변을 두리번거렸다. 잠깐 눈이 마주쳤는데 그의 검은 얼굴과 더운 입김이 차창을 통해 내 얼굴까지 전해지는 듯했다. 신호가 바뀌려는 순간 트럭기사가 옆자리에서 뭔가를 들어 내게 보여주었다. 거기에는 한글과 영어로 '오 필승 코리아'라고 적혀 있었다.

이태원에서 크라운호텔 쪽으로 내려오는 길에는 앤티크(antique)

상점들이 많았다. 상점들 앞에 켜놓은 붉은 등불들은 은은한 빛을 내고 있었다. 다 부서지고 없지만 예전의 우리집에도 고상한 밤색의 팔걸이의자가 두 개 있었다. 그 거리엔 야채행상 트럭의 스피커 소리만 요란할 뿐 오가는 사람은 없었다.

버스가 남산 국립극장 앞을 지나갔다. 결혼 초에 국립극장 맞은편의 자동차극장에서 심야영화를 봤다. 스페인 영화였는데 변심한 애인 때문에 주인공이 흰눈이 쌓인 성당 마당에서 자살을 한다. 흰눈 위에 떨어지는 붉은 피가 영화의 마지막 장면이었다. 영화를 보고 집으로 가서 밥을 비벼먹으며 재미없는 얘기를 하면서도 히히덕거리던 기억이 났다. 나는 두려움을 느꼈다. 한때 좋아하던 사람과, 서로 때리지 못해 안달하는 사람이 다른 사람이 아니라 같은 사람이라는 사실 때문이었다.

씨티투어버스가 남산 서울타워를 향해 올라갔다. 운전기사가 에어컨을 끄고 출입문을 열었다. 도심의 밤공기는 건조하고 뜨거웠지만 남산의 공기는 비교적 서늘했다. 산책로를 걷던 사람들이 텅 빈 차를 올려다봤는데 도둑고양이처럼 눈이 반짝거렸다. 우거진 나무들 아래로 언뜻언뜻 한강 불빛이 보였다.

서울타워 정류장에서는 늘 십분 정도를 쉬었다. 나는 서울타워 정상에 버스가 도착한 다음에야 뒷자리에 누가 타고 있다는 걸 알았다. 언젠가 본 적이 있는 흰색 셔츠, 바로 그애였다. 버스에서 내리자마자 그애는 접근금지구역 쪽의 쇠창살 밑으로 가서 토하기 시작했다. 그애는 흰색 셔츠와 흰색 반바지에 운동화를 신고 있었고 커다란 배낭을 메고 있었다. 나는 휴지를 들고 다가가서 물었다. 괜찮아요? 등 좀 두드려줄까요? 그애가 괜찮다고 손을 내저었다. 저만치서 담배를 피우던 운전기사가 맨손체조를 시작했다. 그때 갑자기 남산 상공에 헬리콥터가 날기 시작했다. 얼마나 낮게 날았는지 머리며 옷이 납작하게 될 정도였다. 아이구 깜짝야, 귀신인 줄 알았네. 나무 밑에 돗자리를 깔고 누워 잠자던 노인이 헬리콥터 소리에 놀라 깨서는 나한테 화를 냈다. 저승사자가 날 데리러 온 줄 알았잖아, 젊은 사람 옷이 그게 뭐야, 시커멓고 치렁치렁하고. 헬리콥터 소리가 잠잠해지기까지 노인은 눈을 감고 앉은 채 졸다가 주변이 조용해지자 옆에 누운 친구 노인들 쪽을 보고 다시 누웠다.

　버스가 출발하려고 시동을 거는데, 한 할머니가 출입문에 다리를 걸친 채 운전기사를 붙들고 승강이를 벌였다. 아 왜 시청역엘 안 가? 내가 아까 이 차를 타고 여기까지 왔어. 이 차 타고 왔으니까 이 차가 날 시청역까지 데려다줘야 할 거 아냐? 할머니 이 차는 이제 시청역에 안 가요, 시청역은 이미 지나왔다구요. 아 그래? 그럼 서대문엔 가나? 서대문도 안 가요, 어딜 가실 건지 저한테 말씀하시면 가까운 데다 내려드리고 갈게요. 젊은 사람 참 고맙네, 그럼 서울역엔 가겠지? 이 할머니 참 미치겠네, 아 젊긴 누가 젊어요, 할머니랑 나랑 몇살 차이 안 나요, 할머니 어쨌든 차에 타세요, 이 밤에 어떻게 가실려구, 애들이나 어른이나 다들, 에이! 운전기사는 화가 난 것 같았다. 자리에 앉아서 할머니와의 승강이를 지켜보던 나는 막 생수병을 입에 물고 있었다. 그때 출입문으로 그애가 들어왔고 곧장 내 앞으로 걸어와 말했다. 저 물 좀 마실 수 있을까요? 나는 이러지도 저러지도 못하고 생수병을 손에 쥔 채 가만히 있었다. 그러자 그애는 실망했는지 고개를 숙이고 제자리로 갔다. 사람이 자기도 모르게 장난기가 발동할 때가 있다. 나는 뒤로 가서 생수병을 그애에게 주고는 얼른 내 자리로 돌아온 후 뒤도 돌아보지 않았다. 미성년자는 아닌 게 분명했다.

버스가 남산 산책로를 따라 남산도서관 쪽으로 내려갔다. 밤이 되면 온몸에 잡힌 멍이 더 근실거렸다. 진통 소염제로 진정시킨 검은색 터틀넥 속은 사실 오색찬란했다. 어린애들이 조각칼로 군데군데 파놓은 고구마처럼 흉터가 생긴 팔뚝, 싸인펜이 번진 듯 불그죽죽한 가슴패기, 붉은색 파랑색 보라색으로 피부 깊숙이 박힌 멍색깔들이 아주 오묘했다. 버스가 관광객이 없어 썰렁한 신라호텔을 한바퀴 돌아 동대문운동장 쪽으로 나올 때까지 나는 연신 몸을 긁적거렸다.

뒤차와의 배차간격 때문에 동대문시장에서 오분 정도를 더 쉬었다. 대규모 의류쇼핑몰 앞에서는 여전히 댄스경연대회가 벌어지고 있었다. 커다란 쟁반을 머리에 인 채 밥배달에 나선 여자들, 커다란 보따리를 들고 택시를 잡는 상인들, 잔뜩 술에 취한 채 땅바닥에 앉아 구두는 이미 벗었고 막 양말을 벗는 할아버지, 가무잡잡한 얼굴을 잔뜩 찌푸린 채 어딘가로 가는 아랍 남자들의 무리. 나는 잠깐 공항폐쇄 이후의 동대문시장을 상상했지만 어떤 모습일지 잘 떠오르지 않았다. 꼬치와 국수를 파는 포장마차 앞에서 운전기사가 담배를 피웠다. 저, 국수 좀 드실래요? 일회용 용기에 담긴 국수 두 그릇을 든 그애가 내 옆에 서 있었다. 커다란 체구에 비해 그애의 얼굴은 아주 작고 예민해 보였다. 소주를 마신 뒤에 먹는 뜨거운 국수 국물은 뜻밖에도 통증을 가시게 하는 데 도움이 됐다.

그날 버스가 기점인 광화문에 도착한 시간은 아홉시 삼십분이었다. 서울타워에서 탄 할머니는 운전기사 바로 뒷자리에서 곤하게 자고 있었다. 내가 할머니를 깨우러 앞자리로 갔을 때 할머니의 손에는 먹다 남은 빵이 들려 있었다. 키가 크고 다리가 긴 외국인 남자 세 명이 양복주머니에 손을 찔러넣은 채 담배를 피워대며 열시에 출발하는 버스를 기다렸다. 가끔 버스에 타서 줄곧 책만 읽는 키가 작고 머리가 긴 여자애도 운동복 차림으로 그들 뒤에 서 있었다. 버스에서 내리자마자 국수를 잘 먹었다는 인사를 하려는데 그애는 금세 없어져 보이지 않았다. 외국인들은 말없이 버스에 올라탔다. 이제 이 도시에서 안전한 곳은 도심을 뱅글뱅글 도는 씨티투어버스밖에는 없다는 듯이.

홍신용역쎈터의 P는 나에게 간통을 유도하는 수밖에 없다고 했다. 남편이 기회를 만들도록 적극적으로 유도하라는 것이었다. 나는 일이 바쁘다는 핑계로 늦게 퇴근했고 지방출장을 간다며 집을 비우고 나가서 돌아다녔다. 그래도 P의 대답은 한결같았다. 그 여자랑 만나서 얘기만 한다니까요, 그 사람들 서로 안 친해요. P는 머리카락 끝을 손끝으로 꼬며 그들을 두둔했고, 그러면서 덧붙이길 그가 요즘 자주 가는 곳 중의 하나가 납골묘라는 얘기를 했다. 내가 아는 한 납골묘에 모신 조상은 그때까지는 없었다. P는 이런 시국에 한가하게 그러고 다닐 시간이 이제는 없지 않느냐며 이해해달라고 했지만 나는 뜻을 굽히지 않았다. 미장원에 가서 긴 머리카락을 가능한 한 짧게 잘라달라고 했다. 홍신용역쎈터 P가 보여준 사진 속 여자의 단발머리가 생각났기 때문이다. 머리를 다 다듬은 내 모습은 아주 단정해 보였다. 약간만 살이 빠지면 사진 속의 그 여자와 다를 게 없었다. 게다가 그 여자와 자매처럼 보일 정도로 비슷하게 생겼다는 얼토당토않은 생각까지 들었다.

그에게 전화를 걸어 밖에서 만나자고 했다. 그리고 홍신용역쎈터 P에게 전화를 걸어 그가 퇴근 후 여자를 만날 거라고 말해주었다. 그가 여자를 만나기로 한 모텔은 옆건물의 계단에서 사진을 찍어도 좋을 만큼 큰 창이 있다는 것도 말해주었다. 아울러 나는 꼭 사진을 봐야 한다는 말을 덧붙였다.

이젠 아주 미쳤구나, 사람을 이런 데까지 불러내고. 알려준 방 호수를 찾아들어온 그가 아래위로 훑어보며 말했다. 그리고 우리는 아주 오랜만에 서로 때리지 않고 얘기라는 것을 했다. 내가 까페에서 나오는 두 사람의 사진을 보여주자 그가 코웃음을 쳤다. 너 아주 미쳤구나. 그가 만나는 여자는 그가 다니는 식기 제조판매회사의 직원 부인이었다. 손잡이 부분이 기역자로 생긴 특이한 모양의 수저를 고안한 그 여자의 남편이 갑자기 쓰러졌고, 이런저런 뒷정리를 도와주느라 그 여자를 자주 만났다고 했다. 그러니까 납골묘는 그 남자가 있는 곳, 그럼 혹시 그 남자랑 좋아했던 거 아냐? 내 말에 그가 버럭 화를 내며 팔을 치켜들었다. 내가 이래서 널 때릴 수밖에 없다. 그 말끝에 내가 먼저 그를 벽으로 세게 밀어붙였다. 그는 아무런 저항도 안했다. 나는 뒤에서 그의 정강이를 발로 눌러 넘어뜨렸다. 그리고 엉덩이를 발로 차 침대 위로 쓰러지게 만들었다. 그러면서도 웬일인지 다른 때처럼 힘이 나지 않아 동작들이 마구 엉켰다. 열린 창문으로 소음이 왈칵 밀려들어왔고 온몸에 힘이 빠졌다. 그날 그가 나에게 말했다. 넌 너무 힘이 세, 이렇게 같이 살다가는 내가 잡아먹힐 거야. 그러면서 그는 미안하다고 했다. 그에게서 시큼한 땀냄새가 났다. 그 땀냄새는 사람을 고독하게 만들었다. R을 생각하면 지금도 나는 환취(幻臭)에 시달린다.

그날 나는 내 돈을 빌려가 마비상태에 빠진 엄마를 수술시킨 후 사라져 연락이 없는 친구네 집을 찾아갔다. 서울 외곽의 그 도시까지는 전철로 연결이 됐다. 가뭄이 들어 시커먼 바닥을 드러낸 하천과 높이 솟은 송전탑의 끝없는 전선들이 목을 휘감아왔다. 전철에서 보는 풍경은 내가 전에 살던 어떤 도시와 흡사했다. 껍질 벗긴 사탕을 손녀의 입에 넣어주는 할머니와 손녀의 얼굴은 묘하게도 비슷했다. 개 한마리를 안고 슬리퍼를 신은 채 전동차를 탄 여자애는 강아지 등에다 자꾸만 글자를 새겼다. 눈썹 문신을 한 중년여자는 휴대폰에 대고 온갖 쌍욕들을 쏟아놓더니만 어느새 무릎을 벌린 채 자고 있었다. 아무리 가도 사람들은 좀처럼 줄지 않았다. 그때 내가 탄 전동차의 맞은편 선로 위에 턱 버티고 서 있는 검은 들소 한마리가 보였다. 빨리 달려와, 와서 내 몸을 부숴버려,라고 들소의 눈빛이 말하고 있는 것 같았다. 들소의 환영이 두려웠다. 나는 전동차 소리를 듣지 않으려고 양쪽 귀를 틀어막았다.

술집이 성행하고 삐끼들이 판을 치는 그 도시는 불야성이었다. 몇 사람이 나타나서 광고판에 포스터를 붙이고 사라지면 또다른 몇이 나타나서 조금 전에 붙인 포스터를 떼어내고 새걸 붙였다. 길거리에서는 중국산 웅담을 팔았고 약국에서는 비아그라 유사품을 팔았다. 난전에서는 성장을 멈춘 강아지와 원숭이를 팔았고, 그 옆 난전에서는 보들보들 윤이 나는 여자들의 속옷을 팔았다. 긴 머리의 어린 여자애들은 바짓단을 땅에 질질 끌며 무리지어 광장을 오가다가 머리를 맞대고 웃었고, 그때 광장 저쪽에 있던 남자애들이 그 여자애들이 있는 쪽으로 걸어왔다.

친구네 집은 큰길에서 언덕길을 한참 올라가고 작은 골목들 여럿을 지나 거의 언덕 끝에 이르러서야 나타나는 커다란 대추나무 아랫집이었다. 시멘트 담벼락 너머로 마루며 집안이 들여다보였다. 친구와 나는 작은방에서 수다를 떨면서 밤이 되길 기다리곤 했다. 친구 언니의 원피스나 치마로 갈아입고 둘이서 돈을 모아 산 립스틱을 바르고는 밤거리로 나갔었다. 친구 엄마가 한손에 파란색 그릇을 들고 오른쪽으로 약간 기운 걸음으로 수돗가로 나왔다. 그 집의 모든 것도 언젠가는 폭삭 내려앉을 것처럼 우측으로 기울어 보였다. 그새 누가 결혼을 했는지 갈래머리를 한 여자애가 연필을 손에 든 채 방과 마루를 왔다 갔다하며 그림을 그리고 있었다. 시간이 멈춘 것처럼 그 집은 그대로였다. 친구의 엄마는 지붕 아래 매달린 백열등을 켰고 부엌으로 들어가 쌀을 가지고 나와 수돗가에 앉았다. 그러고는 하늘을 올려다보면서 뭐라고 중얼거렸다.

찐 양배추에 삶은 돼지고기 쌈이 저녁반찬이었다. 친구의 엄마는 자꾸만 내 어깨를 쓰다듬었다. 친구의 언니는 속옷차림으로 밥은 먹지도 않고 담배만 피웠다. 저렇게 될 줄 알았으면 뭐하러 수술을 했겠니, 장장 여덟시간 동안 수술을 했다는 거 아니니, 목숨은 건졌는데 완전히 정신이 나갔잖아. 하긴 밥하고 빨래하는 것만 해도 큰 축복이지. 너한테는 미안한 말이지만 우린 엄마 수술비를 빌려준 너를 원망한 적도 있어 애. 친구 언니는 골목길을 같이 걸어내려오면서 자기가 다니는 성인나이트클럽의 명함을 줬다. 우울할 때 놀러 와라 부킹 백 프로 책임진다! 과도한 헤어드라이어의 사용으로 끝이 다 갈라져버린 친구 언니의 긴 황색 머리칼을 쳐다보며 걷다보니, 어느새 불빛이 환한 대로까지 나왔다. 서둘러 탄 전철에서 안내방송이 나왔다. 이 열차는 C역까지 가는 오늘 운행되는 마지막 열차입니다. C역에서 더 먼 곳으로 가실 분들은 다른 교통수단을 이용해주시기 바랍니다. 오늘밤엔 달빛도 없습니다. 나는 갑자기 돌아갈 곳이 어디인지를 잊고 있었다. 그건 내가 세상에 나와서 들은 가장 슬픈 안내방송이었다.

　마지막으로 씨티투어버스를 탄 날은 공항폐쇄조치가 예고된 지 이십구일째 되는 날이었다. 그 무렵 R과 나는 입씨름을 하지도 않았고 때리지도 않았다. 여관에서 그를 만난 후 나는 흥신용역쎈터의 P로부터 몇장의 사진을 받았다. 사진은 아주 낯설었다. 사진 속에 있는 여자와 남자의 얼굴은 열려 있는 창틀에 걸려 아슬아슬하게 보일락말락 했다. 그러니까 목 잘린 남녀의 섹스 사진인 셈이었다. 그는 최근 잡은 사진 중에서 가장 리얼해서 마음에 든다고 했다. 역시 복고풍이 좋단 말이지, 디테일이 충분히 사는 고전적인 사진이 좋아. 나는 그에게 약속한 잔금을 치르고 영수증을 받았다. 이상하게도 헤어지자마자 그의 얼굴과 목소리가 전혀 생각나지 않았다. 집으로 돌아가서 그 사진들을 가족앨범에 붙이고 날짜와 장소를 적은 종이를 끼워넣었다.

　도심순환코스의 막차를 타기 전, 정류장에서 조금 떨어진 곳에서 반짝이는 패스트푸드점 간판을 보고 안으로 들어갔다. 노란 치즈와 두툼한 고기가 든 커다란 햄버거와 감자튀김 세트를 사가지고 밖이 내다보이는 일자형 의자에 가 앉았다. 햄버거 맛이 좀 이상했다. 쏘스는 물과 기름이 분리되어 쟁반 위로 뚝뚝 떨어졌고, 빵에서는 수돗물 냄새가 났으며 콜라 맛도 이상했다. 나는 멍하니 건너편 건물 옥상에 걸려 있는 대형 뉴스화면을 쳐다봤다. 사상 초유의 공항폐쇄, 국경폐쇄조치. 그때 가게 앞 쓰레기더미 앞에서 햄버거집 유니폼을 입은 직원이 앞치마를 두른 채 쓰레기를 분리하고 있었다. 그 직원의 발밑에 죽은 쥐가 뻗어 있었다. 그 직원이 태연히 쥐를 집게로 집어 길 옆 화단의 흙속에 파묻고는 햄버거집으로 들어왔다. 씨티투어버스에서 만난 그애였다.

버스 출발시간인 열시가 되자 그애가 배낭을 메고 씨티투어버스 정류장으로 왔다. 내가 그애한테 먼저 다가갔다. 안녕! 그애가 꾸벅 인사를 받더니 말했다. 지난번엔 감사했어요, 그래서 제가 오늘은 물을 두 병 사왔어요. 그애가 배낭을 열고 물 한 병을 꺼내주었다. 어둠속이었지만 그애의 손은 나이답지 않게 붉고 뭉툭하게 보였다. 술 취한 외국인 남자 두 명이 운전기사 뒤에 앉아 계속해서 떠들었다. 그애와 나는 생수병을 들고 통로 왼쪽과 오른쪽 자리에 따로 앉았다. 생수병에 든 것은 목줄기를 뜨끈하게 만들어주었다. 그애는 보리차를 마시듯 생수병에 든 것을 목으로 계속 넘기고 있었다. 그애한테 물었다. 지난번엔 왜 그렇게 토했어? 그애가 손등으로 입술을 문지르며 말했다. 하루종일 햄버거 냄새를 맡으면 멀쩡하던 속도 뒤집혀요. 게다가 요즘엔 재료 공급이 원활치가 않아서 옛날에 통관에 걸려 냉동고 속에 넣어두었던 것들을 꺼내다 쓰거든요. 그 냄새들 정말 끔찍해요. 얼마나 지독한지 제 몸에서 좀처럼 떠날 줄을 몰라요, 스스로가 느끼하게 생각돼서 죽어버리고 싶기까지 해요.

외국인 남자들이 귀를 붙잡고 뽀뽀를 해대고 소란을 피우다가 이태원에서 내렸고 차 안은 다시 조용해졌다. 그애와 나는 말없이 창밖만 내다봤다. 씨티투어버스는 그래도 지구는 돈다. 우리에게는 아무 일도 없다는 듯 정해진 코스를 하나도 빼놓지 않고 다 돌았다.

동대문시장에서 대학로로 진입하면서 차가 아예 움직이질 않았다. 대학로에서는 영화제가 열리고 있었다. 도로 양쪽으로 배꼽을 드러낸 채 웃는 여배우 사진이 도열해 있었다. 횡단보도 앞에서 차가 멈췄는데 사람들이 지나갈 틈새도 없이 차들이 다 점령하고 있었다. 횡단보도 신호가 저 혼자 파란불에서 빨간불로 바뀌고 있었다. 그애가 말했

다. 제가 옛날에 횡단보도 건너편에 서 있는 친구들의 얼굴을 보면서
경찰들에게 잡혀간 적이 있거든요. 횡단보도에서는 길 건너편에 서
있는 사람과 눈을 마주치기가 쉽지 않아요. 내가 아무리 소리를 질러
도 그애들은 눈먼 사람들처럼 허공만 보고 떠들었어요. 그때 잡혀가
서 얼마나 맞았는지 얼굴이 완전히 끝장나는 줄 알았어요. 물론 맞아
서 제 얼굴이 이렇게 됐다는 얘기는 아니에요. 제 얼굴은 원래 이렇게
생겼어요. 그렇게 말하는 그애의 표정은 정신나간 사람처럼 황량했다.

　차들이 전혀 움직이지 못하고 도로 위에 그냥 서 있었다. 운전기사
는 시동을 끄고 밖으로 나가 맨손체조를 했고 그애와 나도 엉겁결에
차에서 내렸다. 영화제가 열리는 광장은 울긋불긋한 장식물들과 조명
들 때문에 기온이 더 높았다. 광장 여기저기에 붙은 여배우의 휘장 사
진이 가끔씩 펄럭거렸다. 막 영화가 끝났는지 사람들이 극장에서 광
장으로 쏟아져나왔다. 한쪽에서 여자애들이 긴 머리채를 흔들며 춤을
췄다. 제발 벗겨줘요 랄랄랄라, 제발 벗겨줘요 랄랄랄라, 잠깐 잠깐만
이라도 제발 벗겨줘요. 여자애들은 상체를 격렬하게 흔들며 그런 노
래를 불렀다. 그 옛날 남자 중창 가수가 불렀다는 '한번만 만나줘요'
를 패러디한 창녀송이라는 소개까지 덧붙이는 아이들은 아주 유쾌해
보였다. 한쪽에서는 싸움이 벌어졌다. 한 남자애가 상대방 남자애를
때렸는데 피가 났다. 너 오늘 내가 죽여줄까. 서로 질 기세가 아니었
다. 다른 한쪽에서도 싸움이 벌어지고 있었다. 한 녀석이 상대 여자애
를 훑어보며 말했다. 뭣같이 생긴 년이. 녀석에게 다가가 멱살을 쥐고
따지고 싶어서 온몸이 근질거렸다. 그런데 순간 녀석의 등뒤로 들소
가 지나가는 것이 보였다. 들소와 내 눈이 번쩍하고 마주쳤다. 들소는
사람들 주위를 어슬렁거리다가 예측할 수 없는 순간에 나타났다. 그

때 물류회사 트럭 한대가 수많은 차량들을 피해 광장 한가운데를 향해 질주해 들어오는 게 보였다. 트럭은 눈부신 불빛을 냈고 그때 나는 광장 서쪽 끝 건물에서 광장 중앙을 향해 달려오는 검은 들소를 보았다. 트럭이 브레이크를 잡는 것과 동시에 둔탁한 소리가 났다. 정지한 트럭 불빛 아래 검고 무거운 피륙을 뒤집어쓴 것 같은 들소가 누워 있었다. 피륙 주변으로 검은 액체가 점차로 퍼지고 있었다. 들소가 죽었다. 죽은 들소 옆으로 다가가 아직도 깜빡이고 있는 크고 물기어린 눈을 내려다봤다. 광장에서 놀던 아이들은 환호성을 지르며 트럭 뒤로 몰려갔고 트럭 안에서 나온 것은 어느 통신회사에서 제공한 샌드위치와 여배우의 얼굴이 찍힌 티셔츠였다. 내가 들소를 끌고 갈 흰 줄을 찾느라 헤매는 동안 트럭은 광장에서 빠져나갔고 그애도 보이지 않았다.

들소가 누워 있던 자리에는 아무것도 없었다. 그애가 그 많은 사람들 틈에서 어떻게 샌드위치를 받았는지 광장 한구석에 앉아 물먹은 스펀지 같은 표정으로 다리를 긁적거리며 샌드위치를 먹고 있었다. 그때 어디선가 비트가 강한 음악이 들려왔고 광장 여기저기에 흩어져 있던 아이들이 중심을 만들어가며 춤을 추기 시작했다.

그날밤 나는 대평원에서 쫓기고 있는 들소떼 꿈을 꾸다가 잠에서 깨어났다. 들소떼는 겁에 질려서 무엇에 쫓기는 줄도 모르는 채 대평원의 한 지점을 향해 달려가고 있었다. 한참을 천둥과 번개가 몰아치는 듯한 소리가 들리고 거대한 먼지가 일어 대평원을 어지럽게 했다. 들소떼는 먼지에 휩싸인 채 저만치 앞 벼랑끝을 향해 맹렬히 달려갔다. 앞에서 달리던 들소들은 뒤에서 달려오는 들소들에게 밀려 높고 가파른 벼랑 아래로 순식간에 떨어져내렸다. 거대한 들소들이 후두둑 벼랑 아래로 떨어질 때, 대평원의 하루가 저물고 있었다.

창밖에서 긴 싸이렌 소리가 들려온 시간은 자정이었다. 늘 동으로 서로 왔다갔다하던 어항 속의 물고기가 보이지 않았다. 물고기는 입 속에 먹이를 가득 문 채 눈을 부릅뜨고 죽어 있었다. 그날은 공항폐쇄 조치가 예고된 지 삼십일째 되는 날이었고 예정대로 그날밤 자정을 기해 공항은 폐쇄되었다.

—『창작과비평』 2003년 가을호

봄
밤

———

*

　구리 인터체인지를 지나고 마치터널을 지난 46번 경춘국도. 그 길 위에는 구운 오징어를 파는 여자들이 있다. 그 여자들 대열 속에 함께 서 있었던 시간이 일년. 점점 독해지는 자동차 매연, 자동차 창문 밖으로 사정없이 내던지는 빈 깡통이나 불붙은 담배꽁초도 이제는 익숙해졌다. 쉽게 돈을 벌려면 목숨을 내놓는 게 제일 빠르지, 그럼 그렇고말고. 이 일을 소개해준 사람이 했던 말이다.

　저만치서부터 그들이 달려왔다. 검문소를 벗어나면서부터 한껏 속도가 오른 차들이 봄볕에 반사되어 미역줄기처럼 미끈거렸다. 선두에 선 차량은 검은색 승용차, 그뒤는 청색 덤프트럭, 그뒤는 다시 흰색 승용차. 여자들은 일제히 흰 손을 들었다. 여자들이 착용한 흰 마스크와 흰 목장갑은 기분이 좋지 않다고, 아주머니들 그 장갑 좀 벗고 장사할 수 없소!라고 지나가던 운전자가 말했었다. 그러거나 말거나 여자들은 운전자들의 눈에 잘 띄어야 했다. 나는 몸을 내밀어 달려오는 차들을 향해 한걸음 나아갔다.

신호가 바뀌고 차들이 속력을 줄이며 차례로 멈춰섰다. 여자들이 운전석 쪽이나 조수석 쪽으로 다가가 물건을 내밀었다. 계절에 따라 찐 고구마나 삶은 옥수수, 구운 오징어나 팝콘, 강냉이나 뻥과자가 주요 취급 품목이다. 정지선 앞에 선 차들은 오늘따라 여자들을 내다볼 생각을 하지 않는다. 그런 날이 있기는 했다. 아무도 차창 밖으로 시선을 돌리지 않는 날, 세상에 어떤 일이 일어나 라디오 소리에 집중해야 하는 날 말이다. 그래도 여자들은 배낭을 메고 서서 달려오는 차들을 향해 오징어를 흔들었고 차들은 자신이 달려나갈 앞길만 쳐다보았다.

아침이면 봉고차가 동네로 데리러 왔다. 봉고차는 단 오분도 기다려주는 법 없이 늘 내 엉덩이가 차 안으로 들어가기도 전에 출발했고, 이내 팔팔도로로 접어들었다. 차창 너머로 보이는 강물은 은색으로 반짝거렸다. 겨울일수록 강물은 벼린 칼날처럼 반짝거렸다. 여자들은 창 쪽으로 머리를 돌리고 잠을 잤지만 나는 작은 돌멩이들을 강물 속에 수없이 던져넣는 기분으로 깨어 있었다.

작년 가을에는 한강물 위로 불쑥 솟구쳐오르는 고래를 보았다. 내가 본 건 분명 고래였다. 봉고차가 미사리 쪽으로 갔을 때였는데 강에서 커다란 물고기가 날듯이 뛰어올랐다가 곤두박이치고 있었다. 그건 정말 커다란 고래였다. 오염된 강물에 고래라니, 차 안에 있던 여자들은 아무도 내 말을 믿지 않았다. 잠깐 존 사이에 꿈을 꾼 게 아니냐고,

그건 태몽이라고 했다. 나는 그날 하루종일 심장이 거칠게 뛰었고 좀 들떠 있었으며 배도 고프지 않았다. 하지만 웬걸, 한밤중에 찾아온 언니는 며칠을 모은 돈을 다 긁어갔고 그것도 모자라 냉장고 속의 시든 사과까지 죄다 가져갔다.

이 일을 처음 시작했던 작년 여름에는 아이스박스에 넣어 시원해진 음료수 깡통을 허리에 매단 채 길 위에 서 있었다. 북한강변으로 나가는 차들이 많아 길이 자주 막혔다. 그럴 때는 자동차에 접근하기가 쉬웠고 차에 탄 사람들도 심심해서 그런지 주저하지 않고 물건을 샀다. 누가 날 알아볼까 시시때때로 사람들을 경계했지만, 길 위는 지나치면 그만이라는 걸 곧 알게 되었다. 그 뻐근하던 허리통증과 불볕더위라니.

물건값과 봉고 이용료, 소개비 외에는 더 돈이 들지 않았으므로 그 여름에 나는 큰돈을 벌 줄 알았다. 그러나 여름 휴가철이 끝났을 때 불어난 건 통장이 아니라 단단해진 장딴지였고, 얼굴 곳곳에 가뭇가뭇하게 생긴 잡티며 기미였다. 삼십대 초반인 내 얼굴은 검게 오그라든 보랏빛 피부의 이국 소녀처럼 보였다.

봉고는 여자들을 길 한쪽에 내려놓고 다시 서울로 돌아갔다. 언제나 그렇지만 허허벌판에 서 있는 원색의 아파트들이 제일 먼저 눈에 들어왔다. 아파트 주변에는 야트막한 산도, 아름드리 나무도, 구멍가게도 없고 먼지를 들쓴 회색 논바닥만 펼쳐져 있었다. 도로변 여기저기에 공사가 중단된 상태로 방치된 건물들은 앙상한 골조를 드러낸채 비바람을 맞고 있었다. 보도에 늘어서 있는 입간판들과 크고 작은 건물들의 외벽을 완전히 정복한 어지러운 광고문구들. 아직도 경춘국도가 낭만적이라고 생각하는 사람들이 있다면 그건 지천으로 널린 모텔들 때문인지도 모르겠다. 여왕봉파크텔, 나비장모텔, 특급단비호텔 같은 이상한 이름들 말이다.

여자들은 봉고에서 내려 오래 참았다는 듯 숨을 토해내고 기지개를 켰다. 그리고 국도 한편 논둑길 위에 동그랗게 모여앉아 봉고에서 내려놓은 물건들을 나눠 각자의 쇼핑백에 담았다. 그러고 나면 커피 당번이 집에서 타서 보온병에 담아온 커피를 종이컵에 따라 나눠 마셨다. 진하게 화장한 얼굴 아래 숨어 있는 각자의 걱정거리는 서로가 모른 체했다. 커피를 달게 마신 여자들은 엉덩이를 털고 일어났고 흰 목장갑과 마스크를 착용했다. 갑자기 한 여자가 아랫배를 쥐고 논바닥 쪽으로 뛰었고 그 모습을 보고 모두들 웃었다. 용변에 대비해 휴게소와 비교적 가까운 곳에 자리를 잡았지만 급할 때는 논바닥이 더 가까운 법이다.

차들은 백 킬로미터 내외로 달렸다. 여자들은 교차로의 신호대기선 옆 도로에서 대여섯 걸음 정도 차도 위로 올라와 서 있었다. 달려오던 차들이 신호에 걸려, 여자들이 서 있는 신호대기선 앞에 와 멈춰서는 것이 가장 자연스러웠다. 그때 운전석 쪽으로 다가가 창 앞으로 물건을 보여주면 되는 거였다.

차가 왔다. 다섯 걸음, 아님 여섯 걸음, 오징어를 왼손으로 내밀까 오른손으로 내밀까 잠깐 고민하는 순간이 지나갔다. 재빨리 조수석에 앉은 사람에게 물건을 보여주었다. 가능한 한 상대의 눈길은 피했다. 운전자는 붉은 신호등인데도 정지선을 넘어 이만큼 앞으로 미끄러져 나왔다. 물건을 사고 안 사고는 짧은 시간에 결정되었다. 재수 없게! 머리를 노랗게 물들인 남자가 창문을 내리고 담배꽁초를 손가락으로 튕겨 내던지며 말했다. 재수 없게! 그건 남자 운전자들이 국도 위의 여자들에게 제일 많이 하는 말이었다. 근처엔 최소 세 개의 과속 단속 카메라가 설치되어 있다. 물건을 사면 위치를 가르쳐줄 작정이었는데.

차들이 내빼고 난 텅 빈 길을 쳐다보았다. 검은 비닐봉지 두 개가 텅 빈 도로에서 둥실둥실 떠올라 허공을 향해 삐딱하게 날았다.

그는 어젯밤 작은 망원경을 들고 놀이공원 매직스노랜드의 밤 불빛을 내다보고 서 있었다. 뭘 보느냐고 묻는 내게 그는 태연하게 달을 본다고 했다. 나는 창 앞에 가 서서 그와 같은 위치에 아랫배를 대고 창밖을 내다보았다. 달이 있기는 했다. 뿌옇게 흐린 하늘 한가운데 둥근 달이 떠 있었지만 잘 보이지 않았다. 인공호수 한가운데 섬처럼 떠 있는 놀이공원 매직스노랜드에서 뿜어내는 불빛에 가려 달은 잘 보이지 않았다.

어 저기, 저거 봐! 순간 뿌옇게 흐린 밤하늘로 막 날아오른 검고 흰 새들을 본 것 같았다. 손가락으로 새가 날아간 곳을 가리켰지만 그는 놀이동산만 내려다보고 있었다. 잠시 후, 더이상은 못 참겠다는 듯 덜컹거리며 창문이 열렸다. 건조하면서도 뜨뜻미지근한 밤공기가 삽시간에 얼굴에 들러붙었다. 이유도 없이 숨이 막히고 목이 죄어오는 갑갑함이 느껴졌지만 뒤이어 봄밤의 나른한 기운이 따라들어왔다. 그가 창문을 닫고 깔아놓은 이불 속으로 들어갔다. 형광등 스위치를 눌러 끄고 나도 이불 속으로 들어갔다. 가능하면 우린 빨리 잠이 들어야만 했다. 막 이불 속으로 들어가 이내 잠이 들지 못하면 또 밤새 뒤척일 게 분명했다. 형광등 소리도 들리지 않아야 했다. 기름보일러에서 들리는 알 수 없는 쿨럭거림도 멈춰야만 했다. 그는 이따금씩 끙 소리를 냈다. 제발 오늘은 쉽게 잠들라. 나는 그와 반대편 벽을 보고 누워 그가 무사히 잠들기를 기다렸다.

담배냄새를 맡고 잠에서 깼다. 잠이 든 건 그가 아니라 나였다. 불은 꺼진 그대로였고 창문은 활짝 열려 있었다. 그는 왼손에 든 담배가 타들어가는 줄도 모르고, 놀이동산의 한 지점을 망원경을 통해 보고 있었다. 나도 다시 창 앞에 가 섰다. 경치 좋은 달력에서나 본 듯한, 기암절벽 위에 서 있는 삐죽삐죽한 성채 같은 건물의 지붕 꼭대기들이 발광체처럼 빛났다. 사람들을 기둥에 태운 번지드롭도 보였다. 불빛 때문에 번지드롭은 불기둥처럼 환했다. 기둥에 묶여 있는 사람들은 아주 작게 보였다. 그들은 흐린 하늘을 향해 높다랗게 솟구쳤다가 빠른 속도로 낙하했다. 그리고 이어지는 환호성과 짧은 침묵, 그리고 다시 환호성, 호루라기 소리, 잔뜩 볼륨을 높인 음악소리, 터뜨린 폭죽의 화약냄새, 소시지나 햄버거 같은 기름진 음식냄새들이 아파트까지 왈칵 밀려들어오는 것 같았고 우리는 또 잠이 드는 데 실패하고 말았다.

정오 무렵. 뜨끈한 바람에 섞인 마른 먼지가 경춘국도 위를 뒤덮었다. 여자들은 기침을 하며 길 건너편에 비스듬히 펼쳐진 산 쪽을 일제히 쳐다보았다. 저게 뭐지. 야트막한 산의 한쪽 기슭을 굴착기 두 대가 파내고 있었다. 파낸 흙은 짙은 붉은색이었다. 안 그래도 나무가 많지 않은 산은 점점 부위가 커지는 붉은 상처를 가슴 정중앙에 새겨넣고 있었다. 뭐긴 뭐겠어, 또 여관을 짓는 거겠지. 여자들은 침을 뱉으며 중얼거렸다.

차들이 가고 또 왔다. 몇대의 차가 지나갔는지, 몇 사람이 서울을 빠져나갔는지, 어느 순간이 되자 여자들은 약속이나 한 듯이 길가로 몰려나왔다. 마스크와 장갑을 벗어들고 몸에 묻은 먼지를 털어냈다. 점심시간이었다. 여자들은 줄지어 휴게소를 향해 걷기 시작했다. 나는 앞에 가는 여자의 신발 뒤꿈치를 쳐다보며 웃었다.

어릴 때 나는 일곱 형제 중 가장 얌전했다. 식구들은 온종일 내가 뭘 하는지 관심이 없었다. 어느 여름이었다. 개울에서 수영을 하고 집으로 가던 길이었다. 아이들이 일렬로 서서 좁은 둑 위를 걸어가고 있었다. 목이 말랐고 나무 위의 매미소리는 길게길게 늘어졌다. 내 앞에 있던 여자아이의 다리를 뚫어지게 내려다보며 걷던 나는, 그 아이를 둑 아래로 확 밀어버렸다. 둑 아래는 무릎까지 차는 개울물이 흘렀다. 다행히 그 아이는 크게 다치지 않았지만 식구들이 그날부터 나를 달리 보았다. 엄마는 왜 그랬냐고, 왜 그랬냐고 내 허벅지를 꼬집으며 물었다. 아무리 물어도 마땅한 대답을 못 찾던 나는 매미소리가 시끄러워 그랬다고 대답해버렸다. 엄마는 등짝을 몇대 후려치고는, 월부로 사서 애지중지하던 제빵기계에 폭신한 카스텔라를 쪄서 마음껏 먹게 해주었다.

온실처럼 햇살이 퍼져 있는 단층의 휴게소 건물 앞 주차장은 시끄러운 음악이 쿵쾅거렸다. 사람들은 화장실에 다녀온 뒤 쓰레기통 주변에 서서 담배를 피우거나 구운 감자를 사먹었다. 성인용 포르노테이프 장수는 잠깐씩 졸고 있는 차들의 열린 문 안으로, 벌거벗은 여자의 사진이 끼워진 비디오테이프를 들이밀었다.

젊은 부부가 대여섯살쯤 된 아이의 손을 양쪽에서 잡고 휴게소 쪽으로 걸어왔다. 볕이 따뜻해서인지 아이의 발걸음이 점점 빨라졌다. 아이가 휴게소 앞 계단 위에 설치된 목마에 매달렸다. 젊은 부부는 동전을 꺼내 말 옆구리에 넣었다. 말이 위아래로 천천히 움직이기 시작하자 아이는 무서운지 징징거리기 시작했다. 젊은 부부는 다치면 어쩌나 말 위에 올라탄 아이의 양팔을 놓지 못하고 전전긍긍했다.

여자들은 모자를 벗고 동그란 테이블에 모여앉아 각자 가져온 도시락을 꺼내놓았다. 라디오에서 나오는 유행가를 흥얼거리는 동안 주문한 우동이 나왔다. 여자들은 사각의 도시락 모서리에 몰려 각이 진 찬밥을 우동국물에 말아먹기 시작했다. 커피를 마실 때처럼 별말이 없었다. 휴게소 건물 내부는 빛이 들지 않아서 밖은 더 환해 보였다. 나는 그들을 찾았다. 말을 타던 아이와 젊은 부부가 차 쪽으로 걸어가고 있었다. 내 눈은 환한 햇빛 속으로 걸어가는 그들의 뒷모습을 자꾸 따라가고 싶어했다. 우동대접에 마른 김만 자꾸 부숴 넣고 있었다.

여자들은 이쑤시개를 들고 노래를 흥얼거리며 다시 교차로 쪽으로 걷기 시작했다. 하늘은 점차 잿빛으로 가라앉았다. 순식간에 국도 위가 차분해진 것 같았다. 그때만 해도 여자들은 공사가 진행되고 있는 깎인 산 위에서 무슨 일이 일어났는지 모르고 있었다. 여자들이 교차로에 닿을 즈음, 도로 위에 갑자기 경찰차가 나타났고, 차에서 내린 경찰들이 굴착공사가 중단된 산 위로 뛰어올라가고 있었다. 바로 그때였다.

누가 한번 가봐, 무슨 일인가.

그 누구가 바로 나였다. 여자들이 내 등을 쳤다. 왜 하필이면 나를. 여자들은 모두 자기들은 배를 타고 갈 테니 나만 혼자 늪을 헤엄쳐 건너라고 외치고 있었다. 경찰들은 벌써 깎인 산 위에 도착했고, 끈이 둘러쳐져 있는 붉은색 상처의 정중앙에 사람들이 몰려서 있는 게 보였다.

나는 천천히 걸었다. 뛰어가야 할 일이 없지 않은가. 길을 건너고

논을 지났다. 하늘은 어느새 머리 위까지 낮게 내려와 있었다. 야트막
해 보이던 산은 그리 낮지만은 않았다. 숨이 찼고 흙먼지가 연신 일었
다. 그때 나는 보았다. 편편하게 깎아놓은 붉은 산 언덕 끝에 닿을 즈
음, 경찰관들의 다리 사이로 보이는 한 여자의 시신을.

경찰관들은 조용조용 일을 진행했다. 경찰관들말고도 여자 둘과 남
자 하나, 그리고 수녀 한 사람이 굳은 듯 서 있었다. 시신은 철 이른
줄무늬 블라우스와 검정 스커트를 입고 있었고, 얼굴은 산 쪽을 향하
고 있어서 길고 웨이브 진 머리칼이 정면으로 보였다. 시신은 너무나
깨끗해 보여서 곧 눈을 뜨고 일어날 것만 같았다. 여자 머리맡에 있는
검은색 가죽가방에는 진흙이 잔뜩 묻어 있었고 굽이 빠진 베이지색
구두 한짝이 그 옆에서 뒹굴었다. 주저앉아 울고 있는 한 여자의 어깨
를 꽉 잡고 있는 수녀의 상체가 바들바들 떨렸다. 시신은 산 위 정상
부분을 깎아내리기 시작할 즈음, 허공에서 마른 흙 위로 툭 떨어져 내
렸다고 했다. 여자는 물건을 팔기 위해 강원도 일대를 돌아다니는 영
업사원으로, 초등학생인 아들을 둔 엄마라고 했다.

나는 논 위를 달렸다. 경찰들이 산 쪽을 향해 있던 여자의 얼굴을
도로 쪽으로 돌려놓았기 때문이다. 눈썹 위에 무엇인가가 떨어졌다.
빗방울 같기도 했다. 아니면 먼지를 뒤집어쓴 나뭇가지에서 떨어진
수액인지도 몰랐다.

오후에 후드득 빗방울이 떨어졌다. 여자들은 배낭 안에서 김장용
비닐봉투를 꺼내 머리에서부터 뒤집어썼다. 몇몇 여자들은 비를 피할
생각은 않고 멍하니 서서 붉은 흙이 드러난 깎인 산 위를 자꾸 쳐다보
았고, 또 몇몇은 아무 일 없다는 듯 계속 장사를 했다. 비는 조용하고
끈질기게 내렸다. 온몸이 으슬으슬 춥고 떨렸다. 천둥번개라도 칠 것

처럼 삽시간에 길 위가 어두워졌다. 논 위에서 생겨난 허연 김이 조용조용 몰려다녔다.

차들은 거칠게 여자들 앞을 밀고 지나갔다. 나는 자꾸만 눈이 감겼다. 왜 이렇게 잠이 오는 건지 알 수가 없었다. 정말이지 서서라도 잠들고 싶었다. 나는 한순간 환한 햇빛 속을 또각또각 걸어가고 있는 줄무늬 블라우스 여자의 얼굴을 본 것 같았다. 빗줄기는 점차 굵어졌고 자꾸만 잠이 왔다. 그때였다. 뭔가가 내 몸을 훑고 지나갔다.

비켜, 미쳤어 저게.

여자들이 내 옆으로 몰려왔다.

너 미쳤어, 차에 치일 뻔했잖아.

몸은 천근만근이어서 그 와중에도 난 입이 찢어져라 하품만 해댔다. 누군가 나를 논둑 아래로 밀어 떨어뜨려주었으면 했다. 그래서 어디라도 등을 좀 붙이고 누워 있었으면 했다. 달려오는 차가 나를 삼키고 지나가도 나는 언제까지나 편안히 잠들어 있을 것만 같았다.

빗줄기는 더 강해졌다. 봉고차는 휴대폰 연락을 받고도 쉽게 도착하지를 않았다. 여자들은 길 옆에 쭈그리고 앉아서 빗줄기를 쳐다보았다.

개들을 가득 실은 트럭이 천천히 도로 위를 지나갔다. 개들이 놀란 눈으로 먼곳을 쳐다보며 입김을 토해냈다. 짐자전거를 탄 노인이 비닐을 뒤집어쓴 채 천천히 페달질을 하며 아스팔트 위를 달려나갔다. 한 여자가 담배를 꺼내 피워 물었다. 담배냄새가 구수하게 느껴졌다. 빨간색으로 칠한 버스 한대가 저쪽에서부터 천천히 달려왔다. 동춘서커스단 버스였다. 그들은 세상이 바뀌면서부터 마치터널 근처에 천막을 치고 서커스 공연을 했다. 언젠가 내가 그들의 공연을 보러 갔을

때 천막 안에 관객이라곤 노인 둘뿐이었다. 느린 북소리가 들리는 듯
한 착각에 빠졌다. 버스 차창은 붉고 두터운 커튼으로 가려져 있었다.
누군가 커튼을 열고 잠깐 밖을 내다보고는 다시 커튼을 닫았다. 두 개
의 차바퀴를 장식품처럼 버스 꽁무니에 매단 서커스 차가 천천히 지
나갔다.

잠시 뒤, 물방개처럼 생긴 봉고차가 도착했다. 척추뼈 한가운데 차
가운 얼음덩이라도 박혀 있는 것처럼 추웠다. 나는 차에 타자마자 이
유도 없이 구역질을 하기 시작했다. 옆에 앉은 여자가 빈 요구르트병
을 내밀었고 그 작은 병 속에 대고 자꾸만 토했다. 토해도 토해도 끝
이 없었다.

*

해가 진 하늘은 짙고 푸르고 또 검었다. 봉고차가 동네로 들어와 교
차로 부근에 서는 순간, 이제 막 불이 켜지기 시작하는 먹자골목 초입
으로 그가 걸어가고 있는 게 보였다. 분명 그였고, 나는 그를 놓칠까
먹자골목 쪽으로 뛰어가려고 했다. 그러나 신호등이 붉은색이어서 건
널 수가 없었다.

언제부터였는지 가슴 한가득 꽃을 든 여자아이가 옆에 와 있었다.
여자아이가 든 꽃 위에는 메모지가 끼워져 있었다. 저는 말을 못합니
다 도와주세요. 나는 여자아이에게서 향기도 이름도 없는 꽃 한다발
을 천원에 샀고 여자아이는 긴 머리칼을 흔들며 고개를 숙이고는 옆
으로 물러섰다.

일본인 관광객들 여럿이 신호대기선 앞에 와 섰다. 그들은 신호등

옆에 세워진, 주변지역 약도가 표시된 표지판을 쳐다보고 있었다. 그들은 매직스노랜드를 찾고 있었고 누군가가 들뜬 목소리로 표지판 한 곳을 가리켰다. 소풍 가는 어린아이들처럼 그들의 얼굴은 하나같이 밝고 환했다. 신호가 바뀌고 중간쯤 걷다가 뒤를 돌아보았는데, 그들은 정작 매직스노랜드와는 반대쪽으로 가고 있었다. 나는 달려가서 그들 중 한 사람의 어깨를 잡았다. 그쪽이 아니구요, 저쪽이에요 저쪽. 그들이 동시에 나를 돌아보았다. 그 사람들 속에는 좀 전에 내게 꽃을 판 말 못하는 여자아이도 끼여 있었다. 그들의 얼굴은 납덩어리처럼 차갑고 무거웠으며, 가려고 하려는 딴 세상이 정해진 사람들처럼 씩씩하게 가던 길로 갔다.

　길을 건넜다. 온몸에 퍼지는 한기는 여전했고 갑자기 익숙하던 곳이 낯설었다. 생전 처음 와보는 곳처럼, 어디로 가야 하는지 길을 잃은 것처럼 눈앞이 깜깜했다. 나는 불빛을 따라 걷기 시작했다.

　먹자골목은 낮보다는 밤에 사람이 많았고 여자들보다는 남자들이 많았다. 몇년 전 인공호수 주변의 낡은 아파트에 살게 되면서부터 우리는 가끔 인근에서 제일 번화한 이곳으로 나와 라면이나 튀김을 사 먹고 들어가곤 했다. 그와 뭔가가 틀어져 서로 눈치만 보는 날 밤에는, 한 사람은 놀이공원을 끼고 있는 호수로, 또 한 사람은 이곳으로 나왔다.

　이 동네에 고분들이 많았다는 거 아냐. 무덤 말야, 일종의 공동묘지지. 여긴 옛날부터 왕들의 무덤이었거나 왕족들의 사냥터였거나 강을 끼고 있는 벌판이었을 거야. 강이 보이는 무덤이라니 근사하잖아. 봐봐, 이 일대에는 산이 없잖아. 그러니까 여기가 사실 지반이 약해요, 풍수적으로 단단한 땅이 아니지. 그래도 뭐 어때, 땅값은 괜찮잖아.

어때 우리 왕들처럼 술 좀 먹어볼까.

곱창과 소주를 먹던 집에서 그런 얘기를 들은 적이 있었다. 우리는
키들키들 웃으며 밖으로 나왔고, 왕과 왕비처럼 거들먹거리며 밤거리
를 걸었다. 이상한 그 봄에는 도로변에 낮은 경사를 이루며 조성되어
있는 고분공원에 놀러도 갔었다. 커다란 소나무 아래 누군가 텃밭처
럼 가꾸어놓은 곳이 있었는데 냉이나 쑥이 많았다. 나는 쓰고 있던 모
자가 수북해지도록 냉이와 쑥을 캤다. 돌아오는 길에, 낡은 아파트지
만 이 정도도 우리에겐 축복이야, 그는 세뇌를 시키듯 말했고 나는 다
잘될 거라는 듯 열심히 고개를 끄덕였다.

횟집과 호프집, 커피숍과 라면집, 단란주점과 고깃집의 어지러운
네온간판이 뒤섞여 앞이 잘 보이지 않았다. 배가 고팠다. 음식냄새가
코를 찌르고 다리가 앞으로 나가질 않았다. 행색이 초라한 남자가 새
로 개업한 식당에서 내준 고사떡을 입에 우겨넣기가 무섭게 먹어치우
는 중이었다. 그거라도 같이 먹자고 하고 싶을 지경이었다.

차들은 좁은 골목 안으로 끝없이 들어왔다. 그가 어디에 있는지 보
이지 않았다. 그냥 길 끝까지 걸어갔다. 화려한 불빛들이 모여 있는
먹자골목과는 등을 돌린 듯 길 끝은 어두웠다. 그러나 그는 보이지 않
았다. 지나가던 택시가 서야 할지 말아야 할지를 고민하다가 쏜살같
이 지나갔다. 갑자기 불빛 하나 없는 텅 빈 골목에 서 있다는 게 두려
웠다. 다시 방향을 바꿔 먹자골목 쪽으로 걸었다.

격앙된 말소리와 웃음소리, 의자에 기댄 지친 몸뚱이들, 매끈하게
차려입은 여자들의 긴 머리칼에서 풍겨나오는 환각과도 같은 샴푸냄
새, 향수냄새…… 사람들은 모두들 죽어 있다가 밤이면 깨어나 이리
로 놀러 오는 것 같았다. 왜 저렇게 하나같이 유쾌하고, 하나같이 밝

게 웃고 있는 것일까. 나도 그랬던 때가 있었다. 평범하고 순진하고, 국도 위에 있는 여자들은 전혀 몰랐던 때. 나는 자꾸만 눈을 비볐다.

어디서 나타났는지, 그는 대낮처럼 환한 횟집 앞에 서 있었다. 자기가 신은 검은색 구두를 내려다보면서. 뭔가 잘못됐다는 표정이었다.

여기서 뭘 해?

어, 신발이 바뀐 거 같아서.

어딜 갔었어?

응, 회식이 있어서. 지금 이 횟집서 나오는 길이야.

나는 요즘 그가 무슨 일을 하고 다니는지 모른다. 이렇게 비싼 곳에서 누굴 만났을까, 그의 말은 믿기 어려웠다. 그는 기다리라는 건지 먼저 가라는 건지 알 수 없는 어정쩡한 태도를 보이고는 사람들이 버글거리는 횟집 안으로 들어갔다. 한참을 기다려도 그는 나오지 않았다. 아래층에 앉아 있는 손님들 가운데도 그는 없었다. 2층에도 올라가 테이블을 훑어봤지만 그는 없었다.

다시 횟집 앞으로 내려왔다가 무심코 건물 뒤쪽으로 돌아갔다. 그는 술에 취해 중얼거리는 한 남자를 시멘트바닥 위로 메어다꽂는 중이었다. 남자는 푸푸, 숨만 내쉴 뿐 몸도 제대로 가누지 못했다. 그는 모로 누워 있는 남자의 양복 안주머니에서 지갑을 꺼냈다. 그리고 신분증과 카드를 꺼내 한참동안 들여다봤다. 그는 지폐만 꺼내 자신의 주머니에 넣고 난 뒤 남자의 안주머니 속에 지갑을 찔러넣었다. 그리고 오랜 앙숙지간인 것처럼 다시 몇대를 더 팼다. 그의 매질은 무서웠다. 그는 남자가 신고 있던 구두를 벗겨 자신의 발에 꿰어신었다. 그리고 자기가 신었던 신발을 남자의 벗은 발 앞에 얌전하게 놓아주었다. 나는 망치에 맞은 듯 멍하니 몸을 돌려 그를 외면했다.

저 자식이 내 신발을 자기 거라고 우기잖아.

그는 옷을 털며 태연하게 건물 뒤쪽에서 걸어나왔고 불빛 아래서 자신이 신고 있는 신발을 물끄러미 내려다보았다. 그리고 불빛들 속으로 아무 일도 없었다는 듯 천천히 걸어갔다. 길 한켠이 공사중이었다. 파헤쳐진 도로 주변에 공사표지판이 세워져 있었고 작은 트럭 위에는 콜타르 드럼통이 놓여 있었다. 인부가 네모로 파헤쳐진 도로 위에 콜타르를 부었다. 술 취한 여자가 번들거리는 콜타르 옆으로 아슬아슬하게 지나가고, 옆에 가던 남자가 여자의 몸을 잡아끌었다. 남자 쪽으로 기울어진 기다란 여자의 그림자가 검은 콜타르 위에 찍혔다.

그는 한참을 가다가 문 닫은 옷가게 앞에 멈춰섰다. 버리려고 내놓은 것인지 하반신만 남은 마네킹이 구두까지 신은 채 상점 앞 계단에 나와 있었다. 그는 불구인 마네킹의 하반신을 잡아 불 꺼진 상점 유리에 기대 세워놓고는, 큰일을 했다는 듯 손바닥을 비비며 웃었다.

짧은 머리카락을 죄다 하늘로 향하게 올려 빗은 여자가 짧은 치마 차림으로 여행가방을 든 채 편의점 앞에 서 있었다. 여자의 치마는 지나치게 짧아 그것만으로도 사람들의 시선을 끌었다. 편의점 앞을 지나가던 사람들이 여자를 뚫어져라 쳐다봤고 여자는 호피무늬 스타킹을 신은 두 다리를 차례로 흔들며 욕을 해댔다.

하늘을 올려다봤다. 이 골목의 불빛을 모두 빨아들일 것처럼 낮고 짙은 어둠이 몰려오고 있었다.

어느새 우리는 인공호수 진입로로 들어서고 있었다. 나는 그의 팔을 잡았다. 그의 손등에 도드라진 힘줄이 어린아이의 맥박처럼 팔딱거리며 뛰었다. 매직스노랜드의 불빛이 점차 가까워지자 그는 허공을 향해 침을 내뱉었다.

요즘은 무슨 일 하고 다녀?

마음먹고 물었지만 그는 대답하지 않았다. 그는 한때 수도계량기 검침원이었고 용역회사의 심부름꾼이기도 했다. 그는 왜 그런지 돌아다니며 일하는 직업을 잘 얻었다. 한때는 이 동네 저 동네를 돌아다니며 맨홀 뚜껑을 열어보는 게 그의 일이었다. 얼굴 가득 비누거품을 묻혀 세수를 하고 나서는 낮 동안 돌아다니면서 본 풍경들을 얘기해주었다.

그는 하루종일 동네 공터에 폐차된 승용차 꼭대기에 올라가 노는 아이들을 보았다고 했다. 깨진 욕조 속에 들어가 편안하게 누워 꽃잎을 잎에 물고 해바라기를 하는 재개발지구의 아이들을 보았다고 했다. 스프링만 남은 침대 위를 겅중겅중 뛰며 해가 지도록 놀고 있는 쓰레기하치장 주변의 아이들을 보았다고 했다. 번화한 도시의 뒷골목을 뒤져 종이박스들을 모아다 팔아야 병들어 누운 자식과 손자 들의 끼니를 해결할 수 있는 노인들을 만났다고 했다.

고장난 가전제품들과 용도폐기된 물건들이 잔뜩 쌓여 있는 고물상 앞을 지나가다가 얻어먹은 돼지고기 한점, 입만 열었다 하면 하루종일 거짓말만 하고 산다는 세일즈맨들에게 얻어피운 담배 한대, 땀을 뻘뻘 흘리며 지나가던 요구르트 아줌마가 내민 우유 한팩, 그는 그 사람들이 잊혀지지 않는다고 했었다.

그는 두 번씩이나 낯선 사람을 집으로 데리고 왔었다. 처음에 온 사람은 비닐하우스촌에서 데려온 남자아이였고, 두번째는 귀가 전혀 들리지 않는 할아버지였다. 두 사람 다 엄청나게 밥을 많이 먹었고 갈 데가 없는 사람들이라 평생이라도 우리와 함께 살 것 같았다. 처음에 왔던 아이는 눈만 뜨면 우리에게 아이가 없다는 사실을 강조하면서,

자기를 버리지만 않는다면 우리의 노후를 책임지겠다고 했다. 그가 두 사람을 어디다 데려다주었는지, 나는 물어보지 않았다. 그들을 우리집에서 내보내던 날 그는 이틀씩, 삼일씩 집을 나가 그들과 같이 떠돌다 온 것 같았다. 그 얼굴에 묻어 있던 먼지와 피곤기가 아직도 생생하다. 그런데 어두운 골목에서 술 취한 사람을 패던 그는 누구였을까.

인공호수는 흔들림없이 놀이공원을 단단히 떠받치고 있었다. 그는 호수 입구에서 파는 가짜 던킨도넛 한봉지를 사서 내 품에 안겨줬다. 매직스노랜드에 가까이 다가갈수록 사람들의 환호성이 크고 뚜렷하게 들려왔으며, 불빛도 아파트에서 보던 것과는 달랐다. 걷다 보니 우리는 어느새 남쪽 출입구에 도착해 있었다. 가벼운 옷차림의 청소년들이 표를 사고 게이트를 통과해 놀이공원 안으로 들어갔다.

우린 약속이라도 있는 사람들처럼 출입구 앞 의자에 앉아 점점 뜨겁게 타오르는 놀이공원의 밤 불빛을 쳐다보고 있었다. 난데없이 폭발음이 들려왔고 눈앞은 뜨거운 불길이 치솟는 야광의 풍경으로 변했다. 나는 먹던 도넛 조각을 떨어뜨렸고 그는 의자에서 벌떡 일어났다. 불꽃놀이였다. 색색의 불꽃이 긴 포물선을 그리며 하늘 위로 치솟아올랐다가는 인공호수로 떨어져내렸다. 사람들은 브라스밴드의 연주와는 상관없이 괴성을 질렀고 나는 오줌이 마려웠다. 그때 놀이공원 내의 가장 높은 건물 꼭대기에서 기다란 현수막 하나가 흘러내렸다. 놀이공원 창립 15주년이었다.

그가 매표소 앞으로 걸어가 표를 끊었다. 게이트를 지나고 다리를 지났다. 인공호수에서부터 바람이 불어왔다. 음악소리가 하도 커 뭐라고 하는 그의 말소리가 도무지 들리질 않았다. 길게 부는 나팔소리가 들려왔고 창립 15주년 페스티벌이 본격적으로 시작되려고 했다.

건물 지붕 위로, 인공호수 위로 캐릭터인형들이 붕붕 날아다녔다. 드디어 출입구의 다리 끝에서부터 댄스 행렬이 시작되었다. 커다란 키에 나비처럼 날개를 달고 격렬하게 사지를 흔들며 춤추는 외국인 무용수들이 놀이공원의 중심부로 맨 먼저 진입했다. 밝은 조명 탓에 녹색 눈화장을 한 그들의 얼굴은 작은 인형 같았고 번쩍이는 옷은 광택이 지나쳤다. 날씬한 허리와 긴 다리로 지금은 모든 걸 다 잊으라는 듯 춤추고 있는 그들의 행렬 뒤로, 얼굴에 흰 가면을 뒤집어쓴 가면무도회 행렬이 이어졌다. 그들은 괜스레 관객들을 향해 호통쳤으며 내가 누구인지 아느냐는 듯 거들먹거렸다. 그뒤로는 온몸 가득 땡땡하게 바람을 넣은 오뚜기 인형들의 춤에서, 인공대나무 숲속을 종횡무진 오가는 중국 무사들의 춤으로 이어지고, 또다시 캉캉춤으로 이어지고…… 페스티벌 행렬은 그칠 줄 모르고 이어졌다.

그러는 중에도 번지드롭은 굵은 기둥의 상단 테두리에 사람들을 묶은 채 그들의 몸을 맘껏 뒤흔들며 위아래로 움직이고 있었다. 번지드롭 위의 사람들은 기계장치가 이끄는 대로 소리를 지르고 마른침을 삼키고 오그라드는 심장을 쥐어짜며 매달려 있었다.

그가 전망대가 있는 공주의 성으로 올라가고 있었다. 나도 그를 따라갔다. 나선형 계단은 올라갈수록 폭이 좁아졌고 공주의 성은 점점 높아졌다. 계단마다 공주의 탄생, 공주의 사랑, 공주의 죽음, 공주의 부활을 연기하는 인형들이 실물 크기로 전시되어 있었다. 계단 곳곳에 숨겨진 해골과 박제들은 공주의 운명을 멋지게 보이게 하기 위해서도 꼭 필요한 소도구들이었다.

그는 주머니에서 그 망원경을 꺼내들고 사방을 둘러보았다. 남산이 보인다고 했다. 나는 우리가 살고 있는 아파트 쪽을 쳐다보았다. 방풍

림처럼 아파트를 둘러싸고 있는 나뭇가지들 틈으로 우리가 살고 있는 집을 찾았다. 아파트는 인공호수 너머에 완강하게 입을 다문 듯한 표정으로 서 있었다.

넌 그냥 거기 서 있어.

그는 폭이 좁은 전망대 난간 위로 간신히 올라가 두 팔을 벌리고 섰다. 아래에서는 여전히 페스티벌 행렬이 이어지고 있었다. 그는, 시선은 하늘에 둔 채 두 발은 나선형 돔을 따라 아슬아슬하게 걷고 있었다. 인공호수 상공에서는 여전히 불꽃이 터졌다. 나는 무심코 불꽃 하나가 떨어져내린 바닥을 보았다. 그가 떨어질 것만 같았다. 그가 떨어진다면 시멘트 바닥에 처박혀 영영 끝일 것 같았다. 겁이 났다. 그때였다. 순간, 환한 조명이 우리 두 사람을 꼼짝 못하게 했고 음악소리가 작아졌으며 다급한 안내방송 소리가 들려왔다. 그리고 근육질의 젊은 경비원들이 전망대 위까지 단숨에 뛰어올라왔다.

우리는 자꾸만 손을 흔들며 갈지자로 걷고 있는 곰인형을 향해 손을 마주 흔들어주며 식당가 의자에 앉아 있었다. 곰인형은 페스티벌 행렬의 거의 끄트머리였다. 옛날영화의 주인공들 사진을 입구에 붙여놓은 추억의 영화관이 가까운 데 있었다. 나는 가까이 다가가 이마에 잔뜩 주름이 진 남자배우들의 얼굴에 입을 맞췄고 그걸 본 그가 웃었다.

인공호수를 한바퀴 도는 환상의 유람선이 과장된 고동소리를 내며 선착장에 들어섰다. 환상의 유람선이 도착한 것을 끝으로 잠시 후 야간개장이 마감된다는, 좀 쓸쓸한 듯한 목소리의 안내방송이 들려왔다. 유람선에서 내린 술 취한 사람들은 한잔 더 해야 한다며 출입구

쪽으로 몰려갔다. 우리도 그제서야 자리에서 일어섰다.

평화를 상징하는 모형 비둘기는 날기를 멈춘 채 허공에 박혔고, 곳곳에 서 있는 거대한 근육의 남신(男神)들은 좀 추워 보였다. 패스트푸드점에서는 끝도 없이 쓰레기봉투가 쏟아져 나왔다.

페스티벌에 참여한 배우들이 화장도 지우지 않은 채 허리 잘록한 옷차림 그대로 호숫가를 지나 어딘가로 몰려가고 있었다. 그들이 들고 있던 화려한 꽃과 그들이 탔던 모형 말도 거대한 트럭에 실렸고, 캐릭터 인형들의 거대한 몸집도 반쯤은 바람이 빠진 채 짐꾼들에 의해 허리가 접혀 트럭 속으로 구겨져 들어갔다.

놀이공원에 와서 환호성을 지르며 놀던 사람들은 삼삼오오 호수 속으로 길 위로 마치 생쥐처럼 변해 사라졌다. 불이 꺼지지 않을 것 같던 놀이왕국도 드디어 어두워지기 시작했다. 뜨거운 바람이 한바탕 불어닥쳤다. 채 터지지 못하고 건물틈에 끼여 있던 풍선이 뻥 터진 것을 마지막으로, 주변은 조용해졌다.

두꺼운 겨울코트를 입고 하이힐을 신은 한 여자는 어두운 호수에 시선을 둔 채 불 꺼진 놀이공원 쪽으로 걸어가고 있었다. 걸어가던 여자는 막 울리고 있는 휴대폰을 코트 주머니에서 꺼내 강물 속으로 던졌다. 강물은 잠잠했다. 양복을 입은 노인이 커다란 가방을 어깨에 멘채 인공호숫가의 벤치에 앉아 얼굴을 신문에 대고 중얼거리고 있었다. 먹자골목에서 봤던 여행가방을 든 짧은 머리의 여자는 어느새 호수 난간에 걸터앉아 담배를 피우고 있었다. 여자는 줄곧 한 곳만 쳐다보고 있었는데, 캔맥주를 마시며 얘기하고 있는 두 남녀 중 남자 쪽에 시선이 가 있었다. 남자의 앞에 앉은 여자는 웨이브가 진 긴 머리칼을 뒤로 넘기며 검은색 가죽가방 속에서 뭔가를 꺼내 남자에게 보여주었다. 놀랍게도 경춘국도의 그 여자였다. 여자의 구두굽은 멀쩡하게 붙어 있었고 줄무늬 블라우스도 스커트도 모두 다 깨끗했다. 여자가 나를 돌아보고는 환하게 웃었다.

잔뜩 몸을 숙이고 세상의 모든 불이 꺼지고 사람들이 모두 퇴장하길 누구보다 애타게 기다리고 있는 건 앝은 신음소리를 내며 살그머니 주변을 오가던 고양이떼들이었다. 밤 열한시였다. 놀이공원은 오래 전부터 잠들어 있었다는 듯, 인공호수 속으로 사라져버린 왕국처럼 그 형체마저도 불분명했다. 다만 매직스노랜드의 영토를 표시하듯 그 테두리에만 약한 불이 선을 이루며 켜져 있었다.

피곤했다. 저만치 앞에서 걷던 그가 나를 향해 돌아서서 성큼성큼 걸어오고 있었다. 인공호수 주변에 띄엄띄엄 켜놓은 가로등 밑이었다.

얼굴 꼴이 이게 뭐냐.

그가 내 입가에 묻은 도넛 가루를 손바닥으로 문질러 닦아주었다. 그의 손에서 물기 묻은 흙내가 났다. 아주 오랜만에 본 그의 눈빛은 놀이공원의 불빛을 죄다 옮겨담은 듯 붉었다. 그가 몸을 돌렸다. 다리가 길고 허리가 쭉 뻗은 누런 개 한마리가 호숫가 숲에서 낑낑거렸다. 밤이었지만 개의 머리 위로 쇠파리들이 날았다. 그는 몸을 숙여 개의 여기저기를 살폈다. 약을 먹었거나 뭔가를 잘못 먹은 것 같았다. 그는 개에게 무슨 말인가를 자꾸만 했다. 개의 몸은 이미 축 늘어져 보였다. 한참을 그대로 앉아 있던 그는 개의 몸을 두 손으로 들어올려 어깨에 둘러멨다. 그리고 개의 몸에 머리를 기댄 채 집으로 걸어갔다.

인공호수에서부터 물비린내가 퍼져 올라왔다. 몸 전체에 들끓는 열기가 느껴졌다. 나는 오늘 낮 국도 위에서처럼 구역질을 하기 시작했다. 내 몸 속에서 이물질이 꼬물거리며 집을 짓고 있었다. 나는 허락

한 적이 없는데, 나는 무서운데, 누가 내 몸 한가운데다 집을 짓느라
몸을 부비고 있었다. 그를 부르려고 했는데 목소리가 나오지 않았다.
임신이었다.

—『문학동네』 2002년 여름호

태국풍의 상아색 샌들

───

*

　우리는 아침이 오기 전에 도시를 떠나자고 했어. 그리고 우리는 예정대로 떠났지. 수조(水槽) 속에 담긴 모형도시처럼 현실감이 없어 보이는 새벽 거리. 셔터를 내린 가게들, 플라타너스 그림자가 흔들리는 텅 빈 차도, 골목 저쪽의 어둠도 멍청해 보였고 새벽 거리의 모든 것이 갑자기 만만해 보였어. 그래서 우리는 자동차 시동을 걸기 전에 차례로 한번씩 침을 뱉었지.

　우리는 아주 짧은 시간 안에 도심을 빠져나갔어. 그리고 가만히 웅크리고 있는 고속도로로 진입했지. 이미 10만 킬로미터 이상을 달린 기억을 갖고 있는 스틱 자동차의 가속페달을 사정없이 밟아댔어. 오래된 자동차는 신나게 잘 달렸지만 가끔씩 진흙탕에 빠진 탱크 소리를 내더군. 자동차 알피엠이 올라갈 때마다 뒷자리에서는 더 빨리 달리라고 애원을 하더군. 더 더, 제발 제발, 더 빨리! 꼭대기에 새둥지를 하나씩 얹은 머리 꼴로 눈 감고 애원하는 모습들이라니.

붉은 기가 가시며 차츰 밝아지고 있는 산이 보였어. 아직 흰 안개 뒤에 숨어 있는 산도 있었지. 산속으로 난 좁은 길들도 봤어. 어쨌든 계속 달렸지. 얼마 안 가 길게 이어진 공장지대가 나타났어. 돔 형태의 거대한 물류창고 지붕은 혼자서 구불텅구불텅. 원통 모양의 기둥이 치솟은 시멘트공장 하늘 위로 검은 새들이 날아올랐어. 한참을 달리고 있을 때 고무 타는 냄새 같은 게 차 안으로 스며들었지. 우리는 모두 눈을 감고 있었지만 그 냄새를 아주 예민하게 느끼고 있었어. 모두들 배가 고팠거든.

한참을 달렸어. 시간은 아침을 지나 정오 방향으로 움직이고 있었지. 저만치 앞 하늘에 둥글고 커다란 시계가 떠 있는 것 같았어. 달리면 달릴수록 시계바늘은 궤도를 이탈해 팽글팽글 원을 그리며 돌기만 하더군. 아무 생각도 나지 않았지. 시간도 공간도 망각해버린 몸은 죽지 않고 살아 있다는 걸 알려주려고 자꾸만 움찔거렸어.

고속도로 오른편으로 마치 모래밭처럼 보이는 호수가 나타났어. 비가 많이 내린 탓에 물이 불어난 거지. 우리 차는 앞서 달리는 트럭을 추월해야 했어. 트럭 위에 잔뜩 실린 철근더미가 무너져내릴까봐 신경이 쓰였거든. 트럭의 속도를 단숨에 따라잡기는 쉽지 않았어. 우리 차는 일단 일차선으로 차선변경을 한 뒤 트럭 옆을 바싹 지나쳐 앞으로 달려나가야 했어. 맙소사, 트럭기사가 졸고 있네. 우리 차가 트럭 앞으로 달려나가면서 빵빵 경적을 울렸어. 기사가 입술을 씰룩거리며 쌍욕을 했어. 그때 누군가 말했지. 아, 빵 먹고 싶다!

우리는 항상 9월에 늦은 여름휴가를 떠났어. 9월이 오기 전까지 우리는 필사적으로 일상에 매달렸지. 뭐든 꾹꾹 담아두었다가 그때 가서 풀어놓겠다는 듯이 각자 9월의 자루 속으로 감정이건 술이건 치즈건 집어넣었지. 그리고 9월이 되면 묵직해진 자루 하나씩을 들고 나타났어. 이번 휴가도 똑같아. 다른 게 있다면 얼마 전 우리가 다들 거지가 됐다는 사실이지. 어쨌든 우리가 바라는 휴가는 작열하는 태양 아래서 완전히 멍청해지는 느낌이 들 때까지 쉬는 거였어. 그러나 돌이켜보면 그 시간들은 좀 이상했어. 질서가 깨진 텅 빈 도시를 무연히 걷고 있는 것과 비슷한 느낌이었을 거야, 아마도.

　우리는 휴게소에서 차를 세웠어. 휴게소 건물 뒤쪽으로 돌아가 담배를 피우거나 아랫배를 문지르며 화장실로 갔지. 담배를 피우고 나자 더 배가 고팠어. 식당에 모인 다섯 사람의 얼굴은 죄다 푸석푸석했지.

　야, 작년보다 더 춥지 않냐? 바다엔 들어가지도 못할 것 같은데.

　저 새끼 저거. 여자친구도 없는 놈이, 몸이 벌써 그래서 어쩔래.

　비아그라가 있잖아.

　이십사시간 동안 발기상태라. 생각만 해도 고통스럽다.

　그거 먹으면 얼마만큼이나 커지냐? 사이다병? 아님 박카스병?

　매일 똑같은 얘기들, 국수들이나 드셔.

　이봐요 여성동지들, 우리가 아무리 편해도 그렇지 대가리에 물이라도 좀 바르고 나와서 먹지.

　물은 뭐 하러 발라, 차 타면 또 잘 텐데. 차 안에서 방귀나 뀌지 마.

　식탁 위의 우동은 따뜻해 보였어. 우리는 마른 입속에 김밥을 밀어넣고는 국수 국물을 떠먹었지. 우리들의 식탁 쪽으로 해가 비쳐들었

어. 표면이 마른 김밥 위로 S자 모양의 먼지들이 떨어져내렸어. 휴게
소 밖 하늘을 내다봤지. 그러고 보니 어느새 공기가 차가워진 것 같더
군. 고개를 돌렸을 때, 앞에 앉은 여자친구의 핏기 없이 노랗게 뜬 얼
굴이 보였어. 그녀가 얼굴을 옆으로 돌리고 무슨 얘기를 하는데 수백
년은 산 사람의 얼굴로 돌변하는 거야. 그녀는 우리들 중 한 사람과
부부였어. 물론 그전에도 우리는 다들 친구였지. 두 사람은 일년 정도
살고 헤어졌지만 친구로 남기로 했고 우리들과도 여전히 친구야. 십
년 후에 저 친구의 옆얼굴은 어떻게 변할까. 갑자기 겨자 먹은 혀처럼
모든 게 엉키더군. 에이, 재수 없게! 서로의 입속에서 들려오는 노란
무 씹는 소리를 경청하고 있을 때였어. 우동그릇 속에 빠져 다시마처
럼 위장하고 있는 바퀴벌레를 발견한 거야. 영원불멸의 족속들에게
경의를!

　하늘은 파랗고 아주 높았어. 우리 차 바로 옆으로 분홍 돼지들을 가
득 실은 트럭이 천천히 들어와 서더군. 트럭기사는 휴게소 쪽으로 걸
어갔지. 돼지들은 결박당한 죄인들처럼 서로의 몸을 포개고 선 채 꼼
짝도 못하고 트럭 안에 갇혀 있었어. 돼지들의 얼굴에서 분홍색 물방
울들이 거미줄처럼 튀어올랐지. 아무리 기다려도 여자애들이 오지 않
았어. 전쟁통이라 할지라도 여자들은 뭔가를 꼭 사고 치장하려는 유
전자가 있다는 것이 평소 생각이었지. 창틈으로 돼지 냄새가 솔솔 밀
려들어왔어. 뭔가에 가슴이 짓눌리는 느낌이 들었지. 점차 돼지 냄새
가 심해지고 있어서 더이상 버틸 수가 없었어. 돼지들에게 괜히 미안
하다는 생각이 들더군.

　그녀들은 난전을 차려놓은 트럭 앞에 쭈그려앉아 있었어. 트럭 아
래 돗자리 위에는 알록달록한 신발들이 가지런히 놓여 있고, 트럭 안

선반 진열대에는 세상의 모든 잡동사니가 다 있었어. 검은색 야구모자를 쓴 트럭 남자는 조개껍질로 발등에 파란 꽃잎 모양을 만들어 달아놓은 상아색 슬리퍼를 권했지.

모두 다 태국 물건들이에요.

야구모자를 들었다 내리는 남자의 얼굴은 햇볕에 까맣게 그을려 있었어.

아저씨, 거짓말시키지 마세요. 내가 태국 갔을 땐 이런 거 없었어요.

그녀들은 갑자기 귀엽게 굴었지.

그래요? 혹시 거기서 나 못 봤나? 태국은 한때 내 무대였는데.

남자가 누런 이를 드러낸 채 껄껄 웃으며 말했지만 그녀들은 대꾸도 않고 이것저것 신어보고 이리저리 잡아당겨보고 만져봤지. 쌘들 바닥 색깔만 다를 뿐, 조개껍질로 꽃잎 모양을 만들어 발등에 달아놓은 건 모두 똑같았어. 난 안 살래. 한 친구는 다행히 포기. 그러나 나머지 한 친구는 쌘들을 꼭 안은 채 천원만 깎아달라고 떼를 쓰기 시작했지. 빨리 출발하기 위해서 그녀들의 팔목을 잡아끌고 데려와야 했어.

자동차는 출발했어. 고속도로를 오래오래 달렸지. 대화라는 걸 한다는 게 불가능할 정도로 자동차 소음이 심해졌어. 그럴 때는 다들 잤지. 우리는 드디어 국도로 빠져나갔어. 옥수수밭과 고추밭 들을 지났지. 지붕 한가운데가 폭삭 내려앉거나 방 하나가 날아가버린 폐가가 눈에 들어왔어. 웃자란 풀들만 집 마당을 가득 채운 집도 있었어. 산중턱은 아직도 붉은 흙이 흘러내린 자국을 상처처럼 달고 있었고, 매운 태풍에 휩쓸린 벼들은 게임이 끝난 도미노 판처럼 죄다 한쪽으로 쏠린 채 넘어져 있더군. 군인들은 비스킷 조각처럼 절단난 도로를 메우느라 연신 삽질을 해대고 있었지. 모두 태풍의 흔적들이었어. 그래도 우린 누런 토종 한우들에게 손을 흔들었어. 달리면 달릴수록 길은 한산해졌고 태양은 뜨거워졌지. 얼마 안 가 뒷자리와 옆자리는 아주 조용해졌어. 쌘들을 가슴에 안고 잠든 그녀들의 얼굴을 바람에 날린 머리칼이 간질이고 있었지.

*

차창 밖으로 바다가 보였어. 흰 파도가 보였고 그뒤로 회청색 수평선이 보였어. 소금기 묻은 공기가 턱에 와 닿고 머리칼이 얼굴을 긁었어. 자동차의 핸들도 자꾸만 바다 쪽으로 꺾이려 했지.

우리는 한적한 해수욕장 입구에 차를 세웠어. 드문드문 서 있는 식당들과 멸치나 풍선을 파는 가게들엔 드나드는 사람이 없었어. 여자들은 가방 안에서 짐을 꺼냈다가 넣었다가 준비가 복잡했지. 해수욕장은 이상하리만치 인적도 없고 지나치게 고요했어. 물새들이 바닷물이 흘러나와 생긴 작은 호수 위에서 미끄러지며 날아올랐지. 모두들 해수욕장 입구에 서서 기지개를 켰어. 그리고 피할 수 없다는 듯 바다를 바라보고 서 있었지. 우리들의 눈앞에는 넓은 바다가, 우리들의 머리 위에는 잘난 태양이 빛나고 있었어. 우리는 각자의 짐을 하나씩 들고 대결이라도 하겠다는 듯이 바다를 향해 걸어갔어. 그리고 바다가 가장 잘 보이는 곳에서 멈춰섰지.

오줌이라도 갈길까.

바다를 지키는 그린피스 대원들이 어디선가 보고 있을지도 몰라.

우리는 털썩 주저앉았어. 그리고 머릿속에 파도소리마저 없어지고 푸른 바닷물만 가득 찰 때까지 각자 바다만 바라봤지. 모래 위에 비스듬히 누운 채로, 혹은 자기 무릎을 두 손으로 감싸고 앉은 채로 말야. 조개껍데기를 귀에 갖다댔을 땐, 날카로운 조각이 귓속으로 들어가 박히는 느낌이었어. 발가락 새에 낀 모래알갱이들이 혈관 속으로 들어가 간지럼을 태우는 것도 같았지. 무심코 손을 올려 얼굴을 만지는데, 손에 묻은 소금기 때문에 얼굴 한쪽이 으스러져내리는 느낌이 들었어. 우리는 소멸되길 원하는 족속들답게 한심하게 시간을 보내고 있었지. 야, 쟤들 좀 봐라. 누군가 바다를 가리키며 말했어. 비키니를 입은 여자와 역시 수영팬티 차림의 남자가 검은 튜브를 들고 바다로 뛰어가는 게 보였어.

이제 우린 어떻게 되는 거지?

일단 바다를 봐야지.

그냥 여기서 할까?

뭘? 수영 말이니?

아니, 수영말고.

미안하지만 난 아직 끝낼 수 없어. 산더미 같은 빚조차도 흔적이 잖아.

그걸 정리할 수 있을 거라고 믿니, 넌?

여자들이 앞에 앉은 남자들의 어깨에 얼굴을 묻었어. 남자들은 여자들의 머리카락 냄새를 맡는 듯 얼굴을 약간 옆으로 돌렸지. 한 여자가 바다가 누운 방향으로 길게 누워 있는 남자의 몸 위로 올라갔어. 그리고 몸을 포개고 엎드린 채 남자와 뺨을 맞대고 같은 방향에서 바다를 봤어. 둘의 키는 정말이지 남매처럼 똑같았어. 둘은 그렇게, 나머지는 앉아서 혹은 누워서 아무 말도 하지 않고 몸을 뒤척이며 바다만 봤어.

들어가자! 고개를 비스듬히 치켜들고 태양을 노려보던 한 녀석이 말했지. 우리는 일어나서 입은 옷들을 훌훌 벗고 바다를 향해 뛰었어. 수영복을 입고 있긴 했지만 정신적으로 우린 거의 알몸이었어. 검은 여드름 자국이 영원히 지워지지 않을 반점처럼 고착된 하얗게 살이 오른 사내자식들의 엉덩이. 서른이 넘자 약간씩 나오기 시작하는 아랫배에 잔뜩 힘을 준 채 비키니를 입은 여자애들의 둥그런 어깨. 우리는 서로의 엉덩이와 어깨를 바라보듯 바다를 바라봤고, 모두 바다를 향해 돌진했어. 수영도 아니고 체조도 아닌 이상한 형태의 자맥질로 바다를 향해 헤엄쳐나갔지. 그리고 얼마 후, 우리는 다시 모래 위로 올라왔어. 그리고 마지막 호사라며 도시의 대형 마트에서 사온 외제 맥주를 벌컥벌컥 들이켰지.

우리 여기서 다 죽자!

누군가 말했어.

우리는 모두 일어나 그렇게 말한 인간의 팔다리를 질질 끌다시피 해서 바다 속에 던져넣었어. 그의 몸 위로 떨어지는 흰 물방울들. 그의 몸 위로 무수히 생겼다 사라지는 아메바 모양의 크고작은 물무늬들을 우리는 쏘아보았어. 긴 몸싸움 끝에 그의 수영팬티가 벗겨지고 말았지. 그의 몸 정중앙에 있는 약간은 움츠러든 듯한 그의 초콜릿색 성기가 태양 아래 공개되었을 때 우리는 또 배를 잡고 웃었지.

쌘들을 신고 바다를 향해 걸어가는 여자친구의 뒷모습을 봤어. 발뒤꿈치가 신발 바닥에 착지했다가 떨어지는 아주 짧은 순간들을 반복해서 쳐다봤지. 그녀는 쌘들을 벗고 바다로 들어갔어. 쌘들은 파도에 쓸려 조금씩 떠밀려갔지. 잠이 오려고 했어. 쌘들 위로 흰 눈송이가 떨어지는 걸 본 것 같았어. 그때서야 일종의 가수면상태에서 깨어났지.

바다와 모래사장은 삽시간에 어두워졌어. 우리는 튜브를 타고 바다로 나간 여자와 남자를 찾기 시작했지. 그들은 보이지 않았어. 그러거나 말거나 그건 그들의 사생활일 뿐. 우리는 주섬주섬 옷을 입었지. 그때 우리와 백 미터쯤 떨어진 백사장 저쪽에서 흰색 지프 한대가 바다를 향해 직진해 달려오고 있었어. 지프의 바퀴는 모래 속에 처박히지도 않고 무사히 바다에 당도했지.

우리는 자연스럽게 그쪽으로 걸어갔어. 그리고 가까이 가서 봤지. 꼬마들은 차 주변을 돌며 뛰어놀고 있었어. 남자아이는 나비타이까지 맨 양복 차림이었고, 여자아이는 분홍색 원피스에 흰색 타이츠를 신고 장화를 신고 있었어. 바다에 입고 오기에 적당한 옷차림이라고 하기는 어려웠지. 남자와 여자는 지프 뒤에서 뭔가를 꺼내고 있었어. 네모난 상자 같기도 했고 반닫이 고가구 같기도 했어. 보라색 꽃무늬 원피스에 검은색 카디건을 입은 여자와 양복을 입은 남자가 상자를 맞들고 바다로 나갔어. 아랫도리가 다 젖도록 그 가구를 바다로 밀고 나가더군. 여자의 꽃무늬 치마가 목련꽃잎처럼 부풀어올랐다가 가라앉았어.

저게 뭘까. 혹시 사람? 무거워 보이지는 않는데.

우리는 모래장난을 치고 있는 아이들 앞에 가 서서 중얼거렸어. 아이들은 머리카락이 갈색이고 레이스가 수북하게 달린 옷을 입은 인형을 모래 속에 파묻는 중이었어. 아이들이 눈살을 찌푸린 채 고개를 들고 우리 다섯 명을 쳐다봤어. 상자를 바다로 보낸 남녀는 모래 위로 올라와 양말을 벗고는 바다에 떠 있는 상자를 쳐다봤어. 은색 바다 위로 떠내려가는 나무상자와 네 사람! 우리는 그날 이후 긴장과 혼돈이 뒤섞인 얼굴빛으로 바다를 바라보던 그들에 관한 기억을 아주 오래

공유했지.

순두부백반집에서는 습기에 찌든 오래된 벽지 냄새가 났어. 콩나물 무침은 먹어도 먹어도 싱겁고 콩 냄새가 안 났어. 덜 절여진 배추는 서걱서걱거렸지. 식당 주인은 입술을 오므린 채 코를 후비다가 우리들과 눈이 마주치자 얼른 손을 내렸어. 그리고 말했지. 요즘 다들 왜 그런대요? 다들 왜 여기까지 와서 죽고 그런대요? 하루도 안 빼놓고 사람이 죽어나가요. 전부 도시사람들이래요. 빚이 많아서 그렇게 죽는다네요. 애들이 무슨 죄가 있나요? 우리 집에서 멀쩡히 밥 먹고 나가서는 다음날에는 바닷가에 죽어자빠져 있어요. 내가 저승 가는 사람들 마지막으로 밥 해먹이는 사람이래요? 참 이상한 일이래요. 주인은 우리가 아무 대답도 않고 밥 먹는 일에만 열중하자 턱을 괴고 졸기 시작했어. 우리는 사실 그런 기분이었어. 영혼을 위로받기에 순두부백반은 너무 약하다!

해가 지고 있었어. 하늘은 짙고 푸른 청색이었지. 우리는 숙소를 향해 이동했어. 코끝에 바다 냄새가 따라다녔지. 바닷가 도시에 불이 켜지고 있었어. 술에 취한 사람들이 장화를 신은 채 거리에서 삿대질을 하며 싸웠어. 누군가 창밖 하늘에 휴대폰 카메라를 들이댔어. 사진 제목은 9월의 밤하늘. 휴대폰을 차례로 빙 돌려가며 자기가 찍은 것을 보여줬지. 거기엔 불빛 몇개와 어둠이 다였어. 최신기술이 말아먹은 이상한 9월의 하늘이 거기 있었지.

바닷가 도시의 중심가를 지나고 호텔을 지나고 모텔을 지났어. 계곡 입구까지는 꽤 멀어서 모두들 잠깐씩 눈을 붙일 만한 거리였지. 계곡 입구에 도착해서 우리는 담배를 피웠어. 옆에 서서 놀던 꼬맹이와 엄마가 노래를 불렀어. 꼬마야 꼬마야 뒤를 돌아라, 꼬마야 꼬마야 땅을 짚어라, 꼬마야 꼬마야 만세를 불러라, 꼬마야 꼬마야 잘 가거라. 아이 엄마는 꼬맹이의 두 손을 어깨 위로 번쩍 들었다가, 엉덩이를 획 잡아 돌렸다가, 다시 두 손을 번쩍 들었다가, 한 손을 들어 바이바이를 시켰어. 꼬맹이가 우리들에게 손을 들어 인사했지.

길 양쪽으로 나무가 빼곡하게 들어찬 숲을 지나 우리는 '해당화민박집'의 간판을 찾았어. 어린애들이 소리를 지르며 민박집 앞마당을 뛰어다니고 부모들은 그 아이들이 넘어지기라도 할까 뒤를 따라다녔지. 우리는 예약한 대로 본채에 있는 방 두 개를 안내받았어. 하나는 그냥 방이었고, 길 쪽으로 난 방에는 옛날식의 정자가 붙어 있었어. 이상하게도 민박집에서는 끊임없이 물소리가 들렸어. 우린 처음에 그게 계곡에서 들려오는 물소리인 줄 알았지. 그런데 그건 정자 밑에 만들어놓은 연못에서 나는 소리였어. 우리는 휴게소에서 사서 먹다 남긴 오징어를 씹으며 검은 계곡과 짙은 산이 내다보이는 정자에 앉아 있었어. 그때 누군가 가방에서 드링크제를 꺼냈지. 한병씩 마시고 나서 딱히 할일이 생각나지 않자 우리들은 민박집 주인에게 저녁밥을 시켰어.

민박집 아줌마는 군데군데 얼룩지고 밥풀이 붙은 행주로 연신 칼을 닦아가며 비전문적인 솜씨로 송어회를 뜨고 있었어. 우리는 한명씩 차례로 부엌을 오가면서 접시 위에 놓이는 두툼한 송어와 행주를 쳐다봤지. 어쨌든 상 위에서 끓고 있는 매운탕 냄비는 아주 푸짐했어.

시간이 지나고 술병이 늘면서 우린 좀 소란스러워졌지. 처음엔 문도 살살 닫고 웃음소리도 작게 내려고 노력했지만 우린 곧 점령군처럼 굴었어. 화장실 문도 쾅쾅 소리내어 닫고, 부엌 냉장고 속의 물도 마음대로 꺼내 마시고. 우린 평소 습관대로 떠들고 마시고 노래를 불렸어. 어떤 녀석은 화장실에 다녀오다가 자고 있는 주인 내외의 안방 문까지 열어보고 왔지. 이 집 아들이 육사생도야. 녀석이 말했어. 아저씨의 사타구니에 손을 넣고 잠든 주인아줌마한테 물어봤더니 벌떡 일어나 앉아 천연덕스레 대답을 하더라나. 그러고도 문 앞에 잠깐 앉아서 아줌마와 인생상담을 하고 왔다네. 그러나 우리는 다음날 아침 알게 되었어. 그 방 벽에 사관생도복을 입은 주인 아줌마의 자랑스런 아들 사진이 걸려 있었거든.

조금은 질기고 행주 냄새가 감도는 송어회를 먹으며 우리는 회청색의 수평선 얘기를 했고 오랜 퇴적으로 이루어진 거대한 암석들에 관한 얘기를 했으며, 누군가는 자기의 일생에서 겪은 이상한 일 다섯 가지에 관해 얘기를 했어. 지프에서 내린 그 사람들이 뭔가를 바다로 떠내려보내는 장면이 그의 일생에서 본 이상한 일 다섯 가지 중 세번째라고 했어. 다들 물었지. 첫번째 두번째는 뭐였어? 그는 두번째는 얘기해줄 수 없고, 첫번째 얘기만 하겠다고 했어. 첫번째는 그리 이상하지 않았어. 그건 그냥 누구나 사춘기에 있었을 법한 꿈 이야기 같거나 거짓말 같았지. 그래서 우리는 다들 실망했다며 웃었어. 이상한 일 다섯 가지를 다 보게 되면 그때 자기는 이 세상에 없는 거라나. 어쨌든 언제나 우리를 즐겁게 하는 건 함께 다녔던 고등학교 시절 얘기. 만날 때마다 하루도 빼놓지 않고 해서 이제는 아무도 듣지 않는 그 얘기를 우리는 또 하기 시작했어.

그런데 말야, 너 일학년 때 담임한테 맞고 어디 갔었냐? 너네 엄마가 우리 엄마한테 전화하고 난리였잖아.

미친놈, 그 얘기 또 하냐. 때린 선생한테 벌 좀 내려달라고 기도하러 교회 갔다 왜.

야, 저새끼 저거 몇등 했는 줄 아냐. 아마 꼴찌에서 두세번째였을 걸. 저런 게 펀드매니저를 했으니.

그래도 얼굴이 반반한 게 천만다행이지.

넌 새끼야, 자칭 타칭 아티스트였다면서. 아티스트가 진통제 파냐. 야, 너네들 아티스트 피아노 치는 거 본 적 있냐. 정말 웃긴다, 그 표정 그 감정!

진통제가 어때서.

지랄하네. 잘난 놈들이 일은 왜 이따위로 만드냐.

그 대목에서 우리는 모두들 침묵해야 했어. 여자들이 화가 나서 초록색, 주홍색으로 변한 얼굴로 웃통을 훌렁 벗어던지고는 입을 열었지. 아무도 저지할 수 없는 상태에 돌입한 것 같았어.

너희들을 믿느니 동네 개를 믿지. 돈 날린 건 그럴 수 있어. 근데 왜 이렇게 한꺼번에 같이 망해야 하냐구? 이놈이 저놈 밑구멍 닦아주고 저놈이 또 다른 놈 밑구멍 닦아주고. 너희는 도움을 청할 다른 친구들은 없었니. 이건 악연이야.

악연이지. 악연인데, 넌 그래도 배웠다는 애가 밑구멍이 뭐냐. 또 내가 단돈 오백 융통하느라 눈 빨갛게 돼가지고 뛰어다닐 때 넌 뭘 했냐. 연애질에 정신 못 차렸고 살 궁리하느라 바빴어.

너 지금 나 모함하니? 너희들 맨날 만나서 양주 마시고 여자들 불러 놀고 포카 치고, 니들 그동안 어떻게 살았는지 하늘도 알고 땅도 알아. 정말이지 너희들을 만나지 않았어야 했어.

그런 말은 헤어진 애인들에게나 하시지. 지금은 그런 말 아무 소용 없어. 우린 지극히 평범해.

나도 평범해. 평범해서 아주 미치겠어.

주인아줌마 깨겠다. 기운들도 좋네 정말.

우리들의 몸은 널브러지기 직전이었으나 정신은 점점 더 또렷해졌어. 우리는 모두 계곡으로 내려갔어. 계곡에서는 수수 수수, 물소리가 들려왔지. 나뭇잎들이 흔들리는 소리도 들려왔고 나무뿌리가 용틀임을 하는 것 같은 날카로운 소리도 들려왔어. 사방이 어두웠지. 계곡 입구에 검은 개 한마리가 묶여 있었어. 번들거리는 개의 눈만 보였지. 자꾸 쳐다보면 잡아먹어버리겠다고 발길질로 엄포를 놓았지만 소용없었어. 멍청하게도 개는 거의 초긴장 상태였지. 각자의 어둠을 응시하느라 아무도 웃지 않았어. 내년엔 여기 오지 말자. 못을 박듯 누군가 말했어.

동그랗게 모여서, 아주 오래 전에 비상시국이 되면 실행하자고 했던 프로젝트의 순서를 확인했어. 만나면 언제나 즐겁게 마시고 즐겁게 놀고, 투자까지 같이 했다가 결국은 공멸할 처지에 놓인 우리들만의 카르텔을 끝장내고 정리할 순서 말이지. 우리들 중 그 누구도 우리가 망할 거라는 생각은 안했을 거야. 우린 모든 게 다 잘돼가는 신나는 인생들이었으니까. 시신 위에 꽃을 뿌리든, 소금을 뿌리든, 바다에 던져버리든 종적 없이 처리해주기. 누가 누구의 뒤처리를 책임질 것인가 정했던 순서를 발표하고 확인했지.

우리는 그걸 남극의 펭귄에 비유했어. 바다가 얼기 시작하는 남극의 7월. 아침 일찍 서두른 펭귄 천여 마리가 한줄로 서서 바다를 건너 북쪽으로 이동하는 거야. 어느 나라 소유의 기지인지는 알 수 없지만 누군가는 얼음이 두껍게 내려앉은 창을 통해 펭귄들의 행렬을 지켜보고 있겠지. 펭귄들은 왜 북쪽으로 갈까? 북쪽엔 뭐가 있지? 펭귄들은 혹시 신비한 청색의 얼음절벽이나 신기루를 그들이 찾고 있는 무엇으로 잘못 본 게 아닐까. 맨 앞에 서 있는 펭귄은 책임감 때문에 얼마나 몸이 무거울까. 맨 뒤에 서 있는 펭귄은 갑자기 얼음을 깨고 튀어올라 자신들을 공격할지도 모르는 천적이 얼마나 두려울까. 우린 그런 심정으로 맨 처음과 끝과 중간을 정했어. 우리의 재기 가능성은 영 퍼센트였으니까. 그리고 비표(秘標)를 나눠주듯 서로의 가슴을 꼭꼭 찔렀지. 이 모든 일의 대전제, 동정은 금물.

*

우리는 이틀 동안 바다 반대쪽을 헤매고 다녔어. 적당히 지쳐서 나가떨어질 때쯤 되었을 때 도시에서부터 많은 메시지가 흘러와 당도했어. 집에 혼자 있는 우리들 중 한 사람의 어머니는, 이상한 사람이 현관 앞에 서서 가질 않는다며 빨리 돌아오라고 했어. 그 메시지를 받은 자의 반응. 신문사 영업사원이겠지. 아냐, 영업사원을 위장한 강도면 어쩌지. 그는 결국 아파트 경비실로 전화를 걸어 도움을 청했지. 경비원은 한술 더 떴어. 아무도 없는데 대체 누가 있다는 거야.

또 우리들 중 한 사람의 애인은 섹스가 하고 싶어 미치겠다며 당장 돌아오지 않으면 새 파트너를 구하겠다고 협박을 했지. 그 메시지를 받은 자의 반응. 두 손으로 벽을 짚고 허리를 앞뒤로 요란하게 움직이며 하는 말. 나도 아랫도리가 달달 떨리는데, 가서 하고 다시 오면 안 될까.

상반기 실적보고서 파일을 찾지 못하고 끙끙대는 우리들 중 한 사람의 직장 후배는, 9월 휴가 때면 사라져 연락이 끊기는 우리들을 신흥 종교단체에 빠진 정신나간 신도들로 매도했지. 차 안으로 들어온 모기를 두 손으로 때려잡는 그 메시지를 받은 자의 반응. 너 휴가 갔을 때 나도 엄청 고생했다. 인마.

우리는 세상에서 가장 길고 어두운 터널을 지났고, 그림처럼 숨막히게 조용한 시골마을을 지나갔어. 간간이 논 한가운데서 모자를 쓰고 일하는 사람 한둘이 보일 뿐 사람이라곤 없었어. 우리는 계속해서 북서쪽으로 올라갔지. 그사이 비가 내리기도 했어. 비가 그치고 우리는 지표면에서 수직으로 가장 멀리 떨어진 허공에, 휘어진 엿가락처럼 만들어놓은 현란한 굴곡의 다리도 지났지. 커브길 운전에 익숙하지 못한 사람은 골로 가기에 딱 안성맞춤이었어. 안개 때문에 다리가 허공에서 툭 끊어져 있었어. 안개 속으로 돌진하면서 우리는 질끈 눈을 감았지. 끊어진 다리 위를 지나면서 놀이기구를 탄 아이들처럼 일제히 숨을 참고 뒤를 돌아봤어. 그후로도 여러 곳의 인터체인지를 통과하고 수많은 지역의 하늘을 지나쳤지만, 우리는 결국 다시 바다가 있는 동쪽을 향해 달리기 시작했어. 정말 다들 파김치가 되었지.

다시 바다를 만났을 때, 우리는 바다를 외면했어. 그리고 바다 오른쪽에 있는 높다란 산언덕을 올려다봤지. 순간, 번쩍 하고 십자가 같은 것이 나타났다가 사라지는 것 같았어. 누군가 말했어. 저길 넘자. 저기 차가 다닐 만한 길이 보이잖아. 그 길은 군용트럭이나 다닐 만한 험한 도로였어. 몇미터나 될지 모르지만 산은 꽤 높았지.

우리는 커다란 돌멩이들이 깔린 흙길을 달리기 시작했어. 차가 심하게 덜컹거려 말도 못할 지경이었지. 여자들은 그곳이 자극을 받아 오줌을 쌀 것 같다며 깔깔거렸어. 우리는 경치를 즐길 여유도 없이 흔들렸지. 차가 푹 파인 길에 빠질 때마다 계속해서 운전자를 바꿔야 했어. 모두들 뒤에서 밀어야 했으니까. 힘이 더 센 건 여자들이었지. 그렇게 해서 산 정상에 올랐을 때 우리들의 자동차는 푸르륵, 바람 빠지는 소리를 내며 한쪽으로 주저앉았지. 타이어 펑크!

타이어를 교체하는 동안 하늘은 짙푸르게 변했어. 주변은 더욱 고요해졌고. 바다 쪽으로부터 끼루룩거리는 물새들 소리가 나지막하게 들려왔어. 우리는 고립을 피해 적진에 들어가는 생존자들 같았어. 잔뜩 긴장한 채 다시 산꼭대기에서 내려가기 시작했지. 자동차는 여전히 요동쳤고 그럴 때마다 배가 고팠어.

얼마쯤 내려가자 산의 경사가 완만해졌어. 그리고 편평한 평지가 나타났어. 평지가 끝나면 다시 경사가 이어졌어. 어디까지 이어질지 알 수 없는 기역자의 언덕, 다시 평지. 바람이나 비에 의해 그런 모양이 생긴 것 같지는 않았어. 누군가 만들어놓은 것 같았지. 우리는 모두 차에서 내렸어. 누군가 손가락에 흙을 찍어 혀에 갖다댔지. 지독하게 짜다고 했어. 바람 때문에, 아니면 지형 때문에. 수분이라곤 없었어. 믿기 어렵지. 바로 산 너머가 바다야. 몇백만년 동안 비가 오지 않아 수증기란 수증기는 모두 증발해버린 버려진 죽음의 골짜기 같았어. 우린 그 한가운데 서 있었던 거야.

우리는 흩어진 채 주저앉아 있었어. 저 멀리 불을 켠 집들이 보였고 그보다 더 멀리 바다인지 땅인지 알 수 없는 오묘한 색깔의 넓디넓은 공간이 존재했지. 우리는 트렁크 속에서 베이글 봉지를 꺼내 나눠먹고는 담배를 피웠어. 이젠 더 나아갈 곳도 없어 보였어. 도시에서는 아무런 메시지도 당도하지 않았어. 너무 멀리 와버린 거지. 그래도 우리는 농담을 주고받았어.

우리를 뜯어먹을 독수리떼는 어떻게 몰고 오지?

너무 조용해서 아무 짓도 못하겠어.

기운이 남아 있을 때 집단섹스나 할까.

안돼, 그럼 우린 씻고 싶어서 다들 바다로 달아날걸.

시원한 국물 먹고 싶다.

세상에! 여기까지 오다니.

아무래도 우린 악연이야.

이럴 줄 알았으면 날 닮은 애나 하나 낳아둘걸.

정말 밑으로 애나 하나 쑤욱 낳아보는 건데.

회사에서 마약이나 훔쳐올걸.

밤은 깊어갔어. 우리는 막다른 길에 다다랐다는 걸 알았지. 그러나 우린 언제나 그랬듯이 또 놀기로 했어. 트렁크에서 마지막 남은 맥주 상자를 꺼내왔어. 아무렇게나 기대앉아 맥주를 마신 우리는 하늘을 가득 채웠다 사라지는 파란색 불빛들을 따라 마구 뛰어다녔어. 흰색의 별무리를 따라 뛰기도 했지. 여자들은 자기가 세상을 구하러 다시 올 여신(女神)이라면서 자기 구역이라는 듯 하늘을 향해 두 팔을 벌렸어. 누군가 말했지. 강강술래나 할까? 한심한 짓이라고 했지. 그러나 우린 곧 동그랗게 손을 잡고 서서 강강술래를 했어. 회사 수련회에서 공동체의식 함양을 위해 배운 강강술래를 이런 데서 써먹는다며 좋아했지.

우리는 쓸데없는 생각이 들지 않도록 몸에서 어느정도 기운을 빼야 했어. 손전등 불빛과 자동차 불빛만으로는 주변을 다 비출 수 없을 만큼 어둠이 짙어갔지. 그때 우리들 중 누가 혹시 들었을까. 나는 우리들이 반복해서 외치는 강강술래 소리 사이로 어릴 적 보았던 상여꾼들의 노랫소리를 들었어. 이상하게도 자꾸만 귓가에 맴돌았지. 밤이 더욱 깊어가고 있었어. 이 모든 광경을 달이 지켜보고 있었지. 너희들

지금 거기서 뭘 하느냐는 얼굴로.

맥주도 떨어지고 강강술래도 끝나고 우리들 사이엔 침묵이 이어지고 있었어. 손목시계는 새벽 네시를 향해 움직였지. 이젠 춥고 힘들어서 뭘 하고 싶지도 않고 더 살고 싶지도 않았어. 우리는 마지막으로 서로의 생각을 물었어. 그리고 순서를 재확인했지. 하나가 쓰러지기까지는 최소한 한시간이 걸린다는 걸 주지시켰지. 물론 개인차가 있다는 것도. 그리고 우리는 그걸 꺼냈어. 그때 누군가 이렇게 말했어. 뭐 타는 냄새 안 나니? 다들 언덕 아래쪽을 쳐다봤지. 언덕 아래에 좀더 작은 언덕이 있었어. 그리고 그 아래 다시 언덕이 보였지. 우리는 고개를 내밀었어. 그리고 우린 봤어. 바다에서 봤던 그 흰색 지프를.

애드벌룬은 아직도 빵빵했어. 그들이 거기서 뭘 했는지 맨땅 위에는 파라솔이 꽂혀 있고 파라솔 밑에는 동화책이 펼쳐져 있었어. 흰색 지프 앞쪽에서는 희미한 연기가 솟아오르고 있었지. 지프 앞문에 비죽이 나온 원피스자락이 보였어. 이런 문제에 그나마 식견이 있는 제약회사 친구가 먼저 달려갔지. 지프의 문은 금세 열렸고 그들의 카 오디오에서는 상여꾼들의 노랫소리가 퍼져나오고 있었어. 그들은 죽은 것 같았어. 일가족 네 명이었지.

*

우리는 뒤돌아보지 않기로 했어. 바닷가 도시가 나오자 배터리가 살아 있는 휴대폰으로 신고전화를 걸었어. 그리고 도시를 향해 달렸어. 바다의 습기가 끈덕지게 따라오더군. 우리는 다리를 건너고 불 꺼진 집들과 시내를 지났어. 비닐천막만 펄럭이는 장터 입구에 차를 세우고 한동안 차 안에 있었지. 자기 생애 네번째 이상한 일을 목도한 거라고 말하는 친구의 입술은 포돗빛으로 변해 있었어. 우리는 바깥 구경할 생각도, 담배 피울 생각도 없었어. 차가 다시 출발하고 우리는 다들 잠들어버렸지. 잠에서 깨어 우유를 사다 마시고는 고속도로로 진입했어.

끊임없이 이어진 고속도로를 달리는 동안 우리는 말을 하지 않았어. 차 안 공기는 뜨거웠다 차가웠다, 말로 표현하기가 쉽지 않았어. 고속도로는 늘 그랬던 것처럼 구간구간 정체되었다가 다시 풀렸지. 우리는 공황상태에 빠졌어. 먹을 생각도 하지 않았지. 몇시간을 달렸을까. 우리가 살던 도시가 점점 가까워지고 있다는 생각에 안도했지. 안도라, 그건 정말 실망스러운 감정이었어. 우리가 다시 도시로 가다니.

저기, 저건 뭐지? 누군가 창밖을 가리키며 말했지. 막 해가 지고 있는 도시 근교의 한 구역이 온통 붉은색으로 물들어 있었어. 그 위의 하늘도 아울러 붉은색이었지. 자동차는 고속도로에서 빠져나와 지나온 길을 다시 달려내려가 그곳에 도착했어.

포장마차 행렬을 지나 우리는 '등축제'가 열리고 있는 공터로 걸어갔어. 뒤에서 걷고 있는 모습들을 보니 떠나올 때 짊어지고 왔던 자루들을 그대로 질질 끌고 다니고 있었지. 머리 위는 온통 채도도 낮고 명도도 낮은 검붉은색이었어. 그리고 또 그 위 하늘도 검붉은 선짓빛이었지. 사람들의 얼굴이 모두 붉었어. 검은 하늘과 붉은 등. 갈겨쓴 한자의 획들이 사람들의 얼굴 위로 그림처럼 아로새겨졌다가는 사라졌지. 우리는 사람들이 흩어지는 방향을 따라, 검붉은 등의 행렬을 따라 천천히 걸었지. 그리고 소원을 적어 등 안에 넣은 뒤 허리를 숙여

절하는 소박한 옷차림의 여자들을 봤어.

　우리는 한동안 주변을 둘러보며 멍청하게 서 있었어. 검붉은 하늘 아래, 그 흰색의 지프가 도착하더군. 그 흰색 지프가 아니었는지도 몰라. 사람들도 차도 많았으니까. 여자가 입은 보라색 꽃무늬 원피스자락이 바람에 휘날렸지. 여자는 남자의 팔짱을 끼고 웃고 있었어. 아이들은 인형과 애드벌룬을 들고 여자와 남자 뒤를 졸졸 따라다니며 장난을 쳤지. 그들의 얼굴 위로 떨어진 붉은빛이 아름다웠어. 나는 주변을 둘러봤어. 다른 사람들도 이 광경을 봤는지 궁금했거든. 몸을 돌려 방향을 바꿨을 때 전에는 부부였던 두 친구가 뜨겁고 검붉은 등불 아래서 서로의 머리를 안은 채 얘기중이었지.

　각자 흩어져 있던 우리들은 다시 모이기 시작했어. 검붉은 하늘을 쳐다봤지. 마치 열기구처럼, 아니 마술처럼 일가족 네 명이 탄 그 흰색 지프가 붉은색의 하늘로 막 떠오르고 있었지. 애드벌룬도 갈색머리 인형도 줄에 매달린 채 같이 날아올랐어. 그들의 지프가 작아져서 안 보일 때까지 검붉은 하늘을 쳐다봤지.

　그리고 바다로 가는 고속도로 쪽을 봤어. 수많은 차들이 화가 난 듯, 절대로 돌아오지 않겠다는 듯 노랗게 불을 켜고 바다를 향해 달려가고 있었어.

　우리는 밤이 되어서야 다시 도시로 돌아왔어. 사람들은 여전히 땅에 발을 붙이고 살고 있더군. 지하철 환승역 주차장에 차를 세우고 지하철을 탔어. 지하철은 강 밑으로 달렸지. 지하철역에서 지상으로 나오기까지 많은 계단을 걸어올라가야 했어. 지상으로 나오자 0과 1 같은 숫자들 혹은 고주파의 전류가 온몸을 가르며 물밀듯이 밀려들어오는 기분이 들었어.

도심 깊숙한 곳으로 들어갔지. 다들 목마르게 커피를 찾고 있었거든. 탁자가 세 개뿐인 커피집 여주인은 늘 그랬던 것처럼 단정한 원피스 차림에 짧은 스카프를 두르고 있었어. 우리가 커피맛을 보고 한마디 할 때까지 그 자리에 꼿꼿이 서 있었지. 커피맛은 훌륭했어. 우리는 커피집에서 나와 걸어서 이십분쯤 떨어진 곳에 있는 식당까지 갔어. 식당 주인은 우리가 휴가에서 돌아오는 길인 걸 알고 무척 반겼지. 우리는 식당에서 고기를 구워먹었어. 먹고 나자 입들도 열렸지. 우리가 도시에 온 걸 어떻게 알았는지 우리를 찾는 메시지들도 속속 당도했지.

왔으면 데리러 오란 거지. 술 취한 모양이야.

노인네 말이, 부엌 찬장 속에 뭐가 들어 있다는데.

다음주 약속 잊지 마라. 따로 연락 안한다.

그렇지, 다음주에 있는 누군가의 생일을 챙겨야지. 우리는 불 꺼진 빌딩숲을 걸었어. 그리고 교차로에서 멈춰섰어. 길게 늘어진 우리들의 그림자가 우리보다 먼저 달아나려고 했지. 교차로에서 우리는 둘로 갈라졌어. 셋은 횡단보도를 건넜고 둘은 계속 걸었어. 환승역에 세워둔 차를 타고 가기 위해 나는 또 지하철을 탔어. 우린 새벽이 오기 전에 다시 각자의 집으로 돌아갔어.

—『문학동네』 2003년 겨울호

날마다 축제

나는 애초에 이 도시에 온 것부터가 잘못된 일인지도 모른다고 생각했다. 이글거리는 햇빛과 어지럼증을 일으키는 후끈한 지열. H시의 무료하고 한가로운 공기는 시장 근처의 산발적인 북적거림이 없다면 지나치게 고요하다고 느낄 정도였다. 나는 그 고요함이 불안했다.

검은 연기를 뿜어내며 승합차가 지나가고 나서야 나는 식당을 찾았다. 식당 안은 비좁고 어두웠다. 비좁은 홀 바닥에 다닥다닥 붙어 있는 의자들을 헤치고, 공터의 움직임을 가장 잘 볼 수 있는 자리를 찾아 벽에 기대어 앉았다. 머리가 터질 듯한 열기를 식힐 에어컨도 선풍기도 보이지 않았다.

황토색 공터 한가운데 네 기둥을 받치고 서 있는 천막은 바다 위에 떠 있는 섬의 표면처럼 순백이었다. 공터는 강렬한 햇빛 아래서 불에 타고 있는 종잇장처럼 점점 일그러졌다. 물이 증발해버린 빈 실린더

속을 쳐다보며 입술을 빨아대는 과학실험실의 아이들처럼, 탁자 위에 놓인 물잔을 자꾸만 입술로 가져갔다. 그때였다. 짙은 회색 반점의 커다란 개 한마리가 공터를 가로질러 천막 쪽으로 달려가고 있었다. 개는 뭘 본 걸까. 손에 든 플라스틱 컵이 바닥으로 떨어졌다. 너무나 무더웠다.

이곳의 축제는 아무렇게나 시작되었다가 아무렇게나 끝이 났다. 그래도 가끔씩 축제가 열려 불안한 정적이 깨지기도 한다는 것이 나에게는 위로가 되었다. 한 남자가 커다란 가죽가방을 들고 상체를 뒤로 잔뜩 젖힌 채 공터를 향해 걸어들어가고 있었다. 소형 트럭 한대가 남자보다 빨리 천막에 도착해서 일자형으로 접힌 의자들과 상자들을 내려놓았다. 이름과 효능을 알 수 없는 약초 이름을 내건 축제에, 중국 무술 축제까지, 이번엔 또 무슨 축제가 열릴지. 이곳에선 날마다 축제였다.

단조로운 2인조 밴드의 연주가 시작되고 한복 입은 여자들이 무대로 나왔다. 사회자는 오래 전 밤이면 밤마다 텔레비전에 나왔던 코미디언이었다. 살이 찌고 늙었지만 목소리만큼은 그대로였다. 둘러봐도 구경꾼은 모두 노인들뿐이었다. 한복 입은 여자들이 구경하는 노인들을 무대로 올라오게 해 같이 춤을 추었다. 춤은 거의 삼십분 정도나 이어졌다. 사회자는 얼음물통을 옆에 놓고 연신 목을 축였고, 밴드 연주자는 줄곧 울려대는 휴대폰을 받느라 구경꾼들만 신이 났다. 이런 후끈한 더위에 춤이라니. 춤을 추다 쓰러지는 사람이 생길까 위태로웠다. 구경하던 노인들 몇이 천막 한쪽에서 빵을 안주로 소주를 마셨다. 보기만 해도 목이 말랐다. 벌써 취해 챙 달린 모자로 얼굴을 가리고 드러누운 사람도 있었다. 죽은 건 아닌지 겁이 날 정도로 더웠다.

댄서 중 한 사람이 한복 치마를 걷고 구경꾼들에게 맨허벅지를 보여주며 격하게 몸을 흔들었다. 앞니가 훤하게 빠진 노인들이 하하 순진한 얼굴로 웃었다. 구경꾼들의 웃음소리 때문에 춤을 추던 사람들이 주저앉았고 기다렸다는 듯 밴드가 멈췄다. 그때 얼굴이 구릿빛으로 탄 남자 둘이 사람들 틈으로 들어가 건강식품 샘플을 재빨리 나눠주었다. 축제는 물건을 팔기 위한 구실이었다. 제조공정을 알 수 없는 건강식품 한 상자에 값싼 휴지와 주방세제들을 덤으로 끼워 팔았다. 그러면 어떤가. 노인들은 즐거워했다. 노인들은 종이가방 한개씩을 든채 사회자와 악수를 했고 일렬로 서서 환한 햇빛 속으로 걸어나갔다.

축제가 열리는 공터에서도 사람들이 많이 오가는 시장에서도 그의 모습은 찾을 수 없었다. 술기운이 올라 얼굴이 붉어진 노인이 내가 신고 있는 검은색 하이힐과 맨다리를 자꾸 쳐다보았다. 빨리 공터에서 빠져나가고 싶었다.

지나가다가 큰길에 세워져 있는 봉고차 창문에 얼굴을 비춰보았다. 운전석 옆에 붙은 거울을 보며 이빨 사이에 낀 검은색 선지와 고춧가루를 빼냈다. 터미널 쪽으로 가기 위해서 다시 걷기 시작했다. 기온은 점점 더 높아져서 밤엔 쉽게 잠이 올 것 같지 않다는 생각을 하자 벌써부터 피곤이 몰려왔다. 빨리 걷지 않으면 땅 위에 그대로 응고되어버릴 것처럼 더웠다. 하이힐 속의 발이 붓기 시작해 아파, 아파, 소리가 저절로 튀어나왔다.

정부는 최근 남북관계가 냉각기에 접어들면서 대북지원을 사실상 중단하며, 창고에 쌓아둔 현미는 돼지에게 먹이고 나머지 백미도 가축사료로 사용하기로 결정했다는 소식으로 수요일 밤의 마감뉴스가 끝났다. 텔레비전을 끄고 창문을 열었다. 방충망이 쳐진 걸 잊고는 또 고개를 내밀려다가 말았다. 상점들이 모두 문을 닫고 옥외광고판들이 없어서 창밖은 아주 어두웠다. 그래서 자연스럽게 눈길이 하늘로 향했다. 별이 많이 떠 있었다. 내가 지금 별 구경을 해도 되나. 이유도 없이 쿡쿡 웃었다.

한여름의 여관은 텅 빈 유람선의 객실처럼 조용해서 바닥에 귀를 대고 누워도 아무런 소리도 들리지 않았다. 내 손은 자연스럽게 배로 갔다. 둥그렇게 솟아오른 배를 위에서 아래로, 옆에서 옆으로 쓰다듬곤 하던 280일 동안의 습관이 아직도 남아 있었다. 둥그런 배 위쪽이 볼록 튀어나왔다가는 들어가고, 다시 배 왼쪽 아래에서 볼록 하고 튀어나오고 또 위쪽이 튀어나오고. 그렇게 움직이던 둥그런 배는 만삭이던 때에 비하면 홀쭉해진 지 오래다.

미친년. 너 갓난아기가 입을 비죽거리면서 막 울 때, 얼마나 슬픈 줄 알아? 물론 똥을 쌌거나 배가 고파서 우는 거겠지만. 슬프기만 하면 괜찮지, 제 엄마 손에서만 떨어지면 죽어라 우는 애들을 봐라, 얼마나 짜증나겠니. 그러니까 낳지 마. 아기를 낳겠다고 했을 때 내 주변에서 그래도 가장 합리적인 친구가 한 말이 그랬다.

미친년. 너 그렇게 잘났냐. 사실 너 뭐 그리 대단한 일 하면서 살지도 않잖아. 하루종일 별로 하는 일도 없으면서. 그냥 낳아. 아기를 없애야겠다고 했을 때 그 합리적인 친구가 한 말이 또 그랬다. 마음이 수시로 변하는 모양이었다. 아기를 낳아도, 낳지 않아도 미친년이 될 바에야, 결혼도 하지 않고 아기도 낳아보지 않은 친구의 충고를 받아들여 아기를 낳겠다고 결심했었다. 그 친구는 아기를 낳으면 백일에 입힐 예쁜 옷을 사가지고 오겠다고 하고서는 연락도 없었다.

창으로 들어오는 밤기운이 싫어 창문을 닫았다. 잔뜩 웅크린 몸 전체가 어느새 차가워져 있었다. 이불을 덮고 자려고 했다. 그러나 잠이 오지 않았다. 일어나 불을 켤까 생각했지만 눈 속에 뭔가 가득 들어찬 듯, 눈이 떠지질 않았다. 눈이 떠지지 않는 순간에 꾸는 꿈이 제일 무섭다. 아기와 지낸 한달, 어쩌면 그 한달이 내 기억의 전부인지도 모른다.

*

여름밤은 짧았다. 잠들어 있는 아기의 배가 들썩거리지 않는 것 같으면 먼저 벽에 걸린 시계부터 쳐다보았다. 그리고 아기의 배에 귀를 대고 가만히 숨죽였다. 그래도 불안하면 아기의 몸을 흔들었다. 아기가 화들짝 놀라는 걸 봐야 안심하고 잘 수 있었다.

모기가 극성이었다. 밤이 되면 모기들이 벽에 가만히 붙어 있다가 아기의 머리카락이나 손등 위로 내려앉았다. 신경을 곤두세우고 있다가 모기가 보이면 피가 나도록 때려잡았다. 모기의 진원지가 어딜까 생각하다가 쉽게 찾아냈다. 집 대문 바로 앞에 있는 맨홀. 어렵게 맨홀 뚜껑을 열었다. 맨홀 뚜껑 속의 어둠은 깊이를 알 수 없었다. 매일매일 석유를 들이붓곤 했다. 유난히 모기가 많은 어떤 날은 성냥불을 그어 들고 맨홀 속을 들여다봤다. 성냥불을 맨홀 속으로 떨어뜨려 모기들이 다시는 집안으로 들어오지 못하도록 하고 싶었다.

아기는 밤에 자주 칭얼거리고 깊은 잠을 자지 못했다. 젖을 빨긴 했지만 배가 차지 않아 칭얼거린다는 걸 난 몰랐다. 경험으로 알 수 있는 것들이 많다는 건 얼마나 행복한가. 아기가 악착같이 빨고 나면 젖꼭지 끝이 하얗게 부풀어올라 몹시 아렸다. 나는 맨땅 위에 알몸으로 누워 젖을 드러내놓고 뒹구는 인디언 여자들처럼 상체를 다 드러내놓고 살았다. 무더위 때문이기도 했지만 상처가 난 젖꼭지는 바람을 쐬어야만 좋아지는 것 같아서였다. 그럴 때마다 나는 바보처럼 웃어댔다. 그렇게 웃지 않으면 젖꼭지의 통증을 견딜 수 없었다.

칭얼대는 아기를 달래다 안되면 싸개에 꽁꽁 싸서 안고 밖으로 나갔다. 아기는 바깥공기를 쐬자마자 눈을 감았다. 대문 바로 앞에 있는 오래 되고 낡은 한옥에 사는 할머니가 쇠창살을 친 창문을 열고 말없이 아기와 나를 쳐다보았다. 나는 자장가를 불렀다. 그런데 내가 부르는 자장가는 때로, 어릴 적 사람이 죽어 상여가 나갈 때 사람들이 부르던 곡소리처럼 이상한 노래가 되어 흘러나오곤 했다.

아기가 잠든 것 같아 집안으로 들어가면 아기는 또 금세 잠이 깼다. 아픈 젖꼭지를 다시 물려야 할 때, 그럴 때 나는 인내라는 말을 생각했다. 아기가 젖꼭지를 꽉 물면 나도 모르게 순간적으로 아기의 엉덩이를 세차게 때렸다. 그래도 아기는 악착같이 젖을 빨고 젖꼭지는 다시 부풀었다. 그런 순간이면 나는 알맹이가 다 빠지고 껍질만 남은 곤충이 된 기분이었다. 악순환의 시간이 가고 빨리 아침이 오기만 기다렸다. 아이 엄마이기 이전에 나도 인간이었기 때문에 편안하게 잠들 수 있는 시간이 오기만 기다렸다. 어쨌든 내 눈에 비친 아기는 오동통하게 살이 오르고, 팔 다리 길이도 길어지고, 머리카락도 점점 길어지고 있는 게 틀림없었다.

그렇게 한달이 가고 긴 여름이 시작되었다. 어느 날 대낮, 아기와 함께 깊은 잠에 빠져 있다가 눈을 떴는데, 아들이 입다 버린 것 같은 다 해진 반팔 속옷을 입은 앞집 할머니가 우리를 내려다보며 엉거주춤하게 서 있었다. 나는 깜짝 놀라 일어나 앉았다. 어디서 걸레 썩는 냄새가 나나 했더니 탯줄이 썩느라구 그랬구먼. 할머니는 높낮이가 없는 목소리로 말했다. 애가 먹질 못해 꼴이 말이 아니다. 애는 곧 죽게 생겼는데 어미란 년이 잠만 퍼자는구나, 에이 나쁜년. 나는 왜 그랬는지 순간 할머니 손을 꼭 잡고 물었다. 할머니 올해 연세가 몇이세요? 할머니는 덤덤하게 대답했다. 세상에서 제일 독한 게 갓난애 태썩는 냄새다.

그날 저녁, 꿈처럼 그가 대문 안으로 걸어들어왔다. 그는 기쁨인지 분노인지 알 수 없는 표정으로 말없이 아기를 내려다보기만 했다. 그러다가 담배를 피우고 오겠다며 밖으로 나갔다가 곧 다시 들어왔다. 그때 아기가 칭얼대기 시작했고 그는 내게 걱정 말고 눈을 좀 붙이라고 말하고는 아기를 안고 밖으로 나갔다. 내가 왜 그를 의심하나. 아무런 의심도 없이 아기를 낳은 지 한달 만에 처음으로 깊고 긴 잠속으로 빠져들었다. 나는 깊이가 목덜미까지 오는 차고 푸른 물속에 잠겨 있었다. 아무리 소리를 지르려고 해도, 아무리 팔을 흔들려고 해도 움직일 수 없는 물속에서 두 다리만 자꾸 버둥거렸다.

집에서 아기를 데리고 나간 그는 곧장 슈퍼마켓에 들어갔다. 젖병과 분유를 사서는 큰길가에 있는 편의점으로 들어갔고, 편의점에서 라면에 부어먹는 더운물에 찬물을 섞어 분유를 탔다. 여기까지가 내가 추적해서 알아낸 것이다. 그는 바로 택시를 타고 터미널로 갔을 것이다. 택시 안에서 아기는 울꺽울꺽 토할 듯하면서도 분유 한병을 다 먹었고, 그가 입고 있던 홑점퍼 속에서 달게 잤을 것이다. 밤새 고속도로를 달린 버스 안에서 차창 밖 하늘에 있던 달을 그는 보았을까. 그 버스의 종착지가 어디였는지 나는 짐작도 할 수 없었다.

다음날 새벽, 병원에서 아기 손목과 내 손목에 똑같이 감아준 이름

표를 비닐봉지에 담아 가방 속에 넣고는 집을 나왔다. 나는 아기를 찾지 못하거나 알아보지 못할 거라는 상상 같은 건 하지도 않았다. 아기 이름표가 없더라도 아기 넓적다리 안쪽에 붙여놓은 꽃 모양의 문신이 있어 걱정이 없었다. 그건 목욕물에 씻겨도 최소한 세달 동안은 가는 특수한 스티커 문신이었다. 아기를 찾는 데 세달이 걸릴 이유도 없지 않은가. 나는 어디서 총이라도 한자루 사야겠다고 다짐했다.

*

연녹색 벼가 늘어선 길을 따라 신작로를 걸었다. 자전거를 탄 노인이 느릿느릿 페달을 밟으며 지나갔다. 길 옆에 마을 이름이 적힌 나무판이 보이고 툭 트인 진입로가 보였다. 진입로는 커다란 나무들에 둘러싸여 있었다. 그늘을 벗어나자 햇볕이 따가웠다. 한참을 걷자 다리가 나타났고 다리 밑으로 거의 다 말라버린 개울물이 흘렀다. 다리 밑으로 들어가면 좀 시원해질 것 같아 돌틈으로 굽이 박히는 하이힐을 벗어 손에 들고 경사진 길을 걸어내려갔다. 이렇게 오래 걸릴 거라면 장터에서 운동화라도 하나 사 신어야 했다.

물은 바짝 말라 있고, 돌의 표면도 수분이 없어 노랗게 말라 있었다. 정강이에나 찰 물속은 깨진 술병, 먹다 버린 통조림, 버리고 간 코펠 뚜껑, 일회용 스티로폼 용기 등 오물 천지였다. 그래도 물 옆이면 시원한 바람이라도 불 것 같아 다리 아래 그늘로 걸어들어갔다. 고기만 먹고 돌 틈새로 던져버린 뼈다귀, 아직도 형체가 그대로인 수박 껍데기, 파리며 개미가 다닥다닥 붙은 나무젓가락까지. 다리 아래도 사정은 마찬가지였다. 편편한 돌멩이를 찾아 앉았다. 너무 많이 걸어서 다리가 아팠고 눈이 자꾸 감겨 어디든 눕고 싶었다.

분명 그는 이런 소도시에 와서 살고 싶다고, 몇년 전 함께 왔던 이곳 외곽의 작은 절에서 말했었다. 그와 나는 이곳 터미널 옆 여관에서 잠을 잤다. 한밤중에 나는 그의 흰 머리칼을 보고는 너무 슬퍼 울려고 했었다. 그는 나한테 사과를 잘 사줬다. 만날 때마다 시장에서 파는 빨간 사과, 파란 사과를 바지에 쓱쓱 문지른 뒤 먹으라고 주곤 했다. 그렇게 사과를 잘 먹는데 여학생들처럼 왜 그렇게 변비가 심해. 밝게 웃으며 하던 그 말은 참 기분좋았다. 나는 그때 먹던 사과처럼 맛있는 사과를 다시 먹지 못했다. 지금 먹는 사과는 과일도 아니고, 그저 물질에 불과하다.

자박자박 돌 밟는 소리가 들리고 한 남자가 반바지만 입은 채 수건을 목에 두르고 다리 아래쪽으로 걸어오고 있었다. 남자가 입고 있는 반바지는 지나치게 짧았다. 나는 일어나 앉아 멀찍이 서 있는 미루나무들만 쳐다보았다. 남자의 시선을 피하려고 하자 주변이 갑자기 고요하게 느껴졌고 아주 작은 움직임들조차 선명하게 느껴졌다.

다리 위로 올라가려는데 남자가 가까이 다가왔다. 당연히 처음 보는 얼굴이었다. 혹시 봤다고 해도 기억 못할 테니까. 햇볕에 그을린 피부가 아주 검어서 팔다리가 반들반들 윤이 나는 사람이었다. 짧은 반바지는 상스러워 보였고 오른손 엄지와 검지로 들고 있는 담배 또한 그랬다. 남자의 왼쪽 팔에는 유치해 보이는 해골 문신이 새겨져 있었다. 남자는 내게 무슨 말인가를 하려다가 말고는 들고 있던 담배를 물속으로 던져버렸다. 그리고 한참동안 먼 곳을 쳐다보다가 성큼성큼 물속으로 걸어들어가 푸하푸하 세수를 했다. 나는 얼른 길 위로 올라왔다.

경운기 한대가 마을 진입로를 지나 다리 쪽에서부터 탈탈거리며 달려왔다. 비료부대를 잔뜩 실었는데도 올라탈 틈은 있었다. 경운기가 다시 출발하고 저만치 서 있는 미루나무가 보였다. 눈을 감고 비료부대 더미에 몸을 기댔다.

경운기는 길 양편에 드넓은 논이 있는 시멘트길 위를 한참 달렸다. 마을 진입로와 신작로가 멀리 보이는 흙길 위에 멈춰선 뒤, 경운기 주인이 내리라고 했다. 나는 잠깐 방향감각을 잃고 두리번거렸다. 도로의 왼편은 과수원이었고 오른편은 밭이었다. 과수원은 그리 크지 않아서 한눈에도 사방 경계가 다 보였다. 과수원의 위쪽 끝은 평지보다 좀 높았고 그뒤로는 뭐가 있는지 잘 보이지 않았다. 나는 과수원 중앙으로 난 언덕길을 따라 천천히 걸어올라갔다. 언덕길을 넘어서면 지평선 같은 것이 보일 것 같았다.

언덕길이 끝나고 내리막길이 이어졌다. 내리막길은 자연스럽게 오른쪽의 편편한 길 쪽으로 휘어졌는데, 길 끝에 키 큰 나무 두 그루가 있고 그 한가운데 담도 대문도 없는 집이 한채 보였다. 나는 잠깐 그 자리에 서서 눈을 커다랗게 떴다.

담이 없는 그 집 마당에는 어린아이들이 타는 네발자전거가 있었고 유모차가 있었으며, 그늘진 마루 위에는 옆으로 길게 누운 여자가 있었고, 그 여자의 몸에 가려 잘 보이지는 않았지만 하얀 이불을 덮은 아기가 있는 것 같았다. 이 모든 것을 증명하는 것이 빨랫줄에 걸려 있는 하얀 천들, 바로 천기저귀였다. 호흡이 거칠어져서 훅훅, 숨을 몰아쉬다가 발을 헛디뎠다. 온몸이 떨렸고, 매미는 허공에서 미친 듯 울어댔다.

해가 질 무렵이 되도록 그 집 가까이 다가가지도 못하고 내리막길 끝에 바위처럼 버티고 앉아 있었다. 주변이 컴컴해지려고 할 때쯤 그 집의 서쪽으로부터 오토바이 한대가 달려왔다. 오토바이에서 내린 남자가 네발자전거 옆에 나란히 오토바이를 세워놓고 마루에 앉아 있는 네다섯살배기 남자아이를 들어안았다. 잠시 후 남자는 웃통을 벗고 수돗물을 틀었고, 집안에서 나온 여자가 남자의 등에 물을 붓고 비누질을 하고 다시 물을 부어 닦아주었다.

남자는 마루로 올라가서 아기를 안았다. 남자의 움직임과 체형으로 봐서 내가 아는 그는 아니었다. 그러나 그 아기도 내 아기가 아니라고는 확신할 수 없었다. 그들은 마루 위에 밥상을 차려놓고 저녁을 먹었다. 모기를 쫓기 위해 피운 말린 쑥 타는 냄새가 이쪽에 앉아 있는 내 코에까지 전해졌다. 얼마나 묘하고 강한 냄새인지. 그들은 잠시 후 방으로 들어갔고, 방안에서 흘러나오는 불빛을 보고 나서야 나는 자리에서 일어났다.

신작로는 어두웠다. 흥분한 나는 어두운 신작로를 성큼성큼 걸었고 지나가던 대형 트럭들이 경적을 울려댔다. 내일이면 말랑말랑한 아기의 몸에 얼굴을 대고, 세상에서 제일 달콤한 아기 냄새를 맡을 수 있다는 희망을 버리지 않기로 했다. 그순간, 그동안 거의 다 말라버렸던 젖이 찌르르 전기가 오듯 마음껏 팽창하고 있었다. 나는 입을 막고 좋아했다. 질주하는 트럭조차도 몸으로 막아낼 수 있을 것처럼, 이제 막 불을 밝힌 도시 쪽으로 신나게 걸어갔다.

다음날. 나는 다시 과수원을 지나 내리막길 끝에 앉아서 그 집을 건너다보았다. 마루에는 아무도 나와 있지 않았다. 용기를 내어 조심스럽게 집 가까이 다가갔다. 낡은 집이었지만 보기보다는 깨끗했다. 마루에는 아기 베개와 장난감 소방차가 있었다. 방문은 닫혀 있어서 아기가 어디에 있는지는 알 수 없었다. 집 주변은 아주 고요했다. 나는 천천히 집 뒤로 돌아갔다.

　남자아이가 창고 문간 위를 집요하게 쳐다보고 있었다. 창고 뒤에는 우거진 나무가 많았다. 아이는 높다란 창고 문간 위를 가로질러 걸쳐져 있는 거미줄을 향해 세차게 두 번 돌을 던지고는 신경질적으로 돌아섰다. 그리고 내가 신은 하이힐을 보고는 멈칫했다. 잠깐 어색하게 서 있다가 무심코 치마 주머니 속에 손을 넣었는데 사탕 한개가 잡혔다. 사탕을 꺼내 아이에게 주었다. 아이는 사탕을 받고는 다시 몸을 돌려 창고 문간 위를 올려다보았다. 뒷담벼락 쪽으로 난 방 창문을 쳐다봤지만 창문은 너무 높아서 그곳으로는 아기가 있는지 확인할 수 없었다.

　아이가 던진 돌멩이 때문에 거미줄은 구멍이 나 있었고 대추알만한 크기의 거미는 이 사고를 어떻게 수습해야 하나 생각하는 듯, 거미줄 위에 가만히 매달려 있었다. 대낮에는 집을 짓기 싫은 모양이었다.

　아기가 젖을 먹다 토했을 때 입과 어깨에 쏟아놓는 흰 몽우리 섞인 토사물 냄새가 나는 것 같아 자꾸만 코를 실룩거렸다. 마음 같아서는 방문을 활짝 열어보고 싶었지만 그럴 수는 없었다. 살며시 훔쳐본 방에는 아무도 없었다. 방에 아무도 없다는 사실이 오히려 나에게는 상처가 되었다. 마루끝에 걸터앉았다. 집 앞마당에 가로놓인 빨랫줄에는 천기저귀며 턱받이, 귀여운 그림이 수놓인 아기옷이 널려 있었다. 부들부들 떨리는 손을 꼭 쥐고는 빨랫줄 가까이 다가가 코끝을 댔다. 아기 뺨에 얼굴을 비빌 때처럼 가슴이 더워졌다. 무더운 대기 속을 가르는 헬리콥터 소리가 아니었다면 빨랫줄을 받치고 있던 지렛대가 쓰러질 뻔했다. 이 모든 일들이 나에게는 과거의 일인 것만 같아서 믿어지지 않았다. 아기를 낳고 기르던 때에도 나는 눈앞에 펼쳐진 현실이

믿어지지 않았었다.

　다시 집 뒤로 돌아갔을 때 아이는 아직도 거미집을 올려다보며 서 있었고 거미는 아직도 구멍난 거미줄과 대치중이었다. 그러다가 거미가 허공으로 몸을 날리면서 반짝이는 거미줄을 뽑아내기 시작했다. 나는 아이와 함께 구멍난 거미줄을 메우고 있는 거미의 몸놀림을 지켜보았다. 엄마는 어디 가셨니? 침묵을 깨고 물었지만 아이는 대답하지 않았다. 아빠는 어디 가셨니? 다시 물었지만 아이는 여전히 대답하지 않았다. 그사이 미세한 줄로 이어진 거미줄은 어느새 다시 완전하게 둥근 그물 모양이 되어 있었고, 아이는 차가운 방관자의 얼굴로 그것을 올려다보고 있었다. 동그라미들이 이루는 원을 따라 거미줄의 중앙부에 시선이 이른 순간, 나는 크게 숨을 내쉬었다. 거미집은 그를 만나면서부터 꿈꾸던 견고한 성(城)처럼 느껴졌다. 거미는 집을 다 짓고 나서 거미줄에 걸린 먹이를 잡고 움직이지 못하도록 덮친 채 가만히 매달려 있었다. 거미를 계속해서 쳐다보기에는 눈이 너무나 아팠다.

　한참 만에야 해가 지기 시작했다는 걸 알았다. 시간이 너무 많이 흘러서 이미 여름이 다 지나가버린 느낌이었다.

*

　누군가 술잔을 내밀었다. 한잔 드시죠. 나는 고개도 들지 않고 스스로에게 대답했다. 그래요, 한잔 먹는 건 어렵지 않아요. 주세요, 난 소주를 잘 마신답니다. 술잔의 3분의 2 정도 부은 소주는 몸 속으로 들어가 빠르고 넓게 퍼졌다. 그리고 금세 몸 속에 불을 놓았다.

다리 밑에서 만났던 얼굴이 검은 남자였다. 남자가 내게 두 잔째 소주를 부어주었고 나는 소주를 마셨다. 남자가 우동대접에 담긴 술국에 수저를 넣어 내 앞으로 밀면서 담배를 입에 물었다. 빈 술잔에 소주를 더 부어 단숨에 마셨다. 불에 기름을 붓는 꼴이었다.

낯선 소도시, 낯선 사람들, 낯선 공기, 모든 것이 내 눈앞에서 불처럼 훨훨 날아다녔다. 나는 몸을 구부린 채 도시 뒷골목을 비척거리며 걷고 있었다. 사람들이 술 취한 나에게 욕을 했다. 나는 잠깐씩 뒤를 돌아보았다. 보였다 안 보였다 했지만 남자가 계속 따라왔다. 조련사 같은 태도로, 내 엉덩이나 배를 걷어찰 것 같은 발걸음으로, 장화를 신고 약간의 거리를 둔 채 따라오고 있었다. 그런데도 나는 그가 두렵지 않았다.

골목을 돌아, 생선냄새가 나는 시장 난전을 지나, 아이들이 돈을 내고 타는 목마가 있는 완구점을 지났다. 내 무릎은 땅에 닿아 쓸리고 손가락은 파랗게 멍이 들었다. 세상이 거꾸로 보였고 위장이 뒤집혀 매달린 것 같았다. 길을 똑바로 못 가고 비척거리다가 골목 한켠에 세워둔 쓰레기통에 얼굴을 부딪혀 쓰러졌다. 쓰레기통도 뱅글뱅글 돌다가 그 자리에 엎어졌다. 쓰레기통에 있던 것들이 길 위로 다 쏟아져나왔다. 배춧잎, 국수가닥, 쉰 밥, 신문지 뭉치, 과일껍질, 생선꼬리, 닭뼈 같은 것들이 내 얼굴 바로 옆에 있었다.

남자가 나를 둘러메고 여관으로 들어갔다. 여관 주인은 그렇게 들어온 남자와 나를 이상하게 여기지 않았는지 아무 말도 하지 않았다. 남자는 흙과 토사물이 묻은 내 옷을 모두 벗겨 화장실에 던져넣었다. 남은 건 속옷뿐이었다.

물소리가 들렸다. 남자가 화장실에서 수건을 적셔가지고 나왔다.

남자가 내 얼굴과 손 그리고 팔과 다리에 묻은 것을 닦아냈다. 그러다가 잠깐 남자가 행동을 멈췄다. 남자도 보았을 것이다. 내 왼쪽 팔목 안쪽에 사탕 크기만하게 퍼진 밤색의 주삿바늘 자리를. 남자가 손가락에 침을 발라 싹싹 문질렀지만 잘 지워지지 않았다. 남자는 내 오른쪽 팔을 잡아 허공으로 치켜올렸다. 오른쪽 손목 안쪽에도 검정색 볼펜으로 쓴 알 수 없는 숫자들이 적혀 있었다. 어떤 처치를 위해 미리 찍어놓은 검은 점들, 간호사들이 적어놓고 지우지 않은 작은 영어 글씨들이 암호처럼 남아 있는 걸 남자도 보았다. 남자는 내 얼굴을 잡고는 좌우로 돌려가며 찬찬히 뜯어보았다.

남자는 내 배를 보고 있었다. 지나치게 불균형적인 배. 한껏 늘어나 있는 뱃가죽은 실지렁이처럼 살이 터서 징그러울 것이다. 남자도 보았을까. 배꼽 위에서 일직선으로 뻗어올라간 갈색 임신선을. 남자는 이 갈색선의 의미를 알까. 어쩌면 남자는 도발적이라고 생각했을지도 모르겠다. 임신선의 위쪽 끝 좌우에는 유방이 있으니까.

묵직한 통증이 느껴졌다. 병원의 형광등 불빛 아래서 내 몸에 가해졌던 의학적 처치들이 하나둘 떠올랐다. 먼저 의사의 목소리가 들려왔다. 조금만 절개하겠습니다. 의사는 아기의 머리가 보인다면서 말했다. 회음부 절개는 고통의 맨 끝에 찾아왔다. 그때처럼, 몸의 정가운데 그것도 약간 아래쪽, 아니 좀더 깊은 아래쪽 회음부에서부터 다시 통증이 밀려 올라왔다. 손끝에 뜨거운 물만 닿아도, 표백제 냄새만 맡아도 그곳으로부터 반응이 왔다. 모든 일상의 지각과 감각들이 절개했다 꿰맨 회음부의 통증을 거쳐 뇌로 몸으로 퍼졌다. 지금 다시 그 욱신거림이 느껴졌다. 그 묵직한 통증이 조금이라도 살아 있다는 게 다행이었다. 통증이 미약해지는 건 싫다. 내게 일어났던 일들이 희미해지는 게 두렵다.

남자가 중얼거렸다.

병원에서 도망쳐 나왔거나 마약을 하는 게 틀림없어.

어깻죽지에 드는 한기를 느낀 순간 나는 눈을 뜨고 남자에게 물었다.

나를 강간하려는 건가요.

어쩌면 나는 H시에 내려온 날부터 뒤를 따라다니는 눈길이 있다는 걸 알고 있었는지도 모른다. 내가 어디에서 자는지 어디에서 밥을 먹는지, 남자는 다 알고 있었을 것이다. 검은색 일자형 스커트와 단추가 달린 하늘색 셔츠, 맨발에 신은 검은색 하이힐, 그리고 머리에 가려 보이지 않았겠지만 약간은 일그러지고 부은 듯한 얼굴. 남자는 일어나 창문을 열고 밖을 내다보고 있었다. 창밖은 안개가 낀 것처럼 잔뜩 흐려 보였다.

하려면 하세요.

내 목소리가 너무나 차분해서 놀랄 정도였다. 왜 이렇게 말하는 건지 그순간 내 마음을 환히 다 알고 있었다.

하라면 못할 줄 알아.

남자가 대답하며 몸을 돌려 가까이 다가왔다. 나는 역시 또 무덤덤하게 말했다.

난 한달 전에 아기를 낳았어요. 가슴에는 손대지 말아요, 젖을 먹여야 하니까. 손대면 총을 쏠 수도 있어요.

물론 나한테 총 같은 건 없었다.

어디서 왔는지도 모르는 너 같은 거 죽여없애도 아무도 몰라.

남자가 내 몸 위로 올라와 두 팔로 바닥을 짚은 채 말했다. 남자는 정확히 내 몸 한가운데를 향해 달려들었다. 나는 저항하지 않은 것 같다. 다만 젖가슴을 두 팔로 감쌌다. 오히려 남자를 도우려 했는데 남자는 자꾸만 바닥으로 나동그라졌다.

차라리 여기서 너 나랑 죽을래? 총 있어? 있으면 꺼내. 그러면 난 여길 떠날 수 있는데. 난 여기가 지겹거든. 차라리 그렇게 하고 모두 다 지금 끝내버리는 건 어때?

남자가 내 귀에다 대고 속삭였다.

나도 어쩌면 그게 낫겠다고 생각했는지도 모르겠다. 내 몸은 점차 돌처럼 굳어졌다. 너무나 딱딱하게 굳어서 이제 나는 죽어가고 있는 거라고 생각했다. 남자의 몸 역시 얼음처럼 차가워지고 있었다. 남자는 내가 흘리는 눈물을 보았을 것이다. 그때 어디선가 날카로운 꽹과리 소리가 들려왔고 남자가 방바닥 위로 툭 떨어졌다. 밤에도 축제가 열리는 모양이었다.

남자는 나뭇잎 무늬가 그려진 셔츠와 반바지를 입었다. 나는 일어나 앉았다. 남자는 내 눈을 쳐다보지 않으려고 했다. 남자가 방에서 나가기 직전 비스듬히 서서 나를 돌아보았다.

젖몸살이 심한데 젖을 좀 빨아내줘요.

미치겠네 진짜.

남자는 손으로 머리를 비비며 말했다. 미치겠는 건 나였다. 남자의 몸은 생각보다 아주 작았다. 내가 두 팔로 남자를 안았는데 부피도 작고 너무나 가벼워, 빈 짚단이나 솜이불을 들고 있는 것처럼 느껴졌다. 꽹과리 소리가 점점 가까이서 들려오고 있었다. 남자는 힘차게 젖을 빨았다. 입안 가득 젖이 고이면 얼굴을 돌려 수건 위에 뱉었다. 포탄처럼 단단하던 젖이 말랑말랑해질 때까지 남자는 빨기를 멈추지 않았다. 한쪽 젖이 말랑말랑해지고 나머지 한쪽 젖을 다시 남자에게 물렸다.

에이 쌍, 내 살다가 별짓을 다 하네.

남자가 말했다. 그의 머리에서 고무타이어 냄새가 풍겼다. 나는 오래 전에 엄마가 해준 말을 떠올리려고 했지만 잘 생각이 나지 않았다. 아주 따뜻한 말이었다. 밤에 엄마가 나와 함께 자다가 해준 말, 다만 그 말의 느낌만 생각이 났다. 주홍색, 아니 푸른색 느낌이 나는 말이었다.

젖이 말랑말랑해지고 젖꼭지가 아려온다고 생각한 순간, 나는 남자의 반바지 틈에서 넓적다리로 흘러내리는 반투명의 흰 정액을 보았다.

남자가 여관방에서 나갈 때, 나는 그의 뒷모습을 영원히 기억하리라 다짐했다. 그러나 문이 닫히고 꽹과리 소리가 커다랗게 들려오기 시작한 순간, 나는 남자의 뒷모습을 영원히 잊었다.

*

다음날부터 비가 왔다. 반나절 동안 내린 비가 엄청났다. 사람들은 모두들 흥분해서 텔레비전이며 라디오를 켜고 가게나 파출소 앞으로 모여들었다. H시는 집중호우 대상 지역이었다. 여관방에 누워 텔레비전만 봤다. 잠인지 꿈인지 구분할 수 없는 그림들이 무질서하게 나타났다가는 사라졌다.

비는 삽시간에 온 도시의 지형을 바꿔놓았다. 길과 길 아닌 것의 경계도 없어져버리고 온통 싯누런 물바다가 되었다. 나는 오로지 한가지 걱정만 했다. 과수원 너머의 그 집, 그 집이 무사하기만을 바랐다.

비가 그치고 길의 형체가 다시 드러나고 쌓여 있는 흙더미를 다 치우기까지 많은 시간이 걸렸다. 파손된 집을 고치고 비에 젖은 옷가지들을 내다 말리고 망가진 살림살이를 고치는 사람이 있는가 하면, 무너진 집을 버리고 아예 다른 도시로 떠나는 사람도 있었다.

과수원 너머 그 집까지 가는 길도 엉망이었다. 신작로는 산에서 돌과 흙이 굴러떨어져 차들이 지나갈 수가 없었다. 마을 진입로 가까이 있는 다리도 물이 불어서, 다리 상판이 초콜릿처럼 휘어져 물속으로 사라져버릴 것처럼 위험해 보였다. 과수원은 흙이 비에 다 씻겨내려가서 뿌리까지 뽑힌 나무들 지천이었다. 그러나 나는 그 집으로 가야 했다.

과수원 너머 그 집은 무사했다. 아이는 마당에서 공놀이를 했고 여자는 마루에 길게 누워 아기와 함께 놀고 있었다. 남자는 마루 앞 기둥에 거울을 거느라 못질을 하고 있었다. 나는 천천히 그 집 앞으로 걸어갔다. 남자가 건 거울에서 반사된 빛이 내 얼굴에 와 닿았다. 남자아이가 손가락으로 나를 가리키자 여자와 남자가 기다렸다는 듯이 일어나 맞아주었다. 아기는 두 팔과 다리를 번쩍 들어올린 채 마루 위에서 버둥거리고 있었다.

여자가 부엌으로 들어가 물을 가져왔다. 물이 아주 달았다. 어디서 날아왔는지 물 위에는 꽃잎이 하나 떨어져 있었다. 물을 마시자마자 젖이 돌았다. 나는 촉감이 부드러운 푸른색 면셔츠를 입고 있었다. 아기를 안을 때 아기 얼굴을 자극할 장식이 전혀 없고 앞트임이라 젖을 꺼내기가 좋아서였다. 아기가 나에게 물었다. 엄만 왜 파란색 옷만 입어요. 젖꼭지를 볼에 대자마자 아기는 짐승처럼 젖꼭지를 잡아채어 바짝 물었다. 왼쪽 젖무덤에 얼굴을 대고 유륜 깊숙이 젖을 물어 빨고 있는 아기를 내려다보며 나는 웃었다.

여자는 기저귀를 개키면서 오래 전 여자아이들이 고무줄놀이를 할 때 불렀던 동요를 불렀고, 남자는 탕탕, 고장난 나무의자를 고쳤다. 남자아이는 저만치 달아난 공을 줍기 위해 밭으로 뛰어갔다. 나는 한 쪽 젖을 다 먹이고 난 뒤, 다른 쪽을 먹이기 시작했는데 그때서야 배꼽 생각이 났다. 아기 옷을 들추고 배꼽을 보았다. 기저귀를 개키던 여자가 말했다. 불뚝배꼽이에요, 귀엽게 생겼죠. 나는 웃으며 튀어나온 아기의 갈색 배꼽을 손가락으로 쏙 눌렀다. 배꼽에서 물 빠지는 소리가 났다.

기저귀는 마루에 있는 소쿠리 한가득 깨끗하게 말려져 차곡차곡 쌓여 있었다. 기저귀를 갈아주세요. 여자가 말했고 나는 아기의 허리에 묶은 커버를 벗기고 새로운 기저귀를 채웠다. 그래, 문신이 있었지. 나는 당연히 문신이 그대로 있을 것을 의심하지 않았다. 두 다리를 들었다 놨다 아무리 찾아도 문신이 보이지 않았다. 그때였다. 과수원에서부터 흰 꽃잎들이 날아와 아기의 몸 위로 떨어졌다.

부엌에 있던 여자가 저녁으로 차려온 것은 아주 뜨거운 시금치죽이었다. 된장을 풀고 뭉근하게 끓인 시금치죽은 먹기에도 좋았다. 땀을 흘리며 죽을 몇 그릇 먹었다. 뜨거운 국물은 젖을 더 잘 돌게 해서 아기에게 금세 다시 한번 더 젖을 먹일 수 있었다. 젖이 나오는지 먼저 젖꼭지를 짜 눌러보았다. 시금치 때문에 젖에 녹색이 돌았다. 이제 아기가 커서 드러누운 채 젖을 먹여도 된답니다. 여자가 말했다. 나는 드러누워서 아기에게 젖을 먹였다. 젖을 다 먹은 아기가 젖꼭지를 쏙 뱉었다. 젖꼭지는 이제 아프지 않았다. 나는 맨땅 위에 드러누워 아기에게 젖을 먹이는 행복한 인디언 여자였다.

서늘한 아침공기가 집 주변을 맴돌았다. 거센 비에 방의 문짝이며 살림살이들이 모두 빠져나가고 집은 겨우 테두리만 남아 있었다. 집을 관통하고 지나간 비는 어디로 갔는지, 다시 숨이 막힐 듯 후끈한 열기가 밀어닥쳤다. 내가 이 집에 온 것이 어제였는지 아니면 오늘 새벽이었는지, 문을 열고 마루로 나갔다.

집 앞 언덕 아래에 앞바퀴가 박힌 아이의 네발자전거가 보였다. 빨간색 슬리퍼와 노란색 이불홑청이 마당에 생긴 물웅덩이 위에 꽃처럼 떠 있었다. 그들이 밥을 차려먹던 밥상은 두 동강이 난 채 수돗가에 버려져 있었다. 모든 게 뒤집히고 처박혀 있었다.

천천히 집 뒤로 돌아갔다. 창고 안에 쌓여 있던 비료 같은 것들은 형체를 알아볼 수 없게 변해서 흙더미가 되어 있었다. 삽이며 곡괭이가 누가 일부러 그렇게 한 것처럼 흙더미 한가운데 꽂혀 있었다.

거미줄은 창고 문틀에 가로질러 걸린 것 하나뿐만이 아니었다. 그물 모양의 거미줄은 뒤편의 울창한 나무숲에도 여러 개가 걸려 있었다. 거미줄에 맺힌 작은 이슬방울이 아침햇빛을 받아 반짝 빛났다. 나는 몸을 돌려 나오려고 하다가 무심코 돌아섰다. 그때 거미줄에 매달린 꽈리껍질 같은 거미집들이 조금씩 움직였다. 그리고 잠시 후. 허물을 벗은 새끼거미들이 이 나무 저 나무에서 끝도 없이 빠져나와 본능적으로 공중으로 날아올랐다. 수백 마리도 더 되는 것 같았다. 새끼거미들은 바람을 타고 두둥실 떠오른 거미줄을 타고 웬만한 나무들보다 더 높게, 그리고 멀리, 그리고 빠르게 날아올랐다. 새끼거미들은 안전한 바람을 타고, 동쪽이든 서쪽이든 그곳이 어디든 가고 싶은 곳으로 날아갈 수 있는 것 같았다.

—『문학인』2002년 겨울호

빙고의 계절

그날의 유치원 가족잔치는 오후 다섯시에 시작된다고 사전 공지되었다. 그들은 한겨울 내내 지속된 혹한으로 인해 얼굴 한가운데만 구멍을 내고 몸 전체를 중무장하는 일에 아주 익숙했다. 수분이라고는 없이 바짝 마른 도시는 회청색으로 나직하게 엎드려 있었다. 바로 며칠 전에 지난 크리스마스용 장식물들이 남아 있는 저녁거리는 오가는 사람이 많지 않아 한산했고, 자동차 소음도 그럭저럭 견딜 만했다. 남자는 머리를 치켜든 채 담배연기를 내뿜고는 거북이처럼 목도리 속으로 턱을 집어넣길 반복하며 걸었고, 여자는 자신의 몸에서 풍겨나는 향수냄새에 취해 보도블록만 내려다보고 걸었다.

유치원에 이르는 낮은 언덕길을 올라오던 차들이 살짝 언 노면에서 찍찍 미끄러졌다. 그들이 유치원 건물 입구에 도착했을 때 남자의 휴대폰이 울렸고, 여자는 유치원 안으로 들어가려다 말고 멈춰섰다. 누구야? 여자는 통화가 끝나자마자 공격적으로 물었다. 생명보험회사에서 새해 복 많이 받으란다. 새해가 다가오잖냐, 새해가. 남자가 먼저 유치원 문을 밀고 들어가며 대답했다.

유치원 관계자들은 강당 출입문을 통과하는 부모들에게 그날의 오락프로그램인 빙고게임 용지와 유치원 교육의 만족도에 대해 조사할 설문지를 나눠준다. 성당 건물의 지하강당. 무대 앞쪽 상단에 매달린 오색의 풍선과 아기자기하게 꾸민 플래카드. 강당 한가운데 일렬로 놓은 똑같이 생긴 접의자들. 남자는 설문지를 나눠주는 유치원 교사들을 뚫어져라 일별한 결과를 결국은 옆에 있는 아내에게 표현하고야 만다. 어떤 언니가 우리 딸 선생님인가. 얼굴 보고 괜찮으면 가서 인사를 해야지. 여자는 이제 이런 정도의 말에는 화도 나지 않게 단련된 자신이 무척 대견하다. 사람들은 강당 안으로 들어와 친친 감은 목도리를 풀고 외투를 벗어 의자에 걸고는, 유치원에서 간식으로 준비한 차와 떡이 차려진 한쪽 코너로 몰려간다.

동네 성당의 부속유치원인 그곳에 아이를 보내기 위해 여자는 지난해 십이월의 어느 추운 밤 내내 줄을 서야 했다. 꼬박 밤을 지새우고 아침 아홉시가 되어 무사히 접수를 마친 여자는 안도감을 느끼면서도 마음이 편치 않았다. 국가에서 교육비를 보조하는 구립 어린이집에나 보내는 게 가정형편에 맞는다는 걸 모르는 것은 아니었다. 하지만 맞벌이 부부의 아이들만 받는 어린이집은 대기자가 많아, 빈자리가 나길 기다리다가는 유치원 구경도 못 시키고 초등학교에 입학할 지경이었다. 그러나 여자는 그렇게 밤을 새워 아이를 유치원에 입학시켰다는 걸 가까운 사람들에게 말하지 않았다. 어린이집과 유치원의 교육비 차이는 이만원 정도였지만, 그 대열에 함께 서 있었다는 사실만으로도 줄곧 자괴감에 시달렸다.

콩떡을 집어먹으려던 남자가 갑자기 코를 싸쥐고 여자에게서 얼굴을 돌린다. 향수를 얼마나 뿌린 거야? 향수로 모든 게 극복될 거라고 생각하나? 남자가 웃으며 말했지만 여자의 표정은 냉랭하다. 여자는 기미와 흰머리 따위에는 그리 상처받지 않았다. 그러나 엉덩이 아래 양쪽 부분에 생긴 밤색의 굳은살을 발견했을 때는 적잖은 상처를 받았다. 아주 단순하게는 오랜 좌식생활의 증거일 수도 있다고 생각하면서도, 동물원에서 본 늙은 일본원숭이의 엉덩이에 있는 붉은 딱지가 연상되었다. 여자는 화장실 거울 앞에서 어렵사리 포즈를 취해 그 흔적을 보거나 만질 때마다 자신이 부패하고 있다고 중얼거렸다. 무슨 근거가 있어서도 아니고 그냥 그랬다. 그래서 여자는 갖가지 독한 향수를 구입해서 사용하며 향수냄새를 도피처로 삼았다. 그러나 여자는 지금 옆자리에 앉은 남편에게서 풍겨나는 향수냄새 또한 만만치 않음을 느끼고 다시 용기를 얻는다.

시작할 시간이 이미 지났으니 빨리 시작하자고 소리를 지를 수도 없고, 유치원생의 부모들이라고 해서 사생활이 없는 줄 아느냐고 항의를 할 수도 없고, 여자는 약속된 시간을 어기고 뒤늦게 강당 안으로 들어오는 사람들을 쳐다보며 내내 불편한 기분으로 앉아 있다.

유치원 한 반이 40명, 40명씩 네 개 반이면 160명, 유치원생 한 명당 두 명씩의 가족이 왔다고 쳐도 최소한 300명은 넘는 사람들이 강당 안에 있다는 계산이 나오자 여자는 갑갑증이 느껴져 목에 두른 얇은 머플러마저도 풀어버린다. 강당에 모인 사람들은 이제 곧 앞으로 나와 노래를 부르고 재롱을 떨 자신의 아이를 빨리 보고 싶어서 한껏 들뜬 표정들이다. 아는 엄마들끼리는 서로 웃으며 눈인사도 하고 수다도 떨며 서로에게 남편을 소개시키기도 한다. 여자는 하필이면 가운뎃줄 앞쪽에 앉은 남자와 자신의 널찍한 등판이 부담스러워 자꾸 뒤를 돌아본다. 세상에, 이 시간에 여기 온 남자들은 도대체 뭐야, 다 자영업자들이겠지. 그렇지 않고서야 이런 업무 공백이 가능하단 말야? 아니, 대한민국이 이렇게 할일이 없나? 여자는 또 거품을 무는 남자의 입에 콩떡을 넣어주고는 말문을 닫아버린다.

강당은 이제 사람들로 가득 차고 준비된 떡도 차도 바닥이 난다. 그때 가운데 통로로 걸어 들어오던 한 남자가 카펫에 발이 걸려 넘어지고 강당 안은 아주 잠깐 조용해진다. 여자는 그순간 의자에 걸어놓은 코트 주머니 속에서 울리는 휴대폰 전화벨 소리를 듣는다. 조금만 더 소란스러웠더라도 여자는 휴대폰 소리를 듣지 못했을 것이다.

유치원 가족잔치는 사전 공지된 시각보다 정확히 삼십팔분 늦게 시작된다. 가족잔치 전에 진행되는 부모들과의 오락프로그램을 이끌 인상좋은 사회자가 등장해 우렁찬 목소리로 인사를 하는 동안, 여자는 강당 문을 밀고 나와 건물 지하의 냉랭한 공기 속에서 휴대폰 뚜껑을 연다. 너무나 작은 목소리여서 알아듣기가 쉽지 않다.

누구라구? 누구?

여자는 더 크게, 더 확실하게 알아들을 수 있도록 말하라고 목소리를 높인다. 드디어 상대방의 목소리가 분명하게 들려온다.

선애야 나 영화야. 나 좀 도와줘. 지금 배가 아파. 배에서 뭐가 나올 거 같애. 이게 도대체 뭐야, 지금 좀……

사회자가 무슨 말을 했는지 강당 안에서는 왁자한 웃음소리가 터져나오고 여자는 고개를 돌려 강당 안을 쳐다본다. 그리고 서늘한 지하 공기가 더 차갑게 느껴져 어깨에 잔뜩 힘을 준 채 휴대폰을 들고 있다. 상대방이 지금 거기에 있다는 움직임만 감지되고 더이상의 목소리는 들려오지 않는다. 그때 계단 위쪽에서부터 강당으로 입장하려는 아이들이 계단 모퉁이를 돌아 줄지어 내려오고, 여자는 아이들의 소란스러움을 피해 강당 문앞을 지나 복도 끝으로 걸어간다.

뭐가 나온다구? 출산을 한다는 거니? 아님, 뭐가 나온다는 거니. 그런데 영화가 누구지, 넌 누구니?

여자는 강당 안으로 들어가는 아이들 속에서 푸른색 니트 스커트와 회색 코트를 입혀 유치원 버스에 태워 보낸 아이의 뒷모습을 찾으려고 하지만 찾지 못한다. 여자는 지금 자신이 아이의 유치원 행사에 참여하고 있으며, 지금 이 일이 우리 가족에게는 가장 중요한 일, 아니 당면한 일이라는 걸 얘기하려고 하지만 상대방은 차분히 들을 상황이 아니라는 걸 알게 된다. 후후, 후후거리는, 정황을 알기 힘든 소리들만 잠깐씩 들려오기 때문이다. 뭐야? 누구야? 강당 안으로 돌아온 여자에게 남자가 묻고 여자는 휴대폰 신호음을 진동으로 바꾸며 작은 소리로 대답한다. 말하면 알아? 나도 잘 기억이 안 나는데. 제발 가글 좀 하라니까 왜 그렇게 말을 안 들어. 송장 썩는 냄새가 나. 모르는 척 했지만, 여자는 남편과 아이 그리고 가정이라는 삼각의 트라이앵글 속으로 불쑥 끼여든 영화라는 사람을 사실은 처음부터 아주 정확하게 알고 있었다.

행운을 잡아라 빙고! 빙고게임이 시작된다. 여자가 가진 빙고게임 번호는 38번. 가로 다섯 개, 세로 다섯 개의 숫자, 그리고 가운데 뚫린 빈칸 하나. 사회자에 의해 새로운 숫자가 불릴 때마다 사람들은 지나치게 열광한다. 제가 지금부터 부르는 다섯 개의 숫자가 가로로든, 세로로든, 사선으로든 쫙 맞은 부모님들은 빙고, 빙고를 크게 외치십

시오. 그것이 사회자의 주문이다. 여자는 숫자가 하나씩 불릴 때마다 탄성을 지르는 사람들을 쳐다본다. 이 단순한 빙고게임에서 이겨 마침내 빙고, 빙고를 외쳐대는 모습을 자신의 아이에게 보여주고 싶어하는 사람들과 자기는 다르다고 생각하면서.

사람들이 사방에서 빙고를 외친다. 여기도 빙고, 여기도 빙고. 옆에 앉아 있던 남자도 순간 우렁차게 빙고를 외치며 한 손을 번쩍 치켜들더니 여자의 무릎을 탁 치고 앞으로 나간다. 사회자는 신이 나서 그 사람들을 무대로 불러모은다. 앞으로 나간 엄마 아빠를 본 아이들은 신이 나서 손을 흔들고, 신명을 돋우는 것이 체질이 된 사회자는 앞에 나온 사람의 단순한 몸짓 하나도 놓치지 않고 빠르게 포착해 결국은 웃음으로 이끈다.

놀랍게도 앞으로 나간 여섯 사람 중에 제대로 숫자를 맞춰 빙고를 잡은 사람은 딱 두 사람, 초등학생 한 명과 여자의 남편뿐이다. 나머지는 너무 흥분해서, 사리분별력이 떨어져서, 시력이 나빠져서 숫자 다섯 개가 일렬로 됐는지 안됐는지조차 판단 못하는 바보들로 판명된다. 무대에 선 어른 바보들을 보며 아이들이 깔깔깔 웃는다. 사회자는 빙고가 당첨됐다고 해서 순순히 상품을 주고 그냥 들여보낼 수는 없다며, 초등학생은 그냥 들여보내고 남자에게는 춤을 출 것을 명령한다. 여자는 사회자가 시키는 대로 춤을 추는 남자를 보며 야릇한 표정을 짓는다.

여자가 남자를 처음 만난 곳은 무역업이 주종인 한 대기업의 하청업체들끼리 모여 함께 갔던 야유회 자리였다. 미혼인 그때도 남자의 배는 불룩하게 나와 있었고 여자는 그런 모습이 싫지 않았다. 지금처럼 남자는 항상 사람들의 앞에 서서 뭔가를 보여주길 좋아했다. 내기에 능해서 항상 뭔가에 걸기를 좋아했고 그만큼 숫자에도 밝았다. 엉뚱하게도 여자는 남자를 처음 봤을 때 영화 「대부」에 나온 말론 브란도와 닮았다고 생각했다. 그 첫인상을 말했을 때 말론 브란도는 이렇게 응수했다. 제가 「카사블랑카」에 나온 잉그리드 버그만을 굉장히 좋아하거든요. 가까이서 보니까 약간 살찐 잉그리드 버그만이십니다. 여자는 사실 「카사블랑카」에 나온 잉그리드 버그만을 좀 멍청하다고 생각하고 있었다. 여자는 어쨌든 남자가 빨리 무대에서 내려와 옆자리로 돌아와 앉기만을 바랄 뿐이다.

자리로 돌아온 남자는 상품으로 받은 포장지 속 물건의 정체가 궁금해 굳이 뜯어보려고 애를 쓴다. 여자는 긴 손톱을 이용해 포장지 한 귀퉁이에 구멍을 낸다. 다음 동작이 좀 과격했는지, 봉해진 부분을 뜯으려던 손가락이 두꺼운 종이를 관통했고 거기서 흰색 분말의 세제가 남자의 바지 위로 쏟아진다. 주변을 의식한 남자가 몸만 부르르 떨며 화를 내고 여자는 멍하니 앞쪽 무대로 시선을 피한다. 그때 마침 아이가 뒤를 돌아봤고, 여자가 아이를 향해 손을 흔들었지만 아이가 그들을 알아보기에는 거리가 너무 멀다. 아이는 멍한 표정으로 자꾸 뒤를 돌아봤고 두번째 빙고게임을 알리는 사회자의 목소리가 강당 안을 압도하면서 사람들은 다시 빙고게임 속으로 빠져든다.

아무렇지도 않은 듯 앉아 있지만 여자는 차츰 불안해지기 시작하고 진동으로 바꿔놓은 휴대폰을 자꾸만 만지작거린다. 도대체 뭘 도와달라는 거야. 여자는 갑작스럽게 그동안은 아주 잊고 지냈던 풍경들 속에 던져진다. 창이 있기는 하겠지. 설마 불기도 없는 방에 있는 건가. 누군가 돌보기는 할 거야. 정신병원인지도 몰라. 오랜 병원생활에 지쳐서 잠깐 짜증을 부렸나. 김영화였나 아님 최영화였나, 나한테 여고

때 앨범이 있나, 여중 때 앨범은 또 어딨지. 없으면 또 어때, 어릴 때 친구잖아. 그런데 왜 하필 나한테 전화를 한 거야. 가족잔치가 빨리 끝나야 뭘 어떻게 해보지.

*

스물다섯살 무렵. 하루 종일 무역회사에서 영문타자를 치던 타이피스트였던 여자, 선애는 어느 토요일 집앞 지하철역에서 고향 친구인 영화를 만난다. 친구를 만나기로 했거든요. 선애는 세시가 넘어 퇴근하면서도 과장과 부장과 사장 앞에 가 일일이 일찍 퇴근해 죄송하다는 인사를 한다. 월요일 아침 일찍 보내야 하는 통관서류들을 잘 챙겨야 한다는 똑같은 잔소리도 세 번. 오타가 나서 서류를 망치면 안된다는 잔소리도 똑같이 세 번. 그때까지 퇴근을 못하고 남아 있던 선배 여직원은 물컵과 커피잔들까지 깨끗하게 닦아놓고 갔으면 좋겠다고 말한다.

그들은 서로를 알아보고 나서도 한참을 서성거린다. 너무나 키가 커버린 선애는 너무나 키가 작아져버린 영화를 보고 잠깐 놀란다. 그들은 한참을 서성거리다가 서로에게 다가선다. 어릴 적, 흰 원피스를 입고 영화의 집 대문 앞에서 찍었던 사진을 지니고 있던 선애는 영화를 보고도 반갑다는 말도, 왜 그렇게 키가 작아졌느냐는 말도 하지 않는다. 그들은 자연스럽게 지하철역 옆의 재래시장 쪽으로 걸어간다.

딱딱하고 좁은 밤색의 나무의자에 걸터앉아 그들이 먹은 것은 양배추와 깻잎을 잔뜩 넣은 순대볶음. 세상 돌아가는 얘기를 하기에는 모르는 게 너무 많고, 시시콜콜한 집안 얘기를 하기에는 긴 설명이 필요해서 그들은 순대볶음 한접시를 다 비우고, 바닥에 붙은 양배추와 파 조각을 최후까지 집어먹는다. 선애의 귀에는 계속해서 탁탁거리는 언더우드 영문타자기 소리가 들린다. delivery를 칠 때는 l과 i의 순서가 바뀌지 않게 조심하고, credit을 칠 때는 오른쪽 손가락이 딴 생각을 하지 않도록 조심하고, shipping을 칠 때는 p를 연거푸 빨리 쳐서 활자쇠가 엉키지 않도록 조심하고. 행은 언제나 리드미컬하게 바꿔준다. 무엇보다 손가락의 타이밍이 가장 중요함!

이런 세상에. 그들은 순대를 다 먹고 나서도 얼른 일어나 자신들의 나이에 걸맞게 까페나 맥줏집 같은 곳으로 옮겨가지 않는다. 그리고 그들은 골목 초입의 순댓집보다 더 깊은 시장골목 속으로 들어간다.

시장골목 양편에 늘어선 좌판에선 극소에서 극대에 이르는 갖가지 크기의 플라스틱 그릇들을 팔고, 뿌리에 아직도 빨간 흙이 매달려 있는 냉이와 삶은 나물들을 파는 할머니들의 애절한 눈빛도 받는다. 생닭을 파는 가게 바닥에는 잘린 닭머리에서 흘러나오는 주홍색 물기가 홍건하고, 알록달록 꽃무늬가 만발한 포목점 앞에는 아이들의 촌스러운 색동저고리가 겹겹이 걸려 있다. 비닐천막으로 천장을 가린 시장골목은 벌써 초여름이 된 듯 후덥지근하고, 언뜻언뜻 비닐천막의 벌어진 틈새로 칼 같은 봄 햇살이 들어와 얼굴을 긋는다. 그들은 시장골목 끝까지 갔다가 다시 걸어온다. 그리고 순댓집이 보이는 지점쯤에서 왼쪽으로 방향을 틀어 큰길 쪽에 위치한 빈대떡집으로 들어간다. 와본 적도 없으면서, 이 집 빈대떡이 맛있대, 선애가 영화의 어깨를 두드리며 말했다.

할머니가 주방 옆에 들인 쪽방에 올라앉아 연신 빈대떡을 부친다. 짧은 스커트에 올리브색 스웨터를 입고 낮은 구두를 신은 처녀와, 작은 키에 어울리지 않게 다리를 꽉 죄는 청바지를 입고 머리를 길게 늘 어뜨린 처녀를 뚫어지게 쳐다보던 할머니는 앉으라는 손짓을 한다. 그들은 세 개의 탁자 중 하나에 앉았고, 할머니가 건네주는 빈대떡 접 시를 받아 탁자 위에 놓는다. 들기름과 콩기름과 밀가루냄새가 충만 하던 그 집, 햇빛이라곤 전혀 들지 않던 빈대떡집에서 그들은 난생처 음으로 과음을 한다. 누가 먼저 말을 꺼냈는지, 목마른데 우리도 술 마시자…… 희고 걸쭉하던 막걸리 일곱 병과 빈대떡 세 접시. 먹어도 먹어도 허전하고 머리통 한가운데가 텅 비는 기분이었다. 그들은 각 자 화장실에 갈 때마다 엉덩이 뒤쪽으로 손바닥만하게 뚫려 있던 창 을 향해 자꾸만 고개를 돌린다.

그들이 거리로 나왔을 땐 배반감이 느껴질 정도로 어두워져버린 후. 타이피스트는 타자기 소리를 완전히 잊고 머리끝에서 발끝까지 퍼져 있던 막걸리냄새에 취해 뱅글뱅글 돌아가는 하늘을 쳐다보며 겨 우 발만 땅에 대고 서 있다. 그 동네에 있는 타이피스트의 자취방으로 가던 그들은 가게 내부가 물건으로 꽉 차 있어 금세라도 쓰러질 것 같 은 작은 구멍가게에 들어가 소주와 오징어포를 산다.

방 한가운데 틀어놓은 작은 라디오가 그들의 침묵을 대신한다. 그 들은 목구멍에 불이 나는 걸 참으며 입 속으로 소주를 연신 쏟아넣는 다. 라디오와 자신의 발 사이의 반평도 안되는 각자의 공간에만 눈을 박은 채로.

새벽이 되어 눈을 떴을 때 영화는 전화번호와 주소를 적은 쪽지를 라디오 옆에 놓고 사라진 뒤였고, 선애는 처음으로 술이라는 것이 얼 마나 고통스러운 결과를 낳는 것인가를 쓰레기통을 껴안은 채 체득하 고 있었다. 막걸리 일곱 병과 소주 두 병을 먹는 동안 무슨 얘기를 나

넜는지 타이피스트는 깡그리 잊어버렸다. 오직 한가지, 고향에서 그 여름에 영화에게 있었던 일에 대해 물어본 것만 기억이 났다. 그러나 우습게도 영화가 뭐라고 대답했는지는 기억나지 않았다. 뭐라고 대답을 하긴 했는데, 뭐라고 했지. 거울을 보던 선애는 그 하룻밤으로 인해 오륙년쯤은 급격히 늙어버렸다고 혼자서 한탄한다. 그때의 모든 여자애들이 좋아하던 그룹사운드의 리드보컬 사진이 걸려 있던 타이피스트의 자취방은 보증금 오십만원에 월세가 사만원이었다.

자기가 훌라후프를 잘 돌린다고 생각하는 어머니들 빨리빨리 앞으로 나오세요. 선물 드립니다. 빨리 나오세요. 사회자의 목소리가 들리자마자 열 명 정도 되는 여자들이 기다렸다는 듯 무대 앞으로 뛰어나간다. 잘사는 동네라고 해서 선물엔 관심 없을 줄 알았는데 예상외로 많이들 나오시는군요. 재치있는 사회자의 말솜씨에 모두들 또 웃는다. 두 개의 훌라후프를 허리에 차고 돌리기 시작하는 여자들, 한 개만 떨어져도 자동탈락이라는 사회자의 말이 강당 안을 쩌렁쩌렁 울리고, 앞에 나간 여자들은 약속이라도 한 듯 모두 짧은 반팔 옷들을 입고 허리를 드러낸 채 훌라후프를 돌리는 데 열중한다. 환호성을 지르며 엄마를 응원하는 아이들. 검고 긴 사제복을 입은 신부님과 수녀님들은 재롱을 부리는 부모들을 보고 귀엽다는 듯 웃는다. 여자는 자꾸만 휴대폰을 만지작거리고, 입술을 잘근잘근 씹기도 하고, 십자가에 못 박힌 예수의 조각이 새겨진 강당의 벽면을 응시하기도 하고 천장을 올려다보기도 한다. 시간은 아주 빨리 흐른다.

훌라후프 돌리기 끝. 거기서 살아남은 최후의 생존녀 세 명이 모두 다 사회자의 지시대로 막춤을 추는 시간. 사지가 따로 놀고 머리를 마구 흔들어대는, 텔레비전에서도 보기 힘든 계통을 알 수 없는 춤들이

다. 여자는 손에 휴대폰을 꼭 쥐고 있었으나 전화가 온다고 해도 받고 싶지는 않았다. 춤이 끝나고 청중들의 박수를 기준으로 순위를 정하고 상품을 나눠준다. 그때 시간이 여섯시 사십분 무렵.

　사회자는 한시간 동안 진행된 부모들과의 프로그램을 마치며, 옆에 앉은 아내와 남편 그리고 아이들을 지금 당장, 꼭 안아주라고 당부한다. 그리고 세상의 중심도 가족이고, 세상의 기본도 가족이라는 흔한 말을 남기고 무대 뒤로 사라진다. 강당 안 공기는 바깥 날씨와는 다르게 훈훈해졌고 그제야 유치원을 대표해서 가족잔치를 진행할 또랑또랑한 목소리의 여교사가 무대로 나온다. 여교사는 추운 날씨에 가족잔치에 와준 부모님들을 위시해 할머님, 할아버님, 형님, 누님까지 거명하며 감사의 인사를 한다.

　드디어 본격적인 가족잔치가 시작된다. 일곱살짜리들 반이 먼저 나와 노래 두 곡을 부른다. 아이들이 노래를 시작하자 부모들은 캠코더와 카메라를 들고 아이들 앞으로 몰려나간다. 아이들의 노래가사가 액정화면에 뜬다. 여섯살인 여자와 남자의 아이가 속한 캥거루반이 두번째로 무대 위로 나온다. 지나친 사진촬영을 좋아하지 않는 그들은 일체의 촬영도구를 준비해가지 않았다. 그 대신 아이가 노래를 부르는 동안 자리에서 일어선 채 다정한 척 어깨를 맞대고 서서 박수를 친다. 전래동요도 아닌 그 노래는 어른들로서는 따라하기가 쉽지 않다. 아이는 앞에서 가사를 불러주는 선생님 얼굴을 보느라 정신이 없는데, 그들은 아이가 자기들을 보고 있기라도 한 것처럼 열심히 눈을 맞춘다. 네가 이 세상에서 최고야, 우리가 너를 사랑한다는 걸 느끼니? 세상에 나온 지 만 오년이 좀 지난 아이를 그들은 경이의 눈으로 바라본다.

노래가 끝나자 아이들 한명 한명에게서 딴 비디오 인사말을 틀어준다. 미끄럼틀 위에 올라앉아 있거나 피아노를 치거나 장난감을 갖고 놀던 아이들이 자기 차례가 되자 제 부모에게 당부의 말을 한마디씩 한다. 선생님이 미리 알려준 멘트들 대여섯 개 중에서 한가지씩을 골라서일까. 대부분 비슷한 말들을 반복하고 있다.

아빠 엄마 건강하세요. 아빠 엄마 사랑해요. 아빠 일찍 들어오세요…… 마침내 그들의 아이가 비디오 화면에 나타난다. 아빠 엄마 사랑해요. 그리고 마포 할머니 건강하세요. 그리구 엄마 아빠 싸우지 마세요. 아이는 마지막으로 손을 들어 브이(V) 자를 만든다. 쟤는 왜 이런 순간에 딴 사람을 찾아, 마포 할머니가 누구야? 옆에 앉은 남자가 묻는다. 여자는 직장을 다니는 동안 아이를 봐주러 오던 마포 할머니와 그 할머니의 젖가슴을 만지고 놀던 아이를 기억한다. 노랗고 마른 몸에 맑은 눈을 가졌던 그 할머니의 집이 마포였다.

그런 식으로 네 개 반의 순서가 차례로 돌아간다. 그날의 하이라이트는 맨 마지막에 나온 일곱살짜리들인 여우반이다.

엄마 제발 영어공부 좀 그만 시키세요. 엄마 제발 컴퓨터게임 좀 많이 하게 해주세요. 아빠 엄마 제발 화장실에서 담배 피우지 마세요. 엄마 제발 할머니 할아버지 욕 좀 하지 마세요. 엄마 학습지 한개만 끊어주세요. 엄마 제발 쓰레기 분리수거 좀 잘하세요. 아빠 제발 증권 좀 그만 하세요…… 사람들은 바르게살기 캠페인의 캐치프레이즈 같은 아이들의 말을 들으며 짧고 어색하게 웃는다. 야 이놈들아, 그런 게 인생이야. 안 그래, 잉그리? 남자가 웃으며 말했고 살찐 잉그리드 버그만은 긍정도 부정도 안하고 남자를 향해 천천히 고개를 끄덕인다.

빨리 찾아온 밤. 시각은 일곱시 사십오분. 강당에서 나온 아이들은 유치원으로 들어가 부모들이 아이들 몰래 준비해 유치원으로 보낸 선물들을 받는다. 그동안 부모들은 유치원 문앞에 서서 달달 떨며 아이들이 나오길 기다린다. 밤 날씨는 더욱 쌀쌀해졌고 길은 미끄럽다. 대중교통을 이용하라는 유치원의 끈질긴 권고에도 불구하고 끌고 온 육중하고 검은 승용차들 속으로 아이들이 하나씩 들어가고 차문이 닫힌다. 언덕길은 삽시간에 차량들로 꽉 차고 강당 안에 있던 그 많은 사람들은 어느새 다 흩어지고 몇 보이지 않는다.

멀지 않은 곳에 집이 있는 여자와 남자는 양쪽에서 아이의 손을 잡고, 유치원에서 대로변으로 나가는 주택가의 어두운 언덕길을 조심스럽게 걸어내려간다. 아이는 걸어가는 동안, 바로 이날이 되면 사주겠다고 약속했던 초콜릿 케이크를 상기시킨다. 제과점은 대로변에서 이십분쯤을 더 걸어가야 한다. 여자는 외투 주머니 속에 있는 휴대폰을 만지작거린다. 그러다가 휴대폰을 꺼내 수신통화목록을 눌러 영화의 전화번호를 확인한다. 서울이 아닌 수도권 어딘가의 전화번호다. 횡단보도를 건너 길 옆에 있는 은행 현금지급기를 통해 돈을 인출하고는 환한 불빛 아래에서 휴대폰 화면을 다시 확인한다.

여자는 어렵게 입사한 무역회사에서 십년을 버텼다. 그 십년 사이 여자는 두 번 정도 영화를 만났고 결혼한 후에도 몇년에 한번씩 전화통화는 했었다. 그러나 어느날 통화를 하면서 다시는 영화와 통화하지 않겠다고 결심했고 그대로 실천했으며, 그사이 많은 것들이 변했다. 여자는 절대로 오타를 내지 않았고 오히려 후배들이 만든 서류들을 검토해주는 역할만으로 월급을 받았다. 여자는 하루에 세 개 이상의 신문을 읽었으며 나름대로 많은 걸 깨달았다. 여자의 별명은 미스 화이트였다. 오타를 지울 액상 화이트를 들고 있는 미스 화이트.

아이는 제과점에서 나와서는 바로 옆에 붙어 있는 어린이문방구 앞을 그냥 지나치려고 하지 않는다. 가방 안에 이미 선물이 있는데 왜 떼를 쓰느냐고 해도 막무가내다. 여자는 날씨도 춥고 더 버텨봐야 승산도 없고 무엇보다 귀찮아서 아이가 원하는 인형을 사버린다.

유치원 행사가 끝난 걸 어떻게들 아는지 말론 브란도의 휴대폰이 울리기 시작한다. 이 자식들 참, 오늘도 기본이 두 탕이다. 말론 브란도는 아이의 얼굴에 몇번이나 뽀뽀를 하고, 연애하는 여자에게 하듯 아이의 어깨를 두 손으로 꼭 잡고 고백하기 시작한다. 오늘 내가 본 우리 딸이 세상에서 제일 예뻤어. 아빠는 세상에서 우리 딸처럼 예쁜 여자는 처음 봐. 고백을 듣고 정작 감격해야 할 아이는 무감동하게 대꾸한다. 그랬어?

말론 브란도가 횡단보도 앞에서 택시를 기다린다. 그렇게 모이면 뭘 하고 놀아? 여자의 말에 막 지나치는 택시를 잡으려고 손을 흔들며 남자가 말한다. 하긴 뭘, 술이나 마시고 카드나 치지. 남자와 아이의 긴 뽀뽀가 끝나고 여자는 아이의 손을 잡고 횡단보도 쪽으로 걸어가다가 멈춰선다. 그리고 다시 남자에게 다가가 말한다. 새해 복 많이 받아. 순간 말론 브란도의 얼굴이 약간 굳는다. 그때 다행히 택시가 오고 남자가 여자에게 말한다. 그럼 새벽에 봐. 여자는 혹한의 밤거리로 사라지는 말론 브란도의 택시를 한참 동안 쳐다본다.

집으로 오기로 한 대학생 베이비씨터 은주가 얼굴이 발개진 채 현관 앞에 서 있다. 여자는 딱딱하게 언 핸드백 안에서 아파트 열쇠를 꺼내 문을 열고 현관으로 들어선다. 날씨가 춥지! 여자는 뒤따라 들어오는 은주에게 말한다. 그리고 외투를 벗은 뒤 케이크를 꺼내 식탁 위에 올려놓고는 주전자에 물을 담아 가스레인지 위에 올린다. 그사이 아이는 은주에게 인형을 자랑하며 유치원에서 받은 선물을 풀어 보여달라고 보챈다. 은주가 유치원이 끝난 후 할일이 없는 아이를 돌봐주기 시작한 지 여섯달, 둘은 자매처럼 친구처럼 아주 잘 논다. 그 시간에 여자는 외출을 했고 운동도 했고 시장도 봤다. 처음엔 베이비씨터가 아이를 폭행하는 상상도 했고 온갖 나쁜 것들을 입 속에 잔뜩 물리는 상상도 했다. 그러나 여자는 이제 그런 식의 상상은 하지 않기로 했다. 상상도 어차피 선택이므로.

여자는 물이 식기를 기다려 천천히 차를 우려낸다. 그리고 식탁 위에 앉아 여유있게 차를 마신다. 차를 다 마시고는 식탁 주변을 정리하고 다시 외투를 입고 목 끝까지 단추를 잠근다. 자정까지는 올 거야. 혹시 늦게 되면 오버한 만큼 더 계산해주고 타고 갈 택시비도 줄게. 아이가 다가와 여자에게 뽀뽀를 하고 여자는 목도리를 두른다. 저 부탁이 좀 있는데요. 베이비씨터가 대문 밖으로 따라나온다. 뭔데, 얘기해봐. 제가 빚이 좀 있는데, 선불 좀 해주실 수 있나 해서요? 얼마나 필요하니? 금액이 좀 커요. 다음 학기 등록도 해야 되는데 빚까지 있어서요. 그때 쓰레기를 내놓기 위해 문을 연 앞집 여자가 짧게 인사를 건넨다. 크다는 게 얼만데? 한 오백 가까이 돼요. 너 시간당 3500원짜리 베이비씨터야. 오백만원을 일로 갚으려면 얼마나 긴 시간 동안 남의 애를 봐야 되는지 계산해봤어? 여자는 장갑을 들고 복도를 걸어 내려가고 명랑한 베이비씨터의 목소리가 계단을 울린다. 오늘 천천히 놀다 오세요. 제가 자면서 봐줄게요. 잠시 후 들리는 아이의 환호성. 여자는 그렇게 말하고도 자신이 베이비씨터에게 오백만원을 선금으로 지급하리라는 것을 잘 알고 있다. 어린 은주가 누구보다 자신의 속마음을 잘 알고 있고 언제나 어린애에게 당하고 있다는 사실까지도.

'누구나 쉽게 할 수 있는 미술품 컬렉션'이란 모임에서 만난 여자들과의 약속장소인 K동까지는 택시로 십분 거리다. 여자는 택시를 탔고 처음엔 잘 달렸다. 그러나 한참 달리던 택시는 지름길이라고는 없는 번화가의 교차로에 멈춰서서 움직일 줄을 모른다. 교통방송은 고질적인 병목현상을 보이는 구간과 계속해서 늘어나는 정체구간을 수시로 알려준다. 택시기사는 손님에게 양해도 구하지 않고 담배를 피워문다. 택시 뒷자리에서 본 차량의 행렬은 사방의 경계가 허물어지고 불빛만 보여서인지 모두들 하늘을 향해 올라가고 있는 것처럼 보인다.

여자는 휴대폰을 열고 다시 수신통화내역을 확인한다. 영화에게서 온 최초의 전화는 여섯시 삼분쯤이었다. 그로부터 두시간이 훨씬 넘은 지금, 뱃속에선 뭐가 나왔을까. 여자는 장갑을 벗고 차가운 손을 비빈다. 그리고 좀 따뜻해진 손으로 볼과 눈자위와 뒷목 주변을 차례로, 아주 천천히 누르며 앉아 있다. 차들은 아직 움직일 기미조차도 없다.

*

동네의 여자애들이 앞 다투어 고향을 떠나버렸던 그 여름엔 유독 비가 많이 내렸다고 선애는 기억하고 있다. 뜨거운 햇볕이 내리쬐다가도 마당에 벗어둔 슬리퍼며 양동이가 물 위에 둥둥 떠다닐 정도로 비가 많이 내렸다. 좀 되바라진 아이들은 여고도 마치기 전에 도시로 떠났지만 아무도 영화가 그러리라고는 생각하지 않았다.

근처의 여고에 다니던 여자애들 몇은 방학을 핑계로 하루에도 몇 차례씩 모여 같이 논다. 열아홉살의 선애도 그들 중 하나다. 대학에

갈 계획이라곤 없었으므로 그들에겐 할일 없는 여름이다. 농협이나 인근 직장에 다니는 언니들의 한겨울 코트를 꺼내 돌려가며 입어보기도 하고, 화장품을 가져다가 눈가를 새파랗게 칠하고 입술 옆에 점을 그려넣고는, 칙칙하게 줄이 간 엄마의 장롱 거울 앞에 서서 기괴한 포즈를 취한다. 한방에 모여 먹다 남은 김치와 고추장을 넣어 양푼에 밥을 비벼 먹고는 매운 입 속을 달래느라 입이 아프도록 풍선껌도 씹는다.

그 더운 여름에 특이한 일이 없었던 건 아니다. 한 여자애가 학교에서 보낸 위문편지를 받은 키 큰 군인이 휴가를 맞아 집으로 직접 찾아왔다. 집주소도 없이 학교주소만 가지고도 잘 찾아와서는 담담한 표정으로 여자애의 얼굴을 보고 돌아갔다. 모두들 불같은 연애를 기대했지만 그게 다였고 이렇다 할 만한 일은 없었다.

위로 오빠가 다섯, 아래로 남동생이 하나 있는 집에 유일한 여자였던 영화는 교복을 입고 학교를 갈 때를 제외하곤 그 집의 식모언니나 다름없다. 대학생부터 줄줄이 다 학교에 다니는 오빠들의 교복을 다리미질하고 반찬을 만들어 도시락도 쌌다. 영화는 몰려다니며 놀 시간도 없이 일만 하는 그 동네에서는 제일 팔자 센 여자애였다.

그 며칠 전 영화는 동네에서 그래도 좀 친하게 지내던 친구 선애의 방으로 찾아가서 알 수 없는 얘기들을 한다. 스카치테이프를 잘라 쌍꺼풀을 만드는 데 열중하던 선애는 노랗게 들뜬 영화의 얼굴은 쳐다보지도 않는다. 없던 쌍꺼풀이 생기자 시야가 흐려졌던 것이다. 잡지책을 뒤적거리던 영화는 선애가 바싹 다가서 눈을 까뒤집고 노려보고 있던 거울 속을 함께 들여다보며 말한다. 난 얼마 후면 어떤 미국남자네 집으로 갈 거야. 청바지도 맘껏 입고 햄버거도 맘껏 먹을 거야. 나이가 들면 뉴욕에 가서 커다란 한국식당을 해야지. 우리 집 사정이 어려워서 애들 중 하나를 내보내기로 했는데 그게 바로 나래. 너 나중에 미국으로 올래, 나 만나러. 반짝거리는 쌍꺼풀만 계속해서 다독거리던 여자가 겨우 대꾸한다. 야, 너 없으면 니네 집 그 많은 부엌일은 누가 하구. 영화는 그 대목에서 한숨을 쉰다. 큰오빠한테 여자가 있대. 덩치도 크고 힘도 세대. 결혼식도 안하고 그냥 데리고 들어올 작정인가봐. 여자는 그때까지도 쌍꺼풀에 집중하느라 결국은 영화의 얼굴을 자세히 보지 못한다.

다음날 오전, 영화가 풀을 베는 낫을 들고 오빠들을 죽이겠다고 협박을 한다는 거였다. 사람들은 모두 믿을 수 없어했고 선애도 슬리퍼를 끈 채 영화네 집으로 갔다. 영화는 정말이지 낫을 들고 있었고, 덩치가 산만한 영화의 오빠들은 키 작은 영화의 발치에 일렬로 꿇어앉아 있다. 영화는 자기가 지금까지 일한 대가라며 형제들에게 그리 많지는 않은 액수의 돈을 요구한다. 오빠들은 얼굴을 옆으로 돌리고는 미친년, 미친년 하며 픽픽 웃는다. 영화는 결국 낫 끝으로 자신의 손등에 가로로 긴 상처를 내고 만다. 선애는 상처를 내던 그순간 영화의 얼굴에 번지던 미소를 보고 소름이 돋았고 덩달아 자신의 손등을 물었던 것이다.

정오 무렵부터 오락가락하던 장맛비는 오후가 되면서 굵어졌고 그렇게 한차례 퍼붓고 나면 다시 뜨거운 햇볕이 내리쬐기 시작했다. 영화가 그곳으로부터 사라진 건 세상이 온통 뜨겁고 축축하던 바로 그 순간이 분명하다고 여자는 느끼고 있었다.

인근의 창녀촌에서 영화를 봤다는 동네사람이 나오기도 하고, 배가 불룩한 늙은 외국인과 길거리에서 키스를 하며 다정히 걸어가더라는 소문이 들리기도 했다. 더 나쁜 소문으로는 영화의 오빠들이 영화를 차례차례 건드렸다는 얘기까지 있었다. 그래서 충격을 받아 정신병원에 들어갔다는 얘기도 있었다. 그러거나 말거나 영화네 식구들은 무쇠솥이라도 능히 들어올릴 정도로 힘세 보이는 한 여자를 데려와 모든 집안일을 시켜먹으며 아무 일도 없다는 듯 잘들 살았다. 그러나 얼마 가지 않아 그 집의 모든 권한은 그 여자에게 넘어가서, 여자의 허락 없이는 콩나물 대가리 하나도 마음대로 살 수 없는 상황이 되고 말았다. 그때 열아홉살이던 선애는 영화가 사라진 그 작은 동네를 먼발치에서 바라볼 때마다, 집들이며 나무들이며 사람들이 자꾸만 땅속으로 꺼져들어가고 있는 듯한 느낌을 받곤 한다.

영화가 어떻게 도시에서 직장에 다니고 있던 여자의 연락처를 알아냈고, 그들이 어떤 대화 끝에 지하철역에서 다시 만났는지 여자는 이제 잘 기억하지 못한다. 그러나 여자는 아직도 그 여름의 장맛비와 거기서 일어났던 어떤 일 하나를 온전히 기억해내지 못한 채, 정체된 거리 한가운데서 택시의 창문을 내렸다 올렸다, 핸드백 지퍼를 열었다 닫았다 반복하고 있다. 그때 아주 중요한 일이 있었어. 그게 뭐였지, 그게 뭐였지. 그렇게 중얼거리면서.

여자는 수신통화내역을 확인하고 영화의 전화번호를 길게 누른다. 전화벨 소리가 한두 번 들리고 영화가 전화를 받는다. 여자는 영화가 있는 곳의 위치를 묻고, 지금 어떤 상황인지 뭐가 필요한지를 묻는다. 그리고 택시기사에게 부탁해 그쪽으로 방향을 돌려달라고 한다. 그러나 전화벨은 한 번, 두 번, 세 번, 네 번, 다섯 번, 여섯 번, 일곱 번…… 아무리 울려도 받는 사람이 없다. 여자는 계속 전화를 걸지만 여전히 전화는 연결되지 않는다.

차들은 서서히 움직이기 시작한다. 막 속력을 내던 택시가 몇 미터도 못 가 덜컹거리며 주저앉고 금세 뒤이어 펑, 하는 소리가 따라온다. 택시의 타이어가 터진 것이다. 그순간 여자는 불완전한 상태로 남아 있던 그림퍼즐 조각 같던 그때의 일이 드디어 기억나 손등을 물며 흥분한다. 손등을 깨무는 것은 여자의 아주 오래 전 습관이었고 여자는 그걸 완벽하게 고쳤다고 생각하고 있었다. 그랬다. 여자가 기억해낸 그 여름에 있었던 일은 바로 미꾸라지들의 비상(飛上), 다시말해 미꾸라지들의 추락이었다.

영화가 손을 다쳐 병원으로 가고 하늘은 다시 맑아졌다. 도로 양쪽에 있던 논 옆 도랑에서는 맑은 물 흐르는 소리가 들려왔지만, 대기는 몹시 불안정해서 난데없이 강한 바람이 불어왔다. 마루에 앉아 내리는 빗줄기를 쳐다보던 선애는 빗줄기 속에 뒤섞여 하늘에서 막 떨어져내리는 것들을 멍하니 바라보며 입을 다물지 못한다.

그것은 기류를 따라 하늘로 솟구쳐 올라갔다가 빗줄기를 타고 떨어지는 미꾸라지들이었다. 선애는 마당으로 내려가 비를 맞으며 하늘에서 떨어져내리는 미꾸라지떼를 받으려고 양팔을 뻗는다. 미꾸라지들은 손에 잘 잡히지 않고 물기 많은 땅 위에 떨어져 마음껏 돌아다닌다. 영화를 비롯해 마을의 여자애들이 하나둘 도시로 떠나기 시작한 그 즈음에 하늘에서 떨어져내린 미꾸라지떼를 본 선애는 기적이란 단어를 생각한다. 이 작은 동네에서 일어난 모든 일들을 다 뒤엎는 기적. 그러니 물을 떠난 땅 위에서도 잘사는 미꾸라지들처럼 너희들도 이곳을 떠나 잘살라는 기원이며 제사인 동시에 한바탕 축제 같다는 생각을 한다. 선애는 곧장 집 밖으로 나갔고 신작로 위에 떨어져서도 잽싸게 꿈틀거리는 미꾸라지들을 보며 웃다가 울다가 정신없이 길 위를 뛰어다니며 논다.

여자는 그날 본 광경을 생의 최초의 기적이며 생의 마지막 환영으로 기억하고 있었다. 그해 겨울이 지나고 여고를 졸업하자마자 그녀는 그곳을 떠났으며 그 이후로는 어떤 곳에서도 그런 기적을 만나지 못했다.

아줌마 내려요, 타이어 터졌어요. 화가 난 택시기사는 담배를 피워 물고 여자는 택시비를 계산한다. 이렇게 추운 길을 걷게 된 것이 오히려 잘된 일이라는 듯 여자는 지끈거리던 머리가 시원해지는 느낌으로 번화가를 지나간다. 여자는 거기서 지름길을 택해 뒷골목으로 들어가고 공사를 하다가 중단한 검은 건물들 옆을 지나간다. 뾰족한 구두는 자꾸만 눈 속에 빠지고 저 앞에 두 개의 검은 사람 그림자가 어른거리는 것도 같다. 다시 돌아갈까 온 길을 뒤돌아보지만 온 길과 갈 길이 거의 같아 보인다. 여자는 지금 누군가 나타나 자신을 때리거나 죽이기라도 한다면 그렇게 될 수밖에 없을 거라고 생각한다. 여자는 최대한 빨리 걸으려고 노력하면서 눈발이라도 날릴 것처럼 낮게 내려앉은 하늘을 자꾸 쳐다본다.

한참을 걸어 여자는 약속장소인 중국음식점 앞에 도착했고 온통 검붉은색으로 마감된 인테리어가 주는 강렬한 느낌에 안도하며 안으로 들어간다. 여자는 약속된 방으로 들어가기 전에 화장실 옆에 있는 파우더룸에 들어가 화장을 고친다. 줄곧 눈을 피곤하게 하던 인조 속눈썹을 떼어내고 침을 묻혀가며 눈가를 문지른다.

일행들은 붉은색의 커다란 등이 식탁을 비추는 널찍한 방에 모여앉아 있다. 여자가 문을 열고 들어가는 것과 거의 동시에 여자들 중 누군가가 소리를 지른다. 빙고, 빙고다, 그러니까 난 오늘 밥값 안 내도

되는 거지. 여자는 손을 들어 일행들에게 인사하고 창가 쪽에 딱 하나
남아 있는 빈 의자로 가 앉는다. 그곳이 여자가 앉아야 할 자리다. 탁
자 위에는 유치원 가족잔치에서 나눠준 것과 똑같은 모양의 빙고게임
종이가 놓여 있다. 자, 이제 다 왔네. 우리 주문하기 전에 빙고게임 한
판만 더 할까. 누군가 말했고 여자는 고개를 돌려 유리창에 비친 빙고
게임을 하는 여자들의 실루엣을 오래도록 쳐다본다. 그리고 식탁 위
에 놓인 빙고게임 종이로 시선을 옮긴다. 바야흐로 빙고의 계절이다.

—『한국문학』2004년 봄호

오아시스

사무실에 도착하자마자 컴퓨터를 켜고 화장실로 가 손을 씻었다. 아침에 새로 입고 나온 셔츠 소매의 손목 부분에 흐릿하게 때가 묻어 있었다. 날씨가 점점 나빠지고 있어서 세탁소 탓만 할 수는 없었다. 알래스카에도 이제 전만큼 눈이 내리지 않는다고 한다. 미국에서 실직을 했거나 사업이 망해 알래스카로 취업이주를 떠난 한국사람들은 눈이 많이 내리지 않아 하루종일 일할 수 있어 좋다고 했다. 그 대신 눈이 오지 않는 날씨에 익숙하지 않은 에스키모들은 뭘 해야 할지 몰라 온종일 술만 마신다고 했다. 이제 사람들을 바꿔놓는 건 다름아닌 날씨였다.

19층 비상계단 옆에 서서 창문으로 밖을 내다봤다. 한강을 건너려는 차들이 유턴 라인에 길게 늘어서 있었다. 다른 차선들은 그리 밀리지 않는 것 같았다. 대각선으로 보이는 초등학교 운동장에 서 있는 아이들이 다람쥐처럼 작아 보였다. 아직까지 하늘은 괜찮은 편이었다.

컴퓨터 모니터에서 메신저 화면이 깜빡거렸다. 닉네임이 '가르보'인 앞에 앉은 동료 최수진이었다. 회사 건물 앞 노점에서 파는 샌드위치가 최수진의 아침이었다. 질 나쁜 버터에 익힌 양배추 냄새가 심하게 났다. 있잖아요, 캐피탈 대출 이율이 높아요, 보험회사가 높아요? 대출에 대해 좀 아세요? 최수진은 직원들간에 정보교환을 위해 개설한 메신저에다 대고 그렇게 묻고 있었다. 그건 해당 회사에 알아보는 게 빠르죠. 내가 어떻게 알겠어요. 난 가능한 한 짧게 대답했고 최수진은 샌드위치를 먹다 말고 입을 삐죽거리며 자판을 세게 두드렸다. 내 반응이 마음에 들지 않는 모양이었다. 나 역시 최수진이 마음에 들지 않았다. 하루에도 몇번씩 카드회사에서 연체금을 독촉하는 전화가 왔지만 여전히 나이트클럽에 드나들고, 비싸 보이는 옷들만 입었다. 금세 입술을 삐죽 내민 인형이 모니터에 나타났고 최수진은 가르보는 부재중이라고 표시해놓고 사무실에서 나갔다. 어쨌든 남의 일에 신경 쓰고 싶지는 않았다. 메일함은 늘 그렇듯이 회사일로 최근에 통화를 했거나 만난 적이 있는 사람들이 보낸 메일 몇통과 십여통의 스팸메일이 다였다.

아이디어 노트를 펼쳤다. 최근에는 도통 새로운 생각이 떠오르지 않았다. 아침에 변기 위에서 읽고 오려붙여놓은 신문기사 몇개가 다였다. 여덟시 오십분이 되면서 직원들이 사무실로 몰려들어왔다. 거대한 모니터들의 제국 같은 사무실은 사람들이 빈자리를 채우면서 안정감이 생겼다. 전화를 하려고 수화기를 들었는데 송수화기의 입에 닿는 부분이 새까맣게 때에 절어 있었다. 새삼스럽게 불쾌했다. 이 문제를 꼭 다음 회의 때 거론해야겠다고 생각하고는 메모해두었다.

아홉시. 사내방송으로 짧은 명상음악이 들려왔다. 창 앞에 앉은 부장이 잔기침을 해댔다. 담배를 끊어야 한다고 하면서도 끊지 못하는 우유부단한 사람이었다. 부장 옆에만 가면 솔가지를 태운 냄새가 났고 그가 입고 있는 옷들은 대부분 후줄근했다.

전화가 울렸다. 엄마였다. 평소처럼 낮고 조용한 목소리였다. 늦잠을 자는 내 옆에 와서 일어나라고 밥 먹으라고 엉덩이를 때리고, 이 게으름뱅이를 누가 데려가서 재미있게 살려나, 하던 그 목소리와 똑같았다.

"애, 너 아직도 전세계 인구의 절반이 굶고 있다는 거 아니?"

이 여자는 뭔가 중요한 얘기를 하기 전에는 그것보다 더 심각한 얘기를 먼저 하거나, 그것과는 관계도 없는 얘기를 먼저 꺼내서 주위를 환기시키는 재주가 있었다.

"갑자기 그게 무슨 말이야?"

"어제 교회에 갔더니 목사님이 그러더라."

"그런데 무슨 일 있어?"

"응. 내가 병원 가서 지난번에 한 암검사 결과를 보고 왔어."

침묵할 수밖에 없었다. 아버지와 그 형제들이 앓았던 병이 암이었다. 진저리가 났지만 엄마의 목소리가 떨리고 있어서 되도록 침착해야만 했다.

"그런데?"

"왼쪽 유두 위쪽에 뭐가 생겼대. 작년에 검사했을 때만 해도 그냥 멍울이었거든. 자세한 건 며칠 더 있어야 결과가 나와."

"유두? 젖꼭지 말야?"

가까운 거리에 있는 직원들이 일제히 내 쪽으로 시선을 돌렸다.

"내가 미리 얘기하는데 너 아무 여자나 사귀고 다니면 안된다. 여자야말로 건강해야 되는 거야."

엄마라는 사람들은 이런 상황에서도 꼭 잔소리를 해야 직성이 풀리는 모양이었다.

"나 바빠. 토요일에 집에 갈게, 나중에 얘기해."

"알았어. 그럼 토요일에 와. 난 한 오년은 더 살아야 해, 그래야 해."

전화를 끊었다. 별일 아닐 거라고 걱정하지 말자고 생각했지만 숨이 가빠졌다. 바쁜 일이 있는 것처럼 전화를 끊기는 했지만 막상 해야 할 일들이라는 게 뭐가 그리 중요했던지 혼란스러워졌다. 멍청하게 앉아 있다보니 어느새 열시, 회의시간이었다. 회의는 별 내용 없이 한 시간씩이나 걸렸다. 사업본부장의 와이셔츠는 어둡지 않은 베이지톤이었고 구두는 짙은 밤색이었다. 그가 착용하는 벨트와 구두, 멜빵이나 가방 등은 모두 외제였다. 다른 사람들은 넥타이를 목 꼭대기까지 하고 앉아 있는데 유독 그만 혼자 넥타이도 풀고 팔소매도 걷었다. 그것 또한 권위를 표현하는 행동이었다. 그는 서울이 왜 이렇게 더운지 모르겠다며 자신이 살던 미국의 날씨 얘기를 장황하게 했다. 회의시간은 천부적이고 감각적인 그의 연설로 일관되게 흘러갔다.

사람들은 회사 근처의 밥집에서 점심을 해결했지만 난 패스트푸드점에서 먹을 걸 사들고 근처 공원에 가서 먹었다. 손잡이가 떨어진 커다란 양은냄비 가득 끓인 찌개를 나눠먹는 점심식사가 나는 왠지 부담스러웠다. 하루는 새우버거, 그 다음날은 치킨버거, 또 그 다음날은 에그샌드위치를 먹으면 되는데 왜 굳이 그렇게 번잡한 식당에 드나들어야 하는지. 정 밥이 먹고 싶으면 김밥 두 줄과 탄산음료를 사먹으면 그만이었다. 빠질 상황이 아니어서 몇번 할 수 없이 식당에 간 적이 있었다. 식당 주방 아주머니들이 테이블에서 걷어온 반찬접시를 새로 차리는 밥상 쟁반 위에 그대로 올려놓고 있었다. 그때의 충격이라니. 식당 아주머니들이 세상을 망치려 들었다. 그런 걸 보면서 절망하느니 다 읽지 못한 아침신문을 보면서 햄버거를 먹는 게 나았다.

점심을 먹은 사람들이 공원으로 와 자판기 커피를 뽑아 마시며 담배를 피웠다. 신문을 몇장 넘겼는데 어디서 많이 본 얼굴이 눈에 띄었다. 이름도 맞고, 대학 때 친구가 분명했다. 졸업 후 근 십년을 만나지 못했지만 꽤나 가까웠던 친구였다. 놀란 건 그의 이름 옆에 나와 있는 그의 나이였다. 내가 알고 있던 나이보다 두살이 위였다. 그는 중국 정부가 돈을 대는 대규모 오아시스 공사에 참여해서 한국측 공사 책임을 맡고 있다고 했다. 그의 전공이 토목공학이라는 건 나도 아는 사실이었다. 그러나 인공 오아시스 건설이라니. 얌전하던 그와는 잘 어울리지 않았다. 주머니에 넣고 다니는 신문 스크랩용 칼로 그가 나온 부분을 잘 오렸다. 일본 출장에서 사온 이 칼은 얇은 플라스틱 두 장을 맞대어놓아 그냥 봐서는 칼 같지가 않았다. 손가락 끝으로 만져봐도 칼날이 어디에 있는지 잘 잡히지 않았다. 그러나 신문을 잘라내는 일만은 깨끗이 해내는 마음에 드는 물건 중 하나였다.

하늘이 누렇게 변하고 있었다. 모래바람이 불어오는 게 느껴졌다. 아침에는 맑았던 하늘이 이상해지기 시작했다. 국경을 넘어 서서히 몰려오고 있는 미세먼지 군단은 충성스런 공무원도, 용맹스런 사설 경비업체 청년들도 막을 수가 없었다.

양치질을 하는데 왼쪽 윗니가 시큰거렸다. 칫솔질을 지나치게 많이 해서 잇새가 좀 상한 것 같았다. 오후에는 잠깐이라도 시간을 내서 치과에 다녀와야겠다고 생각했다. 혀에 닿는 감촉이 좋지 않은 치약도 산뜻한 걸로 바꾸고 싶었다.

퇴근 무렵 최수진은 다시 한번 메신저를 날려서 똑같은 얘길 또 꺼냈다. 나는 대답하기 귀찮아서 메신저를 부재중 상태로 바꿔버렸다. 아쉽게도 퇴근시간 전까지 치과에 다녀올 시간은 나지 않았고, 이는 여전히 시큰거렸으며 새로운 생각도 떠오르지 않았다. 그때였다. 모든 일은 예상하지 않았던 순간에 일어난다는 듯 휴대폰이 울렸다. 발신자 전화번호를 본 순간 나는 좀 놀랐고, 복도로 걸어나와 전화를 받았다.

"괜찮으면 밤에 집으로 좀 와줄래. 그때 살던 그 집 그대로야. 그 공단 부근 기억나지."

그녀는 우리가 삼년 전에 헤어졌다는 걸 잊은 걸까. 나는 그녀가 결혼했다는 걸 알고 있었다. 그런데 옛날 여자친구가 다른 사람과 결혼해놓고, 결혼 전에 살던 집으로 와달라고 할 때는 어떻게 대답해야 하는지. 엉겁결에 가겠다고는 했다. 그런데 19층에서 올려다본 하늘이 장난이 아니어서 가겠다고 대답한 게 후회스러웠다. 퇴근 전 나는 양치질을 한번 더 했고, 그것도 모자라 구강청정제로 입안을 헹궈냈으며, 여전히 치과 생각을 했다.

사람들은 고개를 잔뜩 숙이고 손수건이나 스카프로 입을 막은 채 거리를 지나갔다. 대형 전광판에는 최근 들어 한반도를 밥먹듯이 침범하고 있는 모래폭풍에 대한 자막기사와 관련 사진이 연이어 등장했다. 길을 가던 화난 어르신은 전광판에다 대고 거대한 중국대륙을 향해 욕지거리를 퍼부었다. 작작들 낳아 싸질렀어야지 그 많은 것들이 다 먹고 살아야 하니, 소떼며 양떼도 얼마나 많겠어, 그 짐승들이 풀을 죄다 뜯어먹어서 이 지랄이라네그려. 도로에 줄지어 선 정체된 차들은 먼지가 쌓여 볼품없는 회색이었고 높은 건물들의 꼭대기층은 먼지에 가려 보이지 않았다. 그녀와 사귀던 그때처럼 한시간이면 공단 부근의 아파트에 도착할 줄 알았는데 한시간 삼십분이 걸렸다. 지하철도 그때보다 사람이 훨씬 많았고 환승역에서는 몇분씩 서 있다가 출발했다.

삼년 전에도 그녀는 혼자 살았다. 그녀의 집 현관까지 뚜벅뚜벅 걸어갔다. 그녀는 반팔 흰색 원피스 차림이었다. 집안은 그때처럼 아주 깨끗해서 비로소 안전지대로 들어왔다는 느낌이 들었다. 당연히 날씨 얘기부터 했다.

"얼마나 가벼우면 여기까지 날아왔을까. 모래들 말이야, 참 신기하지."

그녀는 전처럼 편하게 얘기했다. 정수기에서 생수 한잔을 뽑아다주며 모래 얘기를 계속했다.

"여긴 그래도 가깝지. 태평양을 넘어 미국까지 간다는데. 이건 무슨 메시지가 있는 것 같아."

바람을 타고 미국까지 날아간 모래들이 싣고 가는 메시지라, 그런 건 생각해보지 않았지만 깨끗한 집안이 마음에 들었다. 부엌이며 거실이며 그 어디도 흐트러진 흔적 같은 건 없었다. 넓은 마루엔 머리카락 하나 떨어져 있지 않았다. 우리가 유일하게 일치했던 부분이 깨끗함을 넘어서서 고독하기까지 한 이 텅 빈 결벽의 느낌이었다. 여행을 갈 때도 깨끗한 잠옷과 속옷은 꼭 챙겨갔고 겉옷도 하루 이상은 입지를 못했다. 그녀는 씨를 걷어낸 참외를 깎아 초록색 접시 위에 내왔다. 그때와 마찬가지로 여전히 베란다에서는 나무풍차가 돌면서 또르

륵또르륵 물소리를 냈다. 부엌 싱크대 위에 붙은 라디오에서는 흑인 영가가 흘러나왔는데, 너희들 모두 죄인이니 참회하라고 종용하는 것 같았다.

그녀는 이혼을 했지만 결혼해서도 이 집에 살았다고 했다. 이혼을 했다면 서로 때리고 부수느라, 김칫국물이나 양파 조각 같은 것들이 벽에 튀기도 했을 텐데 그런 흔적은 하나도 없었다.

"한 세달 동안 벽에 붙어 있던 모든 것들을 다 떼고, 천연 페인트를 사다가 칠하고 말리고 또 칠하고, 슬퍼할 기력도 없었다니까. 이 집은 내가 손수 새로 지은 거나 다름없어. 집 고치고 나서 몸무게가 오 킬로그램이나 줄었거든."

대견한 듯 집안을 훑어보는 그녀에게 핵심적인 질문을 하지 않을 수는 없었다.

"왜 이혼했어?"

"아기가 생기질 않아서."

나는 좀 의외라는 생각을 했지만 마음을 숨기고 싶지는 않았다.

"아기가 생기질 않는다는 걸 핑계로 이혼한 건 아니고?"

그녀는 대답 대신 벌떡 일어났고 냉장고로 가 랩을 씌워 넣어둔 접시를 꺼내왔다. 치즈케이크였다.

"우린 전에 아기를 가진 적이 있잖아."

"그래서."

"괜찮으면 아기를 좀 갖게 해줘."

"아기가 왜 필요해?"

"개나 고양이보다는 깨끗해서."

치즈케이크가 들어간 그녀의 입속이 지나치게 번쩍인다는 생각이

들었다. 그랬다. 이제 기억이 났지만 그녀는 왼쪽 오른쪽, 아래위 어금니 모두가 인공보철이었다. 오후까지만 해도 신경 거슬리게 시리던 윗니 생각이 나서 아픈 부분을 혀끝으로 훑어보았다.

그녀의 집에서 나온 건 그로부터 두시간 뒤였다. 그 집에서 나왔을 때 모래폭풍이 울창한 띠를 이룬 허공 속을 헤매는 기분이었다. 공단지대의 스카이라인은 사라지고 없었다. 엘리베이터를 타고 아파트 단지로 나와 14층을 올려다봤다. 희끄무레한 그녀의 원피스가 보이긴 했지만 얼굴은 또렷하게 보이질 않았다.

집에 도착하자마자 샤워를 했다. 눈과 입은 물론 콧속까지 오래도록 씻고 두피를 자극해가며 정성들여 머리를 감았다. 몸에서 흘러내린 물이 검은색이었다. 때가 긴 셔츠는 구제불능일 것 같아 쓰레기통에 넣어버렸다. 세탁을 해도 다시 깨끗해지기 어려운 옷들은 입을 때마다 화를 내느니 버리는 게 나았다.

며칠간 하늘은 정상이 되었다가 다시 뿌옇고 누렇게 변했다. 나는 지하철을 타지 않고 차를 가지고 출퇴근을 했다. 하루에도 몇번씩 돌풍이 일어 길가에 세워둔 간판들이 힘없이 쓰러졌으며, 눈앞이 잘 보이지 않아 머릿속도 덩달아 어지러웠다. 점심도 빌딩 지하의 편의점에서 해결했으며 공단 부근의 그녀의 집에도 가지 않았다. 시내는 모래먼지의 천국이었다. 운전을 하는 데도 어려움이 많았지만 차 밖으로 나가 걸어다닌다는 건 엄두가 나지 않았다. 나는 색깔 있는 셔츠만 골라 입었고 퇴근해 집에 들어가면 샤워를 하고 눈과 귀와 코를 몇번씩 씻느라 오랜 시간을 들였다. 그러고 나면 인터넷 쇼핑몰에 들어가 공기청정기의 가격을 알아보느라 이곳저곳 들락거리다가는 잠이 들었다. 하는 일도 별로 없이 다른 때보다 이상하게 피곤한 밤이 며칠

동안 계속되었다.

새벽부터 누런 비가 내렸다. 모래가 섞인 비를 맞게 되리라고는 상상도 하지 못했었다. 항공기들은 모두 공항에 묶였고 아이들은 학교에 가지 않았으며, 사람들은 바깥출입을 하지 않아 예약이 취소된 식당이 많다고 했다. 그래도 샐러리맨들은 출근해야 했다. 나는 사무실에 들어가자마자 손을 씻었고 집으로 전화를 걸었다. 엄마는 고추장을 푼 멸치국물에 국수를 끓여 먹을 계획이라면서, 내가 와서 같이 먹었으면 좋겠다고 말했다.

"몸은 어때, 병원에서는 뭐래?"

"너 이번 주에는 꼭 와야 해. 너한테 보여줄 것도 있고, 수술날짜를 잡아야지. 수술을 하면 지팡이를 짚고 다녀야 할지도 모른대. 가슴에 힘이 없어서 걷기가 어렵대. 정말 우습지?"

수술을 해야 한다는 말에, 오래 전에 본 엄마의 유방을 떠올려보았다. 우리는 나이차이가 고작 스무살밖에 나지 않았다. 스무살에 나를 낳고는 아무도 낳지 않은 여자. 그래서 나는 엄마를 미워할 수 없는지도 모르겠다.

비가 많이 내렸다. 오후에는 세찬 바람까지 불어 이제 막 심어놓은 농작물이 죄다 꺾여버릴 지경이라고 했다. 나는 문득 드넓은 중앙아시아 어딘가에 있다는 그 친구 목소리가 듣고 싶었다. 우선 신문에 난 기사를 쓴 기자에게 이메일을 보냈다. 답장은 두시간 후쯤에 왔고, 그가 소속된 국내회사에 연락하면 빠를 거라고 했다. 그 회사에서는 두 개의 전화번호를 알려주었다. 휴대폰을 들고 밖으로 나갔다. 전화번호를 누르고 한참을 기다려도 전화는 연결되지 않았다. 집에 가서 걸어야 할 것 같았다.

밤에도 비가 왔다. 돌풍이 그치고, 모래바람이 어디론가 다 사라진 건 이틀 후였다. 도시는 예전처럼 맑아졌으며 나는 다시 공단 부근에 있는 그녀의 아파트에 드나들기 시작했다. 그녀의 집 침대시트며 이불은 나날이 하얗게 풀이 먹여져 옷을 벗고 누우면 등을 베기라도 할 것처럼 날카로웠다. 그녀는 값싼 소모품도 아닌 정수기 필터를 박스로 들여놓고는 직접 갈아끼웠다. 정수된 물도 그대로 먹는 게 아니라 안전한 특수 재질로 만든 주전자에 넣어 100도 이상으로 끓인 뒤 식혀서 먹었다. 집에서 먹는 반찬거리도 유기농재배를 한 것이 아닌 것들은 사오지도 않았고, 라면 등의 인스턴트 식품은 아예 구입조차 하지 않는 것 같았다.

토요일 오후 두시경부터 저녁 여덟시까지 여섯시간 가량 그녀의 집에 머물렀다. 잠이 잠깐 들었다가 깨어났는데 누워 있는 방이 너무 낯설어서 한동안 조용히 앉아 있었다. 모든 게 희다못해 푸르고 차가워서 병원에라도 와 누워 있는 기분이었다. 그러다가 한순간 눈을 감으면 방안은 짐승의 시체나, 토사물, 녹슨 물건들이 가득 찬 지저분한 공간으로 돌변하는 것이었다.

그녀는 거실에서 작은 목소리로 전화통화를 하는 중이었다. 그녀는 거래하는 생활협동조합에 전화를 걸어 주문해 받은 유기농토마토가 시들었다고 항의를 했다. 상대편에서는 날씨 때문에 어쩔 수 없다고 하는 것 같았다. 그녀는 차라리 생산을 중지하는 게 낫지 왜 상한 물건을 파느냐고 흥분해서 말했다. 다음 전화는 그녀의 친구 중 한 사람이었다. 친구의 가족 중에 누가 한의원을 하는 모양이었다. 아기를 잘 낳을 수 있게 돕는 보약을 지을 수 있는지 묻고 있었다. 그녀는 친구에게 이혼했다는 말을 하지 않은 것 같았다. 그리고 나머지 전화통화는 좀 이상했다. 그녀는 전화를 받는 사람에게 박사님이 언제 들어오시느냐, 박사님이 어디에 계시느냐를 집요하게 추궁하고 있었다. 나는 그의 전남편이 박사라는 호칭을 가진 사람이었는지 생각해보았지만 그런 말을 들은 기억은 나지 않았다.

"왜 아기가 생기지 않을까."

침대 끄트머리에 걸터앉아서 그녀가 말했다.

"우리가 결혼을 하지 않아서 그런 건 아닐까."

아주 마음에 없는 소리를 한 건 아니었다. 엄마한테 가면 한번 결혼했던 여자와 결혼하는 건 어떨까 떠볼 생각이었다. 그리고 솔직히 혼자 지내는 것도 좀 지겨웠다. 그녀가 눈이 동그래져서 날 쳐다봤다. 그녀의 진심이 뭔지 좀 혼란스러웠다.

일요일 아침, 주차장에 세워둔 차를 보았을 때 나는 눈을 의심했다. 누런 먼지가 한켜는 쌓여 있어서 차가 아니라 코끼리가 서 있는 것 같았다. 하늘을 올려다봤다. 타클라마칸이나 고비사막이 어디쯤 위치해 있는지는 알 수 없었지만 누군가 거기까지 가서 대형 천막이라도 치고 와야 하지 않을까 걱정스러웠다. 나는 태어나서 처음으로 나라 걱정이라는 걸 했지만, 대책이 없는 하나마나한 걱정이었으므로 트렁크에서 걸레를 꺼내 차의 먼지나 닦았다.

서울에서 C시까지는 한시간 반 가량이 걸렸다. C시의 하늘도 뿌옇고 누렇기는 마찬가지였다. 다만 녹지가 많아 숨쉬기는 좀 나았다. 엄마는 된장찌개를 끓이고 밥을 짓느라 부엌에서 왔다갔다했고, 나는 한가해져서 중국에 있는 친구 숙소의 전화번호를 눌렀다. 전화 연결은 아무래도 유선이 나았다.

"네에."

먼 중국땅의 사막에서 전화를 받는 놈이 네에,라고 했다.

"영민아 나 형석인데."

"어, 형석아."

이놈이 어제 만난 친구한테 하듯 편안하게 말하고 있었다.

"너도 신문 봤지? 본사에서 너한테 전화번호 가르쳐줬다고 하더라."

그는 자기가 있는 곳이 어떤 곳인지 실감하고 있는 것 같지가 않았다.

"고생 많지? 엄청 힘들겠다."

"고생은 뭐. 그래도 거기보다 맘은 편해."

난 좀 실망했다. 십년 만에 전화통화가 된 친구가, 그것도 오아시스를 건설한다면서 이렇게 차분하게 전화를 받는다는 사실이 좀 불쾌하기까지 했다.

"거기는 어때?"

"어, 여기. 신문에 나온 대로 오아시스 만들어. 황하 물줄기를 사막으로 돌린 적도 있는 사람들이니까 하다 잘 안되면 지하수라도 뚫겠지. 여기 애들도 자기들이 무슨 일을 하고 있는지 전체 그림을 몰라. 하면서도 될까 말까 하고 있어."

가족사항이라든가, 왜 거기까지 가게 되었나 하는 것들은 더 얘기하지 않았다. 이메일 주소를 서로 주고받은 후 다시 연락하기로 했다. 전화를 끊기 전 그가 말했다.

"거기 먼지 심하지? 야, 삼겹살에 소주 먹고 싶다."

엄마는 된장찌개 뚝배기를 들었다 놨다 식을까 안절부절못했고 나는 친구에게 건강하게 지내라고 하고 전화를 끊었다.

"누구니?"

"응 영민이라구. 중국 가 있대."

"거기서 뭘 한대?"

"오아시스 만든대."

"정말야? 그 병원이 중국에도 세워진다는 거야?"

"병원이라니?"

"병원에 같이 진료받으러 다니는 여자한테 들었어. 암을 말야, 수술 같은 거 안하고 고친다는 병원이 있대. 미국인가 남미 어딘가에. 그런 델 갈 수 있다면 얼마나 좋겠어. 생각해봐. 가슴에 칼을 대다니, 생각만 해도 무서워."

"아니 병원 말구요. 사막에다 물 끌어다 과일도 심고 가축도 키워서 사람들 살 수 있게 하는 거 말야. 지금 날씨가 이 모양인 게 사막지역이 늘어나서라니까 그렇게라도 해보려고 하는 거지."

"그 친구 멋있다."

"그런데 수술을 해야 한대?"

"그럼 암인데 수술 안하겠니. 그런데 난 정말 수술하기 싫어. 내가 말했지, 수술하면 지팡이를 짚고 다녀야 한다잖아. 지팡이라는 게 아무리 잘 만들어도 흉하기는 마찬가지야. 네 결정만 남았어. 난 어떻게 해야 할지 모르니까."

"내가 엄마 남편도 아닌데 뭘 내 결정만 남아. 엄마 마음대로 해."

수술을 앞둔 유방암 걸린 여자는 좀 우울해해도 너그럽게 봐줘야 했다. 게다가 남편도 없지 않은가. 엄마는 밥을 먹고 나서도 벽을 보고 모로 누운 채 텔레비전도 보지 않았다.

"뭘 보여줄 게 있다면서?"

그제서야 자리에서 일어난 엄마는 평소에는 잘 열지 않는 옷장 하나를 열었다. 외할머니가 물려줬다는 그 옷장은 서랍 칸칸이 다 자물쇠가 달려 있는 나무 옷장이었는데 실용성이라고는 없이 불필요한 장식이 많았다.

"거기 뭐가 있는데 그래?"

"그냥, 모아둔 건데."

엄마는 옷장 안에서 비닐에 넣어둔 물건들을 꺼냈다.

"아직도 색깔이 희지? 내가 따로 빼놓은 소창 기저귀야. 이건 배내옷, 이건 딸랑이, 그리고 이건 배꼽띠구."

엄마는 갑자기 기분이 좋아져서 손바닥만한 아기옷들을 들고 웃었다. 삼십년 가까이 크게 변하지도 않고 살아 있는 물질의 위대함이라니, 나는 그것들이 좀 징그러웠다.

"이런 걸 왜 모아둔 건데."

"그냥. 너 크면 보여주려구. 너한테 아이가 생기면 주려고 했는데, 아직 결혼도 안했으니. 내가 수술하고 혹시 못 깨어나면 넌 뭔지도 모른 채 이걸 다 버릴 테니까."

난 기분이 좋지 않아 방에서 나와버렸다. 그래서 뭘 어쩌란 건지. 엄마는 잠시 후 다시 안방으로 들어가 벽을 보고 누웠다. 그리고는 쌕쌕 숨소리를 냈다. 엄마는 평생 내가 보호해야 하는 짐이었다. 나는 짐 옆으로 다가가 천장을 보고 누웠고 쌕쌕 숨소리를 들었다.

월요일부터 낮 기온이 급격하게 높아지면서 먼지도 더 심해졌다. 회사사람들 중에는 반팔 와이셔츠를 꺼내 입은 사람도 있었다. 점심시간에 패스트푸드점을 가다가 이상한 풍경을 보았다. 한 청년이 평상복 차림에 배낭을 메고 방독면을 쓴 채 길거리에 서 있었다. 시위라도 하는 건가 했지만, 청년은 잠깐 시계를 보고 서성거리다가 지하철역 쪽으로 걸어갔다. 지나가던 사람들이 꼴값한다면서 웃었다. 이상한 건 그뿐이 아니었다. 퇴근 무렵 그녀의 집으로 가기 위해 지하철역으로 가고 있는데 빌딩들이 하나도 보이질 않았다. 겨우 빌딩 현관들만 보여서 누런 포대자루 속에 들어가 헤매는 기분이었다. 사람들은 마스크나 손수건을 입에 댄 채 누구에게랄 것도 없이 하늘을 보며 중얼거리다가, 도대체 이럴 수 있는 거냐는 듯 복받친 기침을 토해냈다.

그녀의 집에 도착한 것은 회사를 떠난 지 거의 두시간 만이었다. 평소보다 삼십분이 더 걸린 셈이었다. 그녀의 집은 바깥이야 어떻든 여전히 깨끗했다. 온몸이 먼지로 버석거리는 느낌이어서 먼저 샤워를 하지 않으면 안되었다. 욕실에서 샤워를 하는데 헛것이 보였다. 내 몸이 성분을 알 수 없는 오염물질로 가득 찬 욕조 안에 들어가 있는 거였다. 정신을 차리고 보면 욕실은 더할 나위 없이 깨끗했다. 샤워가 끝나고 저녁을 먹었다. 나는 그녀가 차려준 음식의 3분의 1 정도만 먹었고 그녀는 배가 고프지 않다며 저녁을 먹지 않았다. 얼굴이 좀 헬쑥해 보여서 걱정을 했지만 별일 아니라면서 웃었다.

그녀와 나는 침대 위에 걸터앉아 있었다. 이따금씩 들려오는 자동차 소리 외에는 별다른 소음이 들려오질 않아 이상하게 주변이 조용했다. 그녀가 먼저 입을 열었다.

"왜 아기가 생기지 않는지 이유를 알고 싶어."

또 아기 얘기였다. 결혼도 안한 사이에 그런 문제로 추궁당한다는 게 부당하다는 생각이 들었다.

"그런 얘긴 그만 해."

"난 왜 아기가 생기지 않는지 알고 싶어. 난 아무 이상이 없어. 내가 가라는 병원에 가서 검사 좀 할래? 그러면 원인을 알 수 있어."

"그러지 말고 다른 사람을 찾아보지 그래."

나는 화가 나서 침대에서 일어났고 집으로 가려고 했다. 그런데 그녀가 내 허리를 뒤에서 꽉 붙들고 놔주지를 않았다.

"난 오늘 낮에 치과에 가서 십수년 전에 해넣은 어금니를 다 빼고 왔어. 나는 이제 임신이 되는 데 방해가 되는 요소들은 모두 다 제거했다구."

"그게 무슨 소리야."

"옛날에 해넣은 내 이빨 속에 수은이나 구리 같은 게 잔뜩 들어 있대. 내 몸이 이런 나쁜 중금속에 너무 오래 오염돼서, 뭘 해도 도저히 해독이 안된다잖아. 그래서 다 빼버렸어."

그녀는 안면근육을 실룩거리며 흥분해 있었다. 앞으로 딱딱한 음식은 먹지 않겠다는 것이었다. 그녀를 침대 위에 눕히고 창백한 얼굴을 내려다보았다. 오른손 엄지와 검지로 그녀의 아귀를 잡고 턱을 아래로 벌렸다. 그녀의 어금니가 있던 자리는 검은 구멍이었고, 이를 뺀 자리의 잇몸이 아직 아물지 않아 옅은 피냄새가 났다. 그녀는 입이 아프다며 놓아달라는 듯 희미하게 웃어 보였다.

엄마는 내가 권유한 대로 서울로 병원을 옮겼고 처음부터 다시 진찰을 받았다. 엄마의 왼쪽 가슴, 그러니까 유두 바로 위에 생긴 암덩어리는 그리 크지는 않았다. 초음파와 씨티촬영 사진 결과를 놓고 설명하는 의사 또한 뭐 별거 아니라는 투였다.

"수술을 해야 돼. 수술을 해도 재발과 전이는 지속적으로 일어난다구. 그러니까 지금으로서는 수술이 최선이야."

의사는 우리 모자가 자기 막내동생쯤 되는 줄 아는지 계속해서 반말로 일관했다. 엄마는 자기 일이 아니라는 듯 눈만 내리깔고 있었다.

결국 우리는 수술날짜를 잡지 못했고 의사는 수술하고, 안하고는 전적으로 환자와 보호자의 결정에 따르겠다고 말했다. 하긴 또 우리의 결정에 따르지 않으면 자기가 어쩔 텐가.

엄마는 병원에서 나오면서 꼭 가보고 싶은 데가 있다고 했다. 나는 회사에 전화를 걸었다. 날씨는 대체로 괜찮았다. 아직 오전이라 도로 상황도 좋았다. 엄마는 자기가 태어나서 자라고, 지금은 엄마의 친형제들과 사촌들이 살고 있고, 할아버지와 할머니의 묘지가 있는 엄마의 고향에 가려고 했다. C시에서 출발해도 두시간 가량은 더 달려야 했다. 봄날씨치고는 여전히 더웠지만 누런 먼지가 일지 않는 것만으로도 다행이었다. 멀리 강도 보이고 외국풍의 장식을 한 까페들도 보였다. 우리는 강변을 지나다가 흰색으로 칠한 외벽에 스키를 걸어 장식한 까페에 들어가 샌드위치와 커피를 시켜 점심을 먹었다. 까페 바깥으로 수초들이 쓰러져 있는 호수와 묶어둔 나룻배가 보였다. 까페 주인은 우리를 앉혀놓은 채 밖으로 나가 뭘 하는지 들어오지를 않았고, 우리는 샌드위치를 먹고 탁자 위에 돈을 놓고 나왔다.

막 잎이 커지고 있는 나무들이 즐비한 강변을 지났고, 또 국도를 지났고 다시 지방도로로 접어들었다. 엄마는 내내 잠을 자 머리에는 새 둥지를 얹혔으며, 장의차가 지나가자 무릎에 얼굴을 묻고 비명을 질러댔다. 마음에 들지 않는 음악이 나올 때마다 주파수를 바꿔달라고 코맹맹이 소리를 했고, 휴게소에서 사준 구운 오징어는 혼자서 잘도 먹었다. 오랜만에 소풍 나온 애들처럼 엄마는 좀 들뜬 것 같았다.

우리는 강어귀에 차를 세우고 작은 나룻배를 탔다. 노를 저어주는 노인에게 엄마가 인사를 했고, 노인은 아는 사람인지 모르는 사람인지 잘 모르겠다는 듯 인사를 받았다. 강을 건너는 데는 삼십분 정도 걸렸다. 강물은 그리 맑지는 않았지만 수심이 아주 깊어 내려다보기가 무서웠다.

배에서 내려 강어귀를 걸었고 그 길은 산 언덕길과 연결이 되어 있었다. 엄마는 뒤에서 나는 앞에서 진흙길을 터벅터벅 걸었다. 길 옆에는 사람들이 버린 과자봉지며 빈 소주병이 즐비했다. 언덕 끝까지 가서야 산과 산 사이에 푹 파묻혀 있는 동네가 보였고 엄마는 휴우, 크게 숨을 쉬었다.

언덕길이 끝나는 지점에 가게가 있었다. 엄마는 거기서 소주 대병 두 병과 과자 몇 봉지, 그리고 담배 한 보루를 샀다. 왼쪽 산 아래로는 높은 산에서부터 내려온 계곡물 소리가 들렸고, 집들은 대개 오른쪽 산 아래에 있었다. 좁은 길은 동네 개들이 차지하고 있었고 사람들은 어디 갔는지 보이지 않았다. 이마에서 땀이 솟았고 목이 말랐다. 엄마는 한참을 걸어올라가다가 어떤 집 앞에서 멈춰섰고 대문으로 들어가기 전, 집 밖에 있는 창고 같은 곳으로 들어갔다. 그곳에는 민속박물관에서나 볼 수 있는 떡방아가 있었다. 엄마가 그 집 대문을 열고 들어가 외양간에 서 있는 소한테로 가서 소의 귀 부근을 쓰다듬었다. 잠시 후 작은 방문이 열렸고, 저승사자한테 끌려갈 날이 얼마 남지 않아 보이는 노인이 이를 드러내고 웃으며 밖으로 나오려고 했다.

"그동안 안녕하셨어요? 저 왔어요."

엄마는 마루끝으로 다가가 노인의 손을 잡았고, 노인은 탁한 눈동자를 데굴데굴 굴리며 무슨 말인가를 하려고 했다. 엄마는 내 손을 끌고 가 노인에게 인사를 시켰고 노인은 한 손을 내민 채 나를 향해 친밀감 있게 얼굴을 흔들었다. 엄마는 노인을 향해 생전 처음 듣는 사람들의 이름을 대며 두루 안부를 물었다. 나는 피로감 때문에 마루에 벌

링 누워버렸다. 드넓은 하늘이 보였다.

깨어보니 마당은 어두워져 있었다. 집안은 아직도 고요했고, 방안에 있는 노인의 가랑가랑한 기침소리가 들려왔다. 외양간의 소는 큰 눈을 껌뻑이며 여전히 서 있었고, 누런 개는 닭들 꽁무니를 쫓아다녔다. 대문 밖도 어두워지고 있었다. 산 아래 계곡 쪽으로 걸어갔다. 엄마는 개울에서 빨래를 하고 있었다. 계곡물은 무릎 높이까지 올라왔고 엄마의 흰 다리 끝에는 울긋불긋한 이불홑청 같은 것이 휘감겨 있었다. 찰랑찰랑하는 물살 위에 떠 있는 붉은색 천이 아름다웠다.

해가 다 질 무렵 그 집의 식구들이 돌아왔는데 집에 있던 노인보다 조금 젊은 듯한 노인부부가 다였다. 나는 언젠가 엄마의 집안 결혼식에서 인사를 나눈 적이 있는 부부에게 인사를 했다. 엄마가 오빠라고 부르는 노인은 신이 나서 마당에 불을 피우고 그 불 위에 커다란 솥을 걸었다. 그 부인은 부엌에 들어가 밥을 지었고 여지껏 멀뚱히 서 있던 외양간의 소도 코를 힝힝거렸다. 방안에 있던 할아버지는 성능이 좋지 않은 라디오를 마루로 가지고 나왔다.

마당의 솥 안에서는 고추장과 마늘을 풀고 밀가루에 버무린 미꾸라지들이 푹 고아지는 중이었다. 기온은 쌀쌀했지만 불기 때문에 추운 줄을 몰랐다. 잠시 후 기척도 없던 동네사람들이 하나둘 모여들었다. 남자들은 소주를 돌려마셨고, 열무김치와 간장에 절인 고추장아찌를 집어먹었다. 엄마는 술을 잘도 받아마셨다. 추어탕 위에 산초가루를 뿌리고 야채를 얹어놓자 맛있는 냄새가 났다. 사람들은 넓은 대접에 추어탕을 한그릇씩 담아 마루 위나, 댓돌 위, 외양간 앞 아무데나 앉아 소주를 곁들여 먹었다. 엄마는 그 동네사람들을 다 아는 건지, 누가 무슨 말을 해도 즐거워하며 대꾸도 잘하고 잘 웃었다. 고양이들은 사람들이 먹다 내려놓은 추어탕 그릇 주변을 맴돌았고, 개들은 먼산을 보고 짖었다. 성능이 좋지 않은 라디오에서는 흘러간 노래들이 나왔다. 나는 생전 처음 깜깜한 밤하늘을 보았고, 빛나는 별들을 보았다.

몽골에서는 강한 모래폭풍 때문에 지나가던 사람 일곱 명이 죽었다는 기사가 났다. 그뿐이 아니었다. 방목중이던 가축들이 퍼붓는 모래폭풍에 맞아 떼죽음을 당했고, 죽은 가축들을 처리하느라 더 많은 비용이 들었다고 했다.

나는 병원 예약 날짜를 받아놓았다는 그녀의 연락을 받고는 기분이 좀 묘해졌다. 그날 하루는 휴가를 냈고, 오전에 치과부터 갔다. 치과에서는 지나친 칫솔질이 이를 상하게 한다면서 몇 가지 상식적인 처방을 내려주었다. 그리고 오후에 그녀가 지정한 병원에 갔다. 정자 검사라는 것은 아주 간단한 과정만 거치면 되는 거였다. 지금 당장 감정조절에 도움이 되는 비디오와 정액을 담을 용기를 들고 밀폐된 공간으로 들어가든가, 그렇지 않으면 다음날 아침 정액을 채취해 한시간 안에 병원 검사실로 가지고 오든가, 그 둘 중의 하나를 택하면 되었다. 나는 위생 문제를 고려해 당연히 나중의 방법을 택했고 병원에서 그녀의 집으로 직행했다. 다음날 아침 일찍 일어나 간단히 요기를 하고 정액을 담아 병원으로 갔다. 의사는 일주일 후에 결과가 나올 거라고 했다.

엄마는 수술을 했다. 나는 병원에 자주 갈 수가 없어 간병인을 대주었으며, 엄마 교회 사람들이 먼 C시에서부터 병원까지 몇 차례나 와서 간절한 음성으로 기도를 하고 갔다. 엄마의 침대 옆에는 목발 두 개가 세워져 있었는데 손잡이 부분이 너무 낡은 것 같아 간호사를 통해 새것으로 교체해달라고 했다. 엄마는 내게 수술한 가슴을 절대 보여주지 않겠다고 해서 볼 수는 없었다. 그렇게 시간은 또 흘러갔다.

검사 결과는 정확히 일주일 후에 나왔다. 먼저 전화를 걸라고 했던 담당의사는 병원으로 좀 와줬으면 좋겠다고 했고, 난 점심시간을 이용해 병원으로 갔고 오후 진료의 첫번째 환자가 되었다. 의사는 이런 일은 이제 흔하기 때문에 놀랄 일도 아니라면서 약 처방을 하겠다고 했다. 약은 비타민 종류라고 생각하면 된다, 술도 안되고 담배도 안된다, 피곤해도 안되고 스트레스를 받아도 안된다, 계속 지켜보자. 그것이 다였다. 난 술도 마시지 않고 담배도 피우지 않는다고 말하려다가 그냥 가만히 있었다. 의사는 내가 병실을 나오기 전 그녀 얘기를 했다. 하루에 두세번씩 전화를 걸어서는 왜 임신이 되지 않는 거냐고 추궁을 한다는 거였다. 자기가 친구들과 술을 마실 때도, 수술중이거나 운전을 할 때도 전화를 한다고 했다. 그녀가 다니는 산부인과 의사가 친구인 관계로 소개를 받은 것뿐인데. 어쨌든 그 박사가 바로 그 의사였다.

나는 그녀와의 관계가 이 봄날의 황토색 먼지만큼이나 지겨워졌다. 공단 부근의 그녀의 아파트로 갔을 때, 그녀는 접시 위에 붉은 토마토를 잘라놓고 소금을 찍어먹고 있었다. 토마토를 다 먹으면 얘기해야지 하고는 침대 위에 가서 누웠다. 피로가 몰려왔다. 잠깐 잠이 든 사이, 집안이 조용해진 것 같아 일어났다. 욕실 문틈으로 샤워중인 그녀가 보였다. 겨드랑이와 사타구니를 여러번 씻고 난 후, 입을 크게 벌린 채 자신의 입속을 거울에 비춰보는 중이었다. 그렇게 좋은 음식만 먹고, 이토록 집안이 깨끗한데 그녀의 몸은 왠지 시든 수박살이 흘러내리듯, 욕조 바닥을 향해 무너져내리고 있는 것 같았다.

며칠 뒤 엄마한테 갔다. 병동 진입로에 보랏빛에 가까운 진분홍색 꽃들이 피어 있었고 작은 표지판에 패랭이꽃이라고 씌어 있었다. 나는 무심코 작은 꽃 하나를 떼어 손가락으로 배배 돌리며 병실로 들어갔다. 엄마는 잠들어 있었다. 큰 새의 날개처럼 생긴 환자복 가슴 한쪽을 활짝 열고 엄마의 왼쪽 유방을 보았다. 왼쪽 유두는 없고 수술한 부위가 함몰되어 있었다. 멀쩡한 오른쪽 유두는 짙은 보랏빛이었다. 함몰된 피부 위로 맑은 물이 고이는 느낌이 들었다. 그 맑은 물 위에 보랏빛 패랭이꽃을 올려놓았다. 꽃 크기와 빛깔이 오른쪽 유두 모양과 비슷했다. 밖으로 나와서 하늘을 올려다봤다. 하늘을 가득 메운 모래알갱이들 때문에 세상이 누렇게 보였다. 그 사이로 언뜻 파란 해가 보였고 나는 눈을 비볐다.

　　　　　　　　　　　　　　　　　　　—『문학사상』 2002년 7월호

별빛은, 별빛은

　해가 지기 시작하면서 하늘은 도시로부터 최대한 멀어졌다. 머리에
머플러를 쓰고 무거운 외투를 입은 여자들이 대로변으로 꽃을 팔러
나왔다. 여자들이 들고 있는 꽃은 색깔은 화려한 대신 향기가 없는 변
종들이었다. 여자들이 지나가는 연인들에게 꽃을 사라고 내밀었지만
선뜻 사는 사람은 없었다. 그녀는 겨울이면 늘 두르고 다니는 빨간색
목도리에 발등을 덮는 검정색 단화를 신고 대로변을 걸었다. 길 양편
으로 빼곡하게 들어선 고층빌딩들을 감싸고 있던 노을이 어느 순간
감쪽같이 사라져버렸다.

　그녀는 대로변에서 우회전해 테이크아웃 커피가게 앞 횡단보도 쪽
으로 걸어가고 있었다. 대로변 뒷골목은 술집과 까페, 식당들이 많았

다. 드림피아라는 글씨가 맨 위에 붙은 반지르르한 외벽의 커다란 건물을 보았을 때 그녀는 안도했다. 20층의 세련된 건물이었다. 그녀는 직장을 옮기길 잘했다고 스스로를 위로했다.

횡단보도 앞에 서서 신호가 바뀌길 기다리던 그녀는 무심코 뒤를 돌아보았다. 서부영화에 나오는 선술집처럼 짙은 밤색 나무로 장식한 두 평 남짓한 테이크아웃 커피가게가 거기에 있었다. 그녀는 보았다. 카우보이모자를 쓰고 입술에 담배를 문 채 커피를 내리고 있는 남자를. 남자는 주둥이가 긴 은색 주전자를 들고 피곤하다는 듯 머리를 좌우로 흔들다가 하늘을 올려다봤다. 피곤한 카우보이의 나이는 마흔 정도 되어 보였다. 남자는 검은색 바지에 흰 셔츠, 그 위에 검은 앞치마를 두르고 검은 패딩조끼를 입었다. 그녀는 파란불이 들어와 횡단보도를 건너기 직전까지 망치로 한대 맞은 듯 멍하니 남자를 쳐다보았다.

테이크아웃 커피가게에서 일하는 남자는 항상 횡단보도 건너편에 있는 20층짜리 주상복합아파트 드림피아를 쳐다볼 수밖에 없었다. 눈을 들면 바로 앞에 건물이 보였다. 이 아파트에서 얼마 전에 소동이 있었다. 한 남자의 상체가 창문 밖으로 반쯤 나와 간댕간댕 흔들렸다. 드림피아는 '신개념의 호텔식 아파트 드디어 상륙하다'라는 떠들썩한 광고로 입주자를 모았다. 그러나 부실시공 혐의가 있어 시공한 지 일 년이 지났는데도 아직 조사중인 아파트였다. 입주자 대표와 시공사 간에 싸움이 나서 누구든 죽지 않으면 끝이 안 날 싸움이라며 소동을 벌였다. 경찰도 오고 119도 오고, 근처 교통까지 통제해가면서 난리였다. 그는 태연하게 커피를 내렸지만, 사실 등허리는 온통 땀투성이였다.

남자도 한때 자살하려고 했었다. 무역회사 자재담당 직원이었을 때 자신이 외국으로 발주한 원단 박스가 부산 수영만에 도착해 배에서 내렸는데, 컨테이너 안에는 온갖 폐휴지만 가득한 상자가 들어 있었다. 세관심사를 피하기 위해 위장한 박스들 속에만 제대로 된 원단이 들어 있는 것이었다. 하루 전까지만 해도 수시로 연락이 되던 모로코의 무역회사는 아무도 전화를 받지 않았다. 그는 서울로 돌아와 거래처 사무실이 있는 빌딩의 옥상으로 올라갔다. 그리고 커다란 환기통 뒤에 서서 담배를 피운 후 구두를 벗었다. 산 지 얼마 되지 않은 구두였는데 여기저기 긁히고 신발 꼴이 말이 아니었다. 그는 담배 한대를 더 피웠다. 그리고 추락할 곳을 내려다봤다. 경찰도, 119도, 구경꾼도 없었고 추락하다 몸이 걸릴 장애물 하나 보이지 않았다. 그는 환한 시멘트 바닥을 내려다보다가 갑자기 삶은 계란이 먹고 싶다는 생각을 했다. 남자는 그때 죽지 않은 걸 잘했다고 여기며 살려고 노력했다.

밤이 되었다. 남자는 커피머신 뒤에 걸어놓은 유리거울을 심각한 표정으로 쳐다봤다. 그리고 선반에서 모발관리제를 꺼내 모자를 살짝 올리고 신속하게 뿌렸다. 냄새가 고약했다. 골목이 사람들로 술렁거리기 시작했다. 승용차들이 줄줄이 와 서고 잘 차려입은 여자들이 차에서 내려 긴 다리로 경중경중 걸어갔다. 노점상들은 하나둘 자리를 잡은 뒤 카바이드 불을 켜 매달았고 자동차들은 많이 참았다는 듯 경적을 울렸다. 남자는 사람들이 커피가게 앞 길바닥에 버리고 간 휴지를 주워 휴지통에 넣었다. 24시간 문을 여는 테이크아웃 커피가게의 오후 여섯시부터 새벽 여섯시, 열두시간이 그의 근무시간이었다. 그는 부리부리한 두 눈을 굴리며 불 밝힌 밤거리로 고개를 돌렸다.

*

건물의 회전문이 돌아가고 커다란 덩치에 검은 양복을 위아래로 빼입은 경비원들이 그녀에게 다가왔다. 친절한 안내원들이 서 있어야 할 로비에 무전기를 든 경비원들이라니, 그녀는 손에 든 종이가방 손잡이를 바싹 쥐었다. 아줌마 3층으로 올라가요. 거기 가면 우리 애들 있거든, 애들이 안내해줄 거야. 뒷목과 어깨가 거의 달라붙은 경비원이 말했다. 나한테 아줌마라니! 그녀는 얼굴이 화끈거리며 화가 났지만 분위기가 좀 이상해 아무 말 하지 않고 엘리베이터를 기다렸다. 건물 중앙에 네 대의 엘리베이터가 있었는데 가동되는 건 하나뿐이었다. 엘리베이터 내부 벽면에는 누런 박스들과 송판이 흉하게 붙어 있었다.

3층 경비원들은 엘리베이터 옆에 의자를 갖다놓고 컵라면을 먹고 있었다. 막 3층에 도착한 그녀에게 한 경비원이 손가락으로 왼쪽 복도를 가리켰다. 이미 무전 연락을 받은 것 같았다. 오른쪽 복도의 방들은 룸써비스를 위해 필요한 물건을 보관하는 써비스존이었다. 관리실이란 팻말이 붙은 그 방은 복도 초입에 있었다. 여직원 세 명과 남자 직원 한 명이 전화통화를 하는 중이었다. 전화는 끊어지자마자 또 걸려와서 한참을 기다려야 했다. 가죽점퍼를 입은 남자 직원이 그녀에게 다가와 자신이 관리소장이라고 했다. 눈 밑이 검게 착색된 남자는 담배를 꺼내 물며 그녀에게 물었다. 장화 가져왔어요? 그녀는 쇼핑백에 든 장화를 꺼내 관리소장에게 보여주었다. 이 인간들이 왜 이리 장화타령이지, 그녀는 이유를 알 수 없어 속으로 중얼거렸다.

신분 확인 절차를 끝낸 뒤 고용계약서에 도장을 몇번 찍고 비닐에 든 유니폼을 받았다. 써비스존의 실내는 어디나 비슷했다. 일렬로 서 있는 철제선반 위에 이불과 수건, 각종 세면도구와 청소도구가 가득했고 그것들은 온통 회색이었다. 탈의실로 들어간 그녀는 코트를 벗기 전에 창밖을 내다봤다. 번들거리는 창에 빨간 목도리를 친친 둘러감은 자신의 얼굴이 보였다. 그녀의 나이 서른아홉살. 근무했던 모든 호텔에서 성실하고 근면하다는 칭찬을 들었다. 호텔 사내소식지에 표지인물로 등장해서, 너희들도 성실하고 근면하면 이 사람처럼 될 수 있다는 듯한 얼굴로 사진을 찍었다. 통통하고 네모난 흰 볼, 살짝 찌그러진 눈꼬리, 붉고 도톰한 입술을 가진 그녀의 얼굴은 그런 잡지의 표지인물로 딱 어울렸다. 레이스가 달린 앞치마와 풍만해 보이는 가슴은 그녀를 더욱 귀엽게 보이게 했고 신뢰감까지 주었다. 그녀는 인터뷰의 말미에 항상 자선활동에 대한 관심을 표하는 것을 잊지 않았다. 여유가 생기면 나보다 어려운 사람들을 돕고 싶어요. 지금도 지구촌 곳곳에서 오초에 세 명씩, 일분에 서른네 명씩 굶주림과 질병으로 죽어가는 사람들이 있대요. 그녀가 그렇게 말하면 나이 어린 홍보실 직원들은 아니 그런 걸 어떻게 아세요, 박주임님, 하면서 그녀를 다시 쳐다봤다. 그녀는 그런 말을 하는 게 세상에 대한 예의라고 믿었다.

　여섯번째인 이곳을 끝으로 그녀는 다시는 호텔에 다니지 않을 작정이었다. 걸어다니는 게 피곤해 가만히 앉아 있을 수 있는 직장을 얻고 싶었다. 이불이며 베개에서 끝없이 떨어지는 먼지들과 씨름하는 것도 지겨웠다. 청소기 모터 소리, 치워도 치워도 끝이 없는 머리카락, 하얀 휴지, 하얀 수건, 하얀 비누…… 온통 순백인 것들이 지겨웠다. 예를 들면 해안선이 아름다운 바닷가 까페 종업원은 종일 앉아 있을 수 있을 것 같았다. 여행객을 위해 그 지방의 인구수와 문화명소와 토산

물 이름을 알려주는 까페 종업원. 어쩌다 운이 좋으면 자살하려는 사람을 구해줄 수도 있는 까페 종업원.

그녀는 밖을 보고 싶어 창문을 열었다. 높다란 빌딩들, 네온불빛, 대로에 늘어선 차들, 어두운 하늘, 한적한 곳에 있는 다른 호텔들에서처럼 별빛은 보이지 않았지만 눈앞의 풍경이 그리 나쁘지는 않았다.

그동안 입었던 유니폼들은 무릎 아래를 살짝 덮는 반팔 원피스로 대개가 배추벌레색이거나 밝은 청색이었다. 그 위에 작은 리본과 레이스가 달린 흰 앞치마를 둘렀고 굽이 낮은 운동화를 신었다. 그런데 새로 받은 유니폼은 노란색 파자마 바지에 흰색과 노란색이 배색된 블라우스였다. 거울에 비친 자신의 모습을 본 그녀는 낄낄 웃었다. 머리에 캡만 쓴다면 정말이지 잠옷이었다. 그녀는 거울을 보며 도무지 고민이라고는 없는 사람처럼 방긋 웃었다. 이제 입사통지서는 더이상 필요가 없었다. 그녀는 주머니에서 꺼낸 통지서를 다시 한번 읽었다. 저희 호텔식 아파트 드림피아의 직원들은 유사시에 사용하기 위한 장화가 필요합니다. 본인의 발 싸이즈에 맞는 장화를 꼭 가져오십시오. 장화 길이는 길수록 유리합니다. 유니폼 외에 장화는 별도로 지급되지 않으니 유의하시기 바랍니다. 지금까지 다닌 다섯 개의 호텔 중 그 어느 호텔도 출근 첫날 장화를 가져오라고 한 곳은 없었다. 파자마에 장화라! 그녀는 입사통지서를 찢어 휴지통에 던져넣었다. 그리고 용도를 알 수 없는 장화도 일단은 사물함에 넣었다. 창밖을 내다보고 있을 때 푸륵 푸륵 푸륵 인터폰 울리는 소리가 들렸다.

관리소장은 그녀에게 써비스해주어야 할 곳을 싸인펜으로 표시한 종이 한장을 건네주었다. 호텔식 아파트는 입주자가 원할 때 침대시트도 갈아주고 세탁 써비스도 해줘야 한다고 했다. 대부분 외국에 집이 있고 한국을 시장삼아 오가며 사업을 하는 사람들이기 때문에 그렇다고 했다. 입주 가구는 전부 열한 가구였다. 5층에 넷, 6층에 둘, 12층에 셋, 18층에 두 가구였다. 관리소장은 잠이 부족한지 말 끝마다 하품을 했다. 이 커다란 건물이 왜 이렇게 비어 있느냐고 물으려고 했지만 소장은 하품 끝에 눈물까지 흘리며 기침을 했다. 무척 피곤한 것 같았다. 그런데 룸써비스는 저 혼자 다 하나요? 그녀는 겨우 그렇게 물었다. 관리소장은 충혈된 눈을 굴리며, 룸써비스는 혼자, 복도청소와 계단청소는 용역회사에서 맡아 처리해준다고 했다. 그녀는 자신이 왜 그토록 쉽게 취직이 되었는지 알 것 같았다.

첫번째 호출은 18층에서 왔다. 젊은 남자가 추워서 얼어죽을 것 같다며 솜이불을 갖다달라고 했다. 그녀는 철제 앵글로 짠 수납장에서 솜이불을 꺼내 옆구리에 하나씩 끼고 복도로 나오려고 했다. 그런데 이불이 젖어 있었고 곰팡내가 났다. 그녀는 의자를 놓고 올라가 솜이불을 개켜넣은 수납장의 이불들을 꺼내 바닥에 내려놓았다. 솜이불이 닿아 있던 벽면이 이끼 낀 것처럼 녹색으로 썩어 있었다. 도무지 갖다줄 수가 없는 형편이었다. 그래서 그녀는 봄가을용 이불 두 채를 들고 올라갈 수밖에 없었다. 엘리베이터 내부는 여전히 지저분했다. 겉은 멀쩡해 보이는 아파트에 왜 사람이 안 살까. 그녀는 3층에서 18층까지 올라가는 동안 엘리베이터의 붉은 숫자가 바뀌는 속도가 조금씩 느려지는 것 같아 약간 긴장했다.

젊은 남자 혼자서 컴퓨터 앞에 앉아 있었다. 손에 든 담배가 생으로 타고 있어서 실내는 담배연기로 자욱했다. 책상 위에는 커피잔과 종이컵이 수북이 쌓여 있었고 약병도 수두룩했다. 남자는 그녀가 이불을 건네주자마자 그녀의 얼굴은 쳐다보지도 않고 어깨 위에 이불을 뒤집어썼다. 그녀는 인사를 하고 나오려다가 잠깐 방을 둘러봤다. 거실에 있는 가구들이 제자리를 찾지 못하고 벽에서 조금씩 떨어진 채 앞으로 밀려나와 있어서 쓰지 않는 가구들처럼 보였다. 가구 표면에 입힌 래핑이 들떠 있는 것도 보였다. 그녀는 현관 쪽으로 걸어나오다가 머리 위에서 똑똑 떨어지는 물방울을 보았다. 자연스럽게 시선이 복도 위 천장으로 향했다. 센서등을 중심으로 코끼리 엉덩이 크기만 한 얼룩이 천장에 그려져 있었다. 저기, 있잖아요. 그녀는 남자더러 천장 좀 올려다보라고 불렀지만 남자는 열심히 컴퓨터만 쳐다보았다.

18층 엘리베이터 앞에 서 있던 그녀는 무심코 바닥을 내려다봤다. 그리고 순간 깜짝 놀라 벽에 붙어섰다. 붉은색 복도 카펫 위로 물이 괴어 있었다. 그녀는 너무 놀라 허둥거렸다. 아까부터 왜 발바닥이 축축했는지 이제 알 것 같았다. 흰 운동화 바닥 테두리가 붉은색으로 물들어 있어서 그냥 신을 수가 없었다.

그녀는 3층의 써비스존으로 내려오자마자 탈의실 사물함을 열어 장화를 꺼내 신고는 유니폼 바짓단을 장화 속으로 집어넣었다. 장화를 가져오라고 한 이유를 이제야 정확히 알 것 같았다. 모든 것이 너무나 이상한 곳이었다.

경비원들은 3층 엘리베이터 옆에 탁자와 의자를 놓고 모여앉아 화투를 쳤다. 거친 욕설이나 신세타령조의 말에 리듬을 맞춰 화투패를 내려놓았다. 관리실 사람들은 아직도 퇴근을 안하고 전화를 받고 있었다. 커다란 피자박스 두 개가 관리실 문 앞에 놓여 있는 걸로 봐서 야근을 하는 모양이었다. 한 여직원은 눈썹 올리는 기계를 한쪽 눈에 갖다대고는 죄송합니다, 죄송합니다를 연신 읊조리면서 전화를 받았다. 또 한 여직원은 귀에 이어폰을 끼고 매니큐어를 바르며 전화를 받왔다. 관리소장은 책상 위에 다리를 올려놓고 전화가 오지 않을 때는 졸고 있었다. 붉은색 소시지 조각과 밀가루 반대기가 책상 위와 사무실 바닥에 떨어져 있었지만 그걸 치워줄 기분이 아니었다.

그녀는 복도 이쪽 끝에서 저쪽 끝으로 왔다갔다했다. 가다 보니 비상구 계단 앞이었다. 복도 끝 비상계단 쪽에서 경비원 한 명과 관리실 여직원 한 명이 볼을 맞대고 소곤거리고 있었다. 관리실 여직원은 전화가 걸려오지 않는 틈을 타 쉬러 나온 것 같았다. 어느 호텔이나 틈만 나면 감시카메라가 없는 곳을 찾아 은밀한 신호를 주고받는 호텔리어들이 있었고, 그런 그들을 볼 때마다 그녀는 너무 부러웠다. 오래전 다른 호텔에 있을 때 남몰래 사귀던 두 직원이 세탁실에서 사랑을 나누다가 발각된 일이 있었다. 사무적으로는 징계를 받았지만 그녀는 그들을 부러워했다. 얼마나 사랑했으면 세탁실에서 그랬을까. 그녀는 성실하고 근면하다는 말을 듣는 것보다, 사랑에 빠져 정신 못 차린다는 말을 더 듣고 싶었다. 그녀는 그때 생각이 나 웃으며 복도 쪽으로 걸어나오다가, 두 사람이 서 있는 비상구 계단을 쳐다봤다. 그런데 비상구 계단이 좀 이상했다. 그리고 이상한 게 뭔지를 곧 알아냈다. 계단 천장이 너무 낮아서 160센티미터도 안되는 작은 키의 그녀가 걸어가기에도 머리가 닿을 지경이었다. 마치 커다란 상자 속에 갇힌 기분이었다. 그녀는 계단을 몇 차례 오르락내리락하며 자기가 본 것이 맞는지 확인했다.

두번째 호출은 12층에서 왔다. 12층에 사는 여자는 외국인이었다. 외국여자가 화장실을 가리키며 고래고래 소리를 질러댔다. 나중에 알게 된 여자의 이름은 루비였다. 루비라니. 참 이상한 이름이라고 생각했다. 외국여자는 실타래처럼 꼬아올린 머리에 겨우 가릴 곳만 가린 속옷 차림이었다. 각선미가 근사했지만 감상할 여유는 조금도 없었다. 화장실 욕조가 문제였다. 방금 샤워를 끝냈는데 샤워한 물이 배수구로 내려가지 않고 다시 욕조로 뽕뽕 올라오고 있었다. 욕조뿐만이 아니었다. 화장실 바닥 배수구에서도 물이 다시 올라오고 있었다. 한 움큼 빠진 이방인 여자의 연두색 머리카락이 화장실 바닥에 둥둥 떠 있었다. 그녀는 관리실에 전화를 걸었다. 관리소장은 무조건 웃으라고 했다. 최대한 안심을 시키고 입주자 눈에 아예 보이지 않게 화장실 문을 닫아버리라는 말만 반복했다. 그녀는 맥없이 웃다가 화장실 문을 닫고는 그 방을 나왔다. 그녀가 복도로 나와 허리에 손을 얹고 이마에 맺힌 땀을 닦고 있을 때, 외국여자가 비명을 지르며 복도로 뛰어나왔고 그녀를 향해 삿대질을 하더니 관리실로 직행했다.

12층은 루비의 방말고도 두 세대가 더 입주해 있었다. 그녀는 빈 방 문들을 하나씩 열어보면서 복도를 지나갔다. 엘리베이터 바로 오른쪽 옆에 있는 방문을 열었을 때 찰찰찰 물 흐르는 소리가 들렸다. 거실 한쪽 마룻바닥은 물이 스며들어 다 썩었고 커다란 방 천장은 뚜껑이 뜯긴 채 몰골 사납게 늘어져 있었다. 그녀는 그 옆방도 보고 싶었다. 물 흐르는 소리는 옆방에서도 여전히 들렸다.

창문을 열고 창밖을 내다봤다. 밤이 깊어가고 있었다. 모든 것이 지나가면 사라지는 한점 불꽃처럼 보였다. 그녀는 잘못된 것이 무엇인지 잘 알지 못했다. 다만 무서웠다. 그녀는 양쪽 팔을 걷고 창틀에 몸을 기댄 채 밖을 내려다봤다. 테이크아웃 커피가게의 카우보이 남자가 길에 나와 서서 담배를 피우고 있었다. 그의 입에서 나온 담배연기가 재빨리 찬 공기 속으로 사라지고 있었다. 담배를 피우고 있는 그의 모습은 그림자 인형 같았다. 그녀는 하늘을 쳐다봤다. 하늘을 아무리 쳐다봐도 별빛은, 별빛은 보이지 않았다. 그때였다. 거실 장식장 하나가 저 혼자서 와지끈 분해되면서 바닥으로 떨어졌다.

그녀는 새벽 여섯시까지 신개념의 호텔식 아파트 드림피아 이곳저곳을 둘러보았다. 그리고 아주 슬픈 노래가 끊이지 않고 들리는 레코드가게 앞에 서 있는 기분이 되어 퇴근했다. 그녀는 텅 빈 대로변을, 빨간색 머플러를 두르고 천천히 걸었다. 테이크아웃 커피가게의 카우보이도 그 시간에 퇴근해 지하철을 탔지만 그들은 지하철역에서 만나지 않았다.

*

아파트 정문 공기가 심상치 않았다. 경비원들이 모두 나와 서서 쇠막대기를 머리 위로 치켜들고 정문을 지키고 있었다. 그뒤에 인상을 잔뜩 쓰고 있는 관리소장 얼굴도 보였다. 커다란 카메라를 든 기자들도 보였다. 시공사는 들어가려는 사람들을 막고 있었다. 시행사와 협상이 되기 전에는 시행사 말만 듣고 부실시공이라고 몰아세우는 걸 용납할 수 없다고 했다. 들어가려는 쪽과 막는 쪽이 서로 힘겨루기를 하고 있었다. 그녀가 안절부절못하고 있을 때 경비원 중의 한 사람이 다가와 뒷문으로 들어가라고 했다. 뒷문은 그 입구부터 지하주차장으로 내려가는 계단까지 못 쓰는 자재며 스티로폼들이 어지럽게 쌓여 있어서 거의 쓰레기장이었다. 그녀는 관리실로 들어가 출근도장을 찍고 써비스존으로 올라갔다. 옷도 갈아입기 전인데 벌써부터 인터폰이 울렸다.

12층이었다. 문이 열리자마자 맨팔 하나가 쑥 나와 세탁해달라며 와이셔츠와 실크 블라우스를 내밀었다. 뭘 엎지른 모양이었다. 두시간 있다 갖다달라면서 맨팔이 문 속으로 쏙 들어갔다. 12층은 상황이 더 심각했다. 실내 곳곳이 누수가 일어나는지 유리창은 성에가 낀 것처럼 죄다 허옇게 변해 있었고, 유리창 모서리를 타고 흐른 물이 거실로 떨어져 바닥은 물이 흥건했다. 부엌 쪽으로 난 문틀 재료들도 사방으로 뒤틀리거나 훼손되어 있어 정상적인 상태가 아니었다. 그녀는 세탁을 부탁한 1205호 바로 옆방인 1206호에 들어갔는데 1205호 남녀의 목소리, 문을 여닫는 소리, 가스레인지를 켰다 끄는 소리까지 정확하게 들렸다.

그날 저녁 텔레비전 뉴스에서 어디서 많이 본 건물이 나왔다. 건물 바깥과 안쪽 모두 삼엄한 경비를 서고 있는 1층의 화면이 잡혔다. 5층에 사는 깡마른 남자를 입주자 대표처럼 인터뷰까지 해서 보여주고 있었다. 5층 남자는 건물 입구 게시판에 건물 안전에 관한 안내문을 자주 붙이곤 했었다. 5층 남자는 심각한 소비자권리 침해요, 인권 침해라고 비교적 냉정하게 말했다. 기자의 말에 의하면 최신식 개념의 이 호텔식 아파트는 뭐 하나 제대로 시공된 것이 없는 그야말로 부실덩어리였다. 건물을 지탱하는 중심재료인 철골은 설계와 달리 절반 두께밖에 안되는 철골로 시공해, 화재가 났다 하면 단 한시간도 못 버티고 무너진다고 했다. 그 대목에서 텔레비전은 미국의 쌍둥이 빌딩이 공격을 당하는 장면을 보여줬다. 공격을 당하고 붕괴되기 직전까지 사람들이 대피할 시간을 벌 수 있었던 건, 철골내화피복이 불에 저항하며 제 성능을 발휘했기 때문이라고 했다. 그런데 드림피아는 화재가 났다 하면 각종 싸구려 우레탄폼, 스티로폼이 불에 타며 지독한 유독가스를 배출해, 대피는 시도도 못하고 쥐새끼 한마리도 살아서 나갈 수가 없다고 했다. 그녀는 창밖을 내다봤다. 그리고 아직은 아무 일도 일어나지 않았다고 위로했다. 웃으려고 했지만 어쩌다 자신이 이런 곳에 오게 되었는지 실감이 나지 않았다. 창문을 열자 차가운 바람이 밀려들어와 온몸이 후들거렸지만 기분은 나아졌다. 테이크아웃 커피가게 남자의 카우보이모자 꼭대기가 보였다. 줄을 선 손님에게 커피를 내미는 그의 흰 팔이 유연하게 늘었다 줄어들었다 했다. 그녀는 목이 말랐고 신선한 공기가 그리워 옷을 갈아입었다.

커피 한잔 주세요. 남자는 여전히 고개를 내리깔고는 잠시 기다리라고 말했다. 그녀는 주머니에서 꺼낸 3천원을 손에 꼭 쥐고 있었다. 그리고 일회용 종이컵에 손잡이를 끼우고 커피를 따르고 잔 뚜껑을 덮는 남자의 손길을 지켜보았다. 그녀는 남자에게 카우보이모자가 잘 어울린다고 생각했다. 웃을 때 입꼬리가 귀 쪽으로 올라가는 것도 보기 좋았다. 그녀는 남자가 행복할 거라고 생각했다. 남자는 조금은 시금쏩쓸한 커피를 종이컵에 가득 부어주었다. 돈을 주고 커피를 받아 든 그녀는 남자를 향해 목례를 하고는 돌아섰다. 저기요! 그때 남자가 그녀를 불렀다. 커피는 2천원이에요. 남자가 지폐 한장을 그녀에게 내밀었고 그 짧은 순간, 손목뼈가 드러난 남자의 차가운 손이 그녀의 손에 잠깐 닿았다.

겨울이 깊어가고 있었다. 테이크아웃 커피가게 남자는 패딩조끼를 벗고 후드가 달린 검은색 오리털 파카를 입었다. 그러나 카우보이모자는 그대로였다. 가끔 커피가게 앞에서 휴대폰을 파는 키 큰 내레이터모델들이 일렬로 줄을 서서 춤을 추곤 했다. 그때 남자는 의자에 앉아 모델들이 춤추는 걸 보며 유쾌하게 웃었다.

그녀는 일하지 않는 시간이면 신문이나 직업정보지를 보는 걸로 시간을 보냈다. 일하지 않는 고요한 시간이 되면 점점 불안감이 커졌다. 그녀는 해빙으로 가득 찬 남극을 탐험하고 있는 남극탐험대의 기사가 실린 신문을 열심히 읽었다. 남극탐험대에서도 밥짓고 빨래하는 사람은 필요하지 않을까. 그런데 그 기사의 끝부분에 이런 말이 적혀 있었다. 남극은 수분이란 수분은 모두 얼음이나 눈으로 존재한다. 기후조건 자체가 도전이기 때문에 탐험대에서는 밥을 짓고 빨래하는 일조차도 거의 다 박사급 연구원들이 한다. 그녀는 좀 실망했다.

시행사가 부실공사임을 객관적으로 증명하기 위해 한 연구소에 총체적인 검사를 의뢰했고 연구소 사람들이 자주 드나들었다. 툭하면 천장을 뜯었고, 건물 중앙의 철골구조 상태를 검사했으며, 툭하면 마룻바닥을 뜯었다. 방화문 검사도 했는데, 최소 한시간 정도는 버텨야 하는데도 불구하고 불이 붙은 지 십여분 만에 홀딱 타버렸다. 엘리베이터도 검사했는데 우레탄폼이 들어 있어 화재가 발생하면 대형 인명 피해가 날 수 있다고 입증되었다. 불탄 방화문 잔해를 치우는 건 물론 연구소 사람들이 지나간 자리마다 따라다니며 청소를 했다. 어쨌든 시간이 지날수록 건물 안에 있는 사람들의 목숨이 얼마나 위태로운지 거듭거듭 강조되기만 했다. 건물은 그야말로 만신창이가 되어갔지만 아직까지는 아무 일도 일어나지 않은 걸 그녀는 감사하게 여겼다.

경비원들은 겨우내 건물 안에서 뱅뱅 돌더니 굼벵이처럼 살이 붙었다. 알고 보니 경비원들은 군대도 안 간 아주 어린 나이의 청년들이었다. 이제 그들도 모두 그녀를 누나라고 불러서 눈치를 보거나 두려워 떨 필요가 없었다. 입주자들과도 많이 친해져서 농담을 주고받을 정도였다.

그녀는 드림피아가 어떤 상태인지를 잠깐씩 잊곤 했다. 그리고 이제 출근할 때마다 핸드백 안 혹은 쇼핑백 안에 집에 있는 작은 물건들을 하나씩 담아가지고 왔다. 그녀는 개미처럼 자기 물건들을 드림피아 내부의 어딘가로 조심조심 옮겨놓기 시작했다. 아무도 그녀가 가방 안에 무엇을 넣어가지고 들어오는지 어디로 옮기는지 전혀 신경쓰지 않았다.

10층, 10층이 가장 안전했다. 그녀는 10층에서 가장 전망이 좋은 방을 택했다. 연구소 사람들이 비교적 상태가 괜찮은 층이라고 지목한 곳이 10층이어서 부실시공 여부를 조사하거나 취재하는 사람들의 발길도 뜸했다. 처음엔 12층과 18층 사이에서 골라볼까 했지만 너무 높아서 곤란했고, 6층과 12층 사이에서 골라야 했는데 12층엔 비교적 친한 루비가 살고 있어서 피했다.

룸써비스를 요구하는 인터폰이 울리지 않는 깊고 깊은 밤 그녀는 계단을 이용해 10층으로 올라갔다. 그곳에 그녀의 집이 있었다. 건물 바깥에서 경비를 서는 경비원들이 볼까봐 불은 켤 수 없었다. 그녀는 현관 신발수납장 위에 올려둔 붉은색 초에 제일 먼저 불을 붙였다. 그리고 발꿈치를 든 가벼운 걸음걸이로 거실로 들어갔다. 거실에는 그녀가 갖다놓은 방석과 작은 다탁이 놓여 있었다. 그녀는 다탁에 있는 초록색 초에 불을 붙인 뒤 방석 두 개를 붙이고 그 위에 누웠다. 실내에 온기는 없었지만 그렇다고 바람기가 있거나 냉하지는 않았다. 그녀는 부어오른 두 다리를 천장을 향해 올리고는 자전거 타기 운동을 했다. 거실에 물이 차지 않는 게 그나마 다행이었다. 창 앞에 놓아둔 작은 화병에 꽂은 국화꽃이 시들었나 보려고 일어나는 순간, 쩡쩡쩡 건물이 뒤틀리는 소리가 들렸다. 그 순간에도 그녀는 자신의 집은 안전하므로 아무 문제가 없다고 믿고 싶었다. 그녀는 주머니에 든 따뜻한 캔커피를 꺼내 마시면서 촛불의 일렁거림을 따라 가만히 시선을 움직였다.

그녀는 욕조에 들어가 누웠다. 흰색 초 여러 개를 욕조 테두리에 올려놓았다. 들통날까봐 더운물은 받지 못했지만, 더운물 속에 몸을 담그고 앉아 있을 때처럼 노래가 흘러나왔다. 수도꼭지를 잡아돌리기만 하면 콸콸 물이 쏟아져나올 것 같았다. 물은 어쩌면 수도관을 타고 흐르는 게 아니라 벽과 벽 사이, 천장과 천장 사이의 빈 공간을 타고 흐르고 있는지도 몰랐다. 화장실에 대해서 연구소 사람들이 한 이야기가 생각나 벌떡 일어나 앉았다. 화장실 천장은 가벼운 철제로 시공하게 되어 있는데 값싼 나무들을 사용했다는 거였다. 화재가 나면 불이 번지는 건 물론이고 화장실 습기로 인해 나무가 썩어 결국은 천장이 주저앉아버릴 거라면서……

그녀는 욕실에서 나왔다. 그리고 창문에 눈을 바짝 대고 테이크아웃 커피가게를 내려다봤다. 가슴에 안은 애견과 즐겁게 얘기하며 지나가는 여자들을 바라보는 카우보이도 덩달아 웃고 있는 것 같았다. 그는 도심 인근까지 뛰는 총알택시 기사들이 모여서 있는 곳까지 가서 수다를 떨며 기사들과 같이 담배를 피웠다. 그녀는 창문에 코를 대고 차가운 입김을 뿜어냈다. 이 방에서 그녀는 평온했고 시간 가는 줄 몰랐다.

부실 아파트에 대한 보도가 연일 이어졌고 기자들은 더 많이 찾아왔으며 모든 보도기사가 '경악'이란 말로 시작되었다. 입주자들의 항의전화가 빗발쳤다. 부수고 다시 지어라. 그것이 입주자들의 주장이었다. 그러나 시공사와 시행사 사이, 부실과 정상 시공 사이에는 엄청난 벽이 있었다. 그녀는 가끔 고민했다. 누가 과연 진실을 밝힐 수 있을까. 실제로 공사를 했던 건설 기술자들은 이 지경에 이르게 될 것을 알았을까. 그들은 다 어디로 가서 또 높다란 빌딩을 짓고 있을까. 그러다가 그녀는 고개를 저었다.

그러는 사이 그녀는 운좋게 침대를 얻을 수 있었다. 12층 루비 방에 새 침대가 들어온다는 걸 안 그녀는 침대 치우는 일을 도와주겠다고 했다. 루비는 고맙다고 했다. 그나마 철제 침대인 게 다행이었다. 계단과 복도를 이용해 나르기에는 매트리스 무게가 만만치 않았다. 매트리스의 모서리는 물이 흥건한 복도 위를 질질 끌려오느라 좀 젖었지만 가운데부분은 괜찮았다. 매트리스를 옮길 괴력이 어디서 나왔는지 그녀는 자신이 신기하게 느껴졌다. 가장 깨끗한 침대시트를 갖다 깔고 가장 푹신한 베개를 네 개나 갖다놓았다. 그리고 좀이 슬지 않은 두터운 솜이불을 갖다놓자 천국이 따로 없었다.

밤마다 그녀는 이 침대 위에 누워서 잠깐씩 눈을 붙이거나 꿈을 꿨다. 루비처럼 다리를 꼬고 천장을 향해 누운 채 전화를 받는 시늉을 했다. 관리소장이 왜 인터폰을 받지 않았느냐고 해서 변비가 심해 그랬다고 둘러댔다. 괜찮던 거실도 이제 물이 차오르기 시작했다. 그녀는 거실 한쪽 벽면에 수납장 두 개를 붙여놓고 그 위에 거실 바닥에 놓았던 초와 누군가 버린 꽃화분 두 개를 올려놓았다. 올려놓고 보니 그것은 마치 제단 같았다. 진짜 제단처럼 꾸미고 싶어서 테이블보를 깐 뒤 다시 초와 꽃화분을 올려놓았다. 이제 정말 제단이 되었다. 그녀는 제단 위에 작은 도자기 인형들을 올려놓고 벽에는 달력도 걸었다. 더 많은 꽃과 엄마 사진만 갖다놓으면 되겠다고 생각하자 그녀는 신이 났다.

해외에 거주하는 입주예정자들이 모이는 대책회의가 열린 날, 지하

주차장에는 검은색 승용차들이 줄지어 들어왔다. 그들은 이 아파트가 부실공사로 판명됨에 따라 엄청난 손해를 입었다며 거품을 물었지만 울지도 않았고 멱살다짐도 안했다. 그들은 합법적인 소송만을 내세웠다. 얼마나 돈이 많으면 이런 일로도 울지 않을까. 그녀는 은근한 향수냄새를 풍기는 입주자들을 보고 고개를 갸우뚱거렸다. 그들은 말했다. 자고로 모든 환상의 나라에는 맑은 물이 흐르지. 거 왜 엘에이에도 있잖아. 거기도 무슨 피아잖아. 오토피아! 드림피아, 이름은 좋다.

얼마 후면 크리스마스였다. 그녀는 마지막으로 식탁을 들여놓고 싶었다. 식탁이 있어야 손님 초대를 할 수 있었다. 그녀는 초대할 사람들 이름을 되뇌었다. 편의점에서 파는 보졸레 누보를 사다 마시고 쇠고기 스테이크를 먹고 밤새도록 얘기를 하고 싶었다.

식탁을 구하게 되기까지는 시간이 좀 걸렸다. 그녀는 관리실 사람들이 밥을 먹으러 나간 사이 옆사무실 한구석에 쌓아놓은 책상 하나를 살짝 빼냈다. 경비원이 물었다. 누나, 그거 어디로 가져가? 응 루비 방 천장에 물이 샌대. 물받이통 올려놓을라구. 그녀는 책상 위에 표백제 냄새가 남아 있는 흰 식탁보를 깔았다. 그리고 십자수를 놓은 장식용 식탁보를 십자가 형태로 깔았다. 그리고 십자가 모양을 따라 색색의 초들을 올려놓았다.

그녀가 손님을 초대하기로 한 날은 눈발이 조금 날렸다. 그녀는 일이 끝나고 새벽 두시쯤 10층 자기 집으로 올라갔다. 테이크아웃 커피 가게의 카우보이 남자는 옆 포장마차에서 파는 김 나는 오뎅을 사먹고 있었다. 그녀는 창문 너머로 남자를 향해 손 키스를 보냈다. 그를 초대하지 못하는 게 아쉬웠다. 그녀의 쇼핑백 안에는 파티용품이 잔뜩 들어 있었다. 모든 촛불을 다 켜고 풍선을 불어 벽에 매달았다. 풍선은 가능하면 촛불로부터 멀리 있게 했다. 그리고 9천 8백원을 주고 산 보졸레 누보 한병을 식탁에 올려놓았다. 와인잔 대신 종이컵을 사용했고 와인과 함께 먹을 안주로 새우깡과 땅콩을 준비했다. 그리고 화장실로 들어가 질끈 묶은 머리를 풀고 동대문시장에서 산 검은색 우단 드레스를 입었다. 이 모든 일을 할 때 발이 젖으면 안되었기에 그녀는 무척 조심했다.

그녀는 제일 먼저 죽은 엄마를 초대하고 싶었다. 그녀는 제단으로 가 엄마의 사진을 보며 말했다. 엄마, 내가 오늘밤 엄마를 초대할게. 그녀의 엄마가 식탁에 와 앉았다. 그녀는 종이컵에 와인을 따라 엄마 손에 쥐어주었다. 엄마, 어떻게 열한살, 열살밖에 안된 애들을 버리고 갈 수 있어? 엄만 내가 얼마나 힘들게 살았는지 알아? 그녀는 순간 컥, 트림을 했다. 거실 벽에 그녀의 그림자가 보였다. 그림자는 그녀 혼자였지만 대화는 끝없이 이어졌다. 물론 엄마는 다시 돌아왔지. 그런데 돌아온 건 소용없어. 이미 집을 나간 순간에 엄마는 죄를 지은 거라구. 용서받을 수 없는 죄. 그리고 짧은 침묵이 이어졌다. 건물 내부의 철근들이 뒤틀리는 소리가 들렸지만 오래 가지는 않았다.

다음에 그녀가 초대하고 싶은 사람은 육년 동안 사귀다 헤어진 애인이었다. 생사조차도 모르던 애인은 그래도 깔끔한 양복 차림이었다. 몸에 살이 붙어서 맵시는 덜했지만 얼굴은 옛날 그대로였다. 그녀는 움직이면 눈물이 떨어질 것 같아 한동안 가만히 있었다. 둘은 와인을 한잔씩 마시고 다시 잔을 채웠다. 애인은 전처럼 말이 없었다. 그녀는 애인의 얼굴과 머리모양, 어깨선과 팔의 모양, 그리고 전체적인 실루엣을 마음속에 담았다. 그리고 또 와인을 마셨다. 그녀는 자신이 얼마나 알코올에 약한지 잊어버리고 있었다. 그녀는 맥주 반잔에 세상이 거꾸로 보이는 사람이었다. 그녀는 몹시 더웠고 눕고 싶었다. 그녀는 애인의 부축을 받으며 침실로 들어갔다. 물 위에 떠 있는 침대야 멋지지? 그녀가 애인에게 말했다. 창밖에선 고요히 눈이 내리고 있었다. 눈이다! 밖에서 누군가 내지르는 탄성이 들려왔다. 그리고 또 한참동안 고요했다. 함박눈이다! 누군가 또 탄성을 질렀다. 잠결에 자신의 코고는 소리가 다 들릴 정도로 고요하고 편안했다. 그때였다. 천지가 개벽할 금속성의 화재경보가 울리기 시작했는데, 그 소리는 너무나 크고 이상해서 그녀는 그것이 꿈이 아니라는 걸 알면서도 절대로 눈을 뜨지 못했다.

*

누나, 내가 한 고향이라고 봐줬더니 이게 무슨 배신인가. 경비원 중에 한 녀석이 오르락내리락 방망이질을 하고 있는 그녀의 가슴팍을 툭툭 치며 말했다. 말만 누나였지 차라리 육두문자를 쓰는 게 나을 것 같았다. 그녀는 관리실 중앙에 중죄인이 되어 서 있었다. 거실 제단 위에 켜둔 초가 다 타서 테이블보에 붙어버렸던 것이다. 불길이 많이 퍼지지는 않았지만 화재경보를 울릴 정도의 위력은 있었다. 이봐요 아줌마. 이게 평당 얼마짜리 아파트인 줄 알아? 전부 백억이 넘어요. 이거 불질해서 날아가면 아줌마가 책임질 거야? 아줌마 하나 죽어도 아줌마가 불질한 10층 한채 값도 안돼. 아줌마가 백번을 죽어도 안된다구. 우리 회사가 이거 시공하고 나서 얼마나 골치를 썩이고 있는 줄 알아. 나중엔 참…… 도대체 드림피아를 왜 부실시공이라구 하느냐구. 우린 단 하나도 법대로 안한 게 없거든. 아줌마 혹시 시행사 프락

치 아냐?

사람들은 그녀를 약 한시간 동안 관리실에 세워두고 벌을 세웠다. 경비원들이 심심하면 다가와서 한마디씩 했다. 한참 뒤에 관리소장이 나타났다. 아줌마 당장 나가. 아줌마 짐은 1층 현관에 있어. 그리고 급여는 없어, 손해배상을 요구하거나 경찰서에 보내지 않은 것만도 다행으로 알라구.

그녀는 1층 문간에 있는 엄마의 액자 사진과 가방을 들고 건물 밖으로 쫓겨났다. 경비원 한명이 그녀의 등뒤로 굵은 소금을 휘휘 뿌렸다. 새벽 네시가 가까워져 있었고 도로 위에는 흰눈이 살짝 깔려 있었다. 그녀는 길을 건너 테이크아웃 커피가게로 갔다. 커피 한잔 주세요. 그녀가 말했다. 카우보이 남자가 두 팔을 들어 선반 위에서 커피통을 꺼냈다. 저기서 일하시나보죠? 남자가 그녀에게 물었다. 돌아보면 소금기둥이 될지도 모른다! 그러나 결국 그녀는 드림피아를 돌아봤다. 영원히 오랜 시간이 지난 후에도 이곳에 남아 유적이 되어라. 절대로 무너지지 말아라. 그녀는 중얼거렸다.

*

새로운 직장은 반드시 정장 차림을 해야 했다. 깃에는 배지를 달았는데 판매실적이 올라갈수록 모양과 크기가 달라졌다. 정장 차림을 한 사람들이 교육장 가득했다. 단발머리에 깡마른 여자 강사가 나와 네트워킹이란 단어를 써놓고 강의를 시작했다. 여자가 말했다. 여러분들은 각기 하나의 그물이에요. 여러분들말고 또다른 그물들을 만나서 그물망을 키워야 해요. 그게 네트워킹이죠. 네트워킹이란 이제 새로운 생존전략이에요. 우린 서로 도와야 해요. 그래야 여러분들의 사업은 확장될 수 있어요. 단순히 사람을 만나는 것만이 중요한 게 아니라, 그 사람을 업그레이드시켜야 해요. 우리의 사업이 여러분들을, 또 여러분의 친구들 인생을 업그레이드시켜줄 수 있어요. 다단계란 말은 부적절하고 낡은 표현이에요. 몰이해에서 나온 말이죠. 프라이드를 가지세요.

강의실을 빼곡하게 채운 사람들은 모두들 열심히 강사의 말을 듣고 있었다. 어떤 사람은 메모를 하기도 했고 어떤 사람은 소형녹음기로 녹음을 했다. 사람들의 얼굴은 점차 발그레하게 상기되었고 강의실 공기도 뜨거워졌다.

그녀는 가운데 통로의 왼편에 앉아 있었다. 머리도 짧게 자르고 보라색 치마정장에 구두를 신었다. 색조 화장도 했고 향수도 뿌렸다. 드림피아에서 떠나오던 날 새벽, 대로변의 365일 은행 출입문에 붙어 있던 전단에 씌어 있던 전화번호를 기억했다가 전화를 걸었고, 그녀는 이렇게 쉽게 또 새로운 직장을 얻었다.

강의가 무르익고, 어느 순간 강사가 큰 소리로 외쳤다. 자 그럼 여러분, 이제 진정한 21세기가 밝았습니다. 여러분들 모두 최고의 단계에 올라, 최고의 인생을 얻으시길 기원합니다. 해피 뉴 이어! 이어 폭죽이 팡팡 터졌다. 그녀는 심장이 멎는 것 같았다. 폭죽 소리는 그녀에게 드림피아에서 들었던 화재경보음을 상기시켰다. 사람들이 수런거렸다. 그녀는 아무 생각 없이 뒤를 돌아봤다. 거기에, 정장 차림의 어깨가 건장한 테이크아웃 커피가게 남자가 팔짱을 낀 채 서 있었다. 둘은 그순간 눈이 마주쳤고 남자는 카우보이모자를 벗어들고 씩 웃었다. 그녀가 누구인지 알고 웃는지 모르고 웃는지는 확실하지 않았다.

그래서 그녀는 주변을 둘러봤다. 남자의 머리는 숱이 아주 적었고, 테이크아웃 커피가게에서 일할 때보다 십년은 더 늙어 보였다. 그녀는 황급히 고개를 돌렸고, 잠시 후 그녀의 두 손 위로 눈물 한방울이 똑 떨어졌다.

—『현대문학』 2003년 1월호

연인들

소란하던 까페 안이 다시 고요해졌다. 한 노인이 납작하게 묶은 종이박스를 줄에 묶어 개처럼 끌고 지나갔다. 노인이 걸을 때마다 줄 끝에 매달린 찌그러진 깡통이 통통거리며 튀어올랐다. 까페 종업원이 대걸레로 바닥을 닦는 동안 커피머신은 휴우 하고 바람 빠지는 소리를 냈다. 하늘은 점점 어두워졌다. 붉은색 에나멜 페인트로 장식한 까페의 내부도, 식당이 즐비한 골목도, 오페라가 공연되는 극장 앞의 분수대도 온통 잿빛이었다. 따뜻한 햇볕이 든 지가 언제였는지, 날씨는 도통 좋아질 기색이 없어 보였다.

최근 몇주 동안 까페 한구석 같은 자리에 늘 앉아 있는 자신에게 그녀는 달리 해줄 말이 없었다. 손목시계를 보다가 커피를 마시고, 화장실에 다녀온 뒤 또 커피를 마셨다. 눈만 깜박이며 창밖의 오가는 사람들을 쳐다보는 사이 입술화장이 조금씩 지워졌다. 시간이 가면서 집중력도 떨어지고 온몸에서 맥이 빠졌다. 배가 너무 고파서 모든 것이 후줄근하게 느껴지면, 다음날 다시 올망정 까페에 더이상 앉아 있고 싶지가 않았다. 그래도 계산할 때 마일리지 카드에 도장을 받는 일은 잊지 않았다.

사람들이 지나다닐 때 손에 무엇을 들고 있는지 관찰한 것도 처음이었고, 골목에 깃들인 햇살을 받으며 한동안 가만히 서 있어본 것도 처음이었다. 그녀는 순례자처럼 도시의 여러 곳을 돌아다녔다. 까페, 버스터미널, 종합병원 휴게실, PC방. 그 어디선가 그가 꼭 자고 있을 것만 같았다. 자다가 깨어나지 못했을 것만 같았다. 아무리 돌아다녀도 그의 흔적은 찾기 어려웠다. 시간이 흐르면 흐를수록 침묵, 침묵, 도처에서 그가 사라졌다고 그는 도망갔다고 침묵으로 말하고 있었다.

까페에서 나와 극장 쪽으로 걷던 그녀는 대형 게시판 앞에 멈춰섰다. 포스터를 붙이던 사람이 바람이 불어오는 쪽에 대고 욕을 했다. 한 사진작가의 전시회를 알리는 회색 모노톤의 포스터가 눈길을 끌었다. 지역을 알 수 없는 해변가가 배경이었고, 이미 죽은 커다란 물고기가 잡풀들 사이의 모래 위로 머리만 내놓은 채 땅에 꽂혀 있었다. 입은 굳게 다물고 있었고 눈동자는 이미 뿌옇게 변해버린 뒤였다. 물고기 뒤로 푸른 바다가 보였지만 물고기와 바다 사이에는 엄청난 거리가 존재했다. 남쪽으로부터 바람이 불어오는지 풀뿌리들이 죄다 북쪽으로 누워 있었다. 물고기는 하늘을 향해 뭔가를 기원했다. 그녀는 물고기를 따라 하늘을 올려다봤다. 그래, 물고기의 조상들도 죽으면 바다에 있지 않고 하늘에 있을 거야. 그녀는 회색빛의 텅 빈 분수대를 지나 등을 켠 승용차들이 서서히 밀려들어오는 극장 앞을 벗어났다. 거리는 벌써 밤이었다.

늘봄여관은 대로에서 벗어나 공원 산책로로 접어들어 두번째 골목의 초입에 있었다. 눈을 감고도 찾을 수 있을 만큼 익숙한 곳이 늘봄여관이었지만 지금은 아주 낯설게 보였다. 저기 저렇게 공중전화가 있었나. 저 골목 끝에 구멍가게가 있었어. 저 흰색 라노스는 항상 저기 서 있었지. 맞아. 저 나무는, 저 나무가 저렇게 컸나. 그녀는 여관 건물의 2층을 올려다봤다.

주인여자는 단정하게 화장한 얼굴로 고구마를 먹고 있었다. "오셨어요." 여자는 고구마를 내려놓고 쟁반을 들고 방에서 나와, 2층으로 오르는 계단을 사뿐히 걸어올라갔다. 그녀는 언제나 흰색 면양말을 신고 있는 주인여자의 발뒤꿈치를 따라 방으로 올라갔었다. 복도에 서 있는 방들은 밤색 문을 단 채 변한 게 없어 보였다. 맞은편의 전면 유리창도 그대로였다. 언젠가 그와 함께 방에서 나온 아침, 흰 종이를 붙인 불투명한 창으로 눈부신 햇살이 쏟아져 들어왔다. 그 2층 방에 묵었던 사람들의 어깨를 다독거려주듯, 지난밤의 고통을 감싸안듯 부드럽고 따뜻한 햇살이었다.

복도 끝 방문이 열렸다. 그가 있을 리 없었다. 처음에 그들은 그 방에서 잤다. 두번째 왔을 때 다시 그 방을 달라고 했고, 그 다음부터는 말하지 않아도 알아서 그 방을 내줬다. 한동안은 밖에서 만나서 함께 들어왔지만 언젠가부터는 따로 왔다. 그녀가 먼저 와 그를 기다리기도 했고 그가 먼저 와 그녀를 기다리기도 했다. 주인여자는 일회용 칫솔 두 개와 생수 한 병을 놓고 내려갔다.

빈 방에 들어서서 그녀는 숨을 크게 내쉬었다. 그리고 침대 위에 올라서서 에어컨 옆으로 난 작은 창문을 열었다. 창문은 덜컹거리며 잘 열리지 않았다. 고개를 내밀고 창밖을 보았다. 불 켜진 빌딩들, 천천히 움직이는 자동차들, 지나치게 잎이 큰 나무들이 보였다.

욕실 문을 열고 불을 켰다. 백열등은 어두운 주홍빛이었다. 욕실에서는 강한 표백제 냄새가 났다. 그녀는 눈을 부릅뜬 채 떨어져 있는 머리카락은 없는지, 누군가 빼놓고 간 렌즈는 없는지 세면대 주변을 살폈다. 청소상태는 깨끗해 보였다. 뭔가를 하긴 해야 할 것 같아서 일회용 칫솔을 꺼내 이를 닦았다. 삭삭거리며 이가 닦이는 소리에만 정신을 집중했다. 소리가 점점 커졌다. 입속 깊숙한 곳을 닦는 소리는 온 우주의 덜컥거림처럼 소란스러웠다. 그녀는 입을 헹궈내고 한참을 거울을 보며 서 있다가 입고 있던 셔츠를 벗었다. 팔과 팔, 얼굴과 목, 머리카락과 가슴을 쓰다듬었다. 그때 그녀는 거울 속에서 그를 보았다.

줄무늬 트렁크 팬티를 입은 그가 배 위에 비스듬히 손을 얹고 침대 위에 누워 있었다. 그녀는 등과 다리의 물기를 닦으며 "안 씻어?" 하고 그에게 물었다. "음 좀 있다." 그가 꽃무늬 벽지 쪽으로 돌아누우며 대답했다. "오늘 점심 뭐 먹었어?" 그녀는 그의 등에 생긴 작은 반점들과 여드름을 손톱 끝으로 긁적이며 물었다. "뭐였지, 매일 가는 그 식당에 갔었지." 그의 목소리는 벌써부터 잠겨 있었다. "거기서 뭘 먹었는데." 그녀가 물었지만 그는 굼뜨게 어깨만 움지럭거렸다. 그녀가 천장을 보고 똑바로 눕자 그도 똑바로 누우며 대답했다. "밥이지 뭐야." 잠시 후 그녀가 그를 향해 몸을 돌리자 그도 그녀를 향해 몸을 돌려 마주보고 누웠다. 그의 얼굴은 벌써 노곤한 잠 속으로 빠져들고 있었다. 그때 옆방에서 문이 닫히는 소리, 자기 집 안방에서 하듯 마음놓고 떠드는 소리가 들렸다. 그녀는 몸을 웅크린 채 자고 있는 그를 찬찬히 뜯어봤다. 코 주변의 모공 속에 박힌 검은 피지가 보였고, 암모니아 냄새 같은 입냄새가 솔솔 새어나왔다. 그녀는 불을 껐다. 그리고 그의 트렁크 팬티 속으로 손을 넣었다. 깜깜한 어둠 속에서 그의 살에 손등과 손바닥을 비비며 잠이 들기를 기다렸다. 진동모드로 돌려놓은 두 개의 휴대폰이 푸르륵거리며 간간이 떨렸다. 아무리 근사한 메시지라도 달고 깊은 잠을 방해할 수는 없었다.

침대 위에서 침을 흘리며 자고 있던 그녀는 놀라서 일어나 앉았다. 밤 열시가 넘은 시각이었다. 그녀는 생수를 마시고 뻐근한 어깨와 허리를 움직여보았다. 그녀는 그와 함께 편안히 잠들었던 순간이 그리워졌다. 푹 자고 난 뒤에 깃털처럼 몸이 가벼워지는 순간이 그리웠다. 햇볕 아래 건초더미 위에 누워 있는 것 같은 어떤 상태에 다시 한번 더 놓이길 원했다. 그러나 이상하게 주변이 고요했고 계절이 갑자기 바뀐 것처럼 공기가 싸늘했다.

그녀는 휴대폰을 들고 숫자 1을 길게 눌렀다. 그의 전화번호는 언젠가부터 다른 사람이 사용하고 있었다. 상대방은 여보세요 여보세요, 소리를 지르다가 짜증스럽게 전화를 끊었다. 텔레비전 리모컨을 눌렀다. 수십 개의 유선방송 채널을 모두 한번씩 돌아가며 눌렀다. 아주 긴 시간이 흐른 것 같았다. 그녀는 다리를 굽히고 스커트를 올린 채 속옷 속으로 손을 넣었다. 최근에 본 컬트영화에서 동성의 애인이 떠나고 혼자 남은 주인공이 자위를 하던 장면이 떠올랐다. 어떤 영화의 자위 장면보다도 진지했다. 그녀는 질 입구로 손가락을 넣어보았다. 질 속은 부드러웠지만 움직임이 없었다. 그녀는 눈을 감고 그 컬트영화의 주인공처럼 해보려고 했다. 그러나 그건 영화였다. 그녀는 내친김에 옷을 벗었고 화장실로 들어가 샤워를 했다. 해변의 죽은 물고기가 갑자기 떠올랐다 사라졌다. 물이 없는 해변에서 하늘을 올려다보고 있는 물고기라니. 그녀는 옷을 입고 서둘러 여관에서 나왔다.

사용하지 않은 일회용 칫솔 하나를 가방에 넣은 채.

길거리 포장마차에서 조미료를 듬뿍 넣은 국수 국물을 벌컥벌컥 들이켜고 나온 그녀는 택시를 탔다. 봄밤의 공기는 벌써부터 뜨뜻미지근했고 택시는 지나치게 빨리 달렸다. 창문을 조금 열자 정신이 좀 들었다. 자동차경주 선수처럼 운전을 하던 기사가 교차로에서 라디오 볼륨을 높였다. "요즘 암벽등반이 대유행이라고 합니다. 원래 암벽등반은 새들이 숨겨놓은 새알을 줍기 위해 원주민들로부터 시작되었다고 하는데, 이젠 대중스포츠로 인기를 얻고 있습니다. 태국의 유명한 산악지대인……" 그녀는 라디오에서 흘러나오는 소리를 아무 생각 없이 들었다. 너무 피곤했다. 날씨가 좀 맑아졌으면 하는 게 최소한의 바람이었다.

*

태양이 모든 것을 압도했다. 달궈진 팬 위의 초콜릿처럼 노면은 순식간에 오그라들 기세였다. 사람들은 아랫도리만 대충 가리고 수건을 어깨에 건 채 해안가를 거닐었다. 발갛게 익은 백인들의 건장한 어깨가 땀으로 번들거렸다. 지열 때문인지 사람들의 모습은 비현실적으로 길쭉해졌다가는 아예 태양 속으로 사라져버려 보이질 않았다. 그래서 해변가는 잠깐씩 무인도가 된 듯 텅 비었다.

해변을 지나 북쪽에는 아치 모양의 어마어마한 화강암 암벽이 버티고 서 있었다. 전세계의 사람들이 일주일 후에 열리는 '스포츠 암벽등반대회'에 참가하기 위해 얼마 전부터 이곳에 속속 도착했다. 숙소는 거의 해안가에 있었다. 사람들은 식사 전후와 산책 도중, 그리고 잠들기 전과 깨어난 후 북쪽에 버티고 서 있는 차가운 암벽을 경외감을 갖고 쳐다보았다. 그리고 기도하듯 중얼거리거나 명상하듯 눈을 감고 해변가를 걸었다. 그도 그 대열에 합류하기 위해 멀리서부터 날아왔다. 시간은 느리게느리게 흘렀다. 그는 더이상 대낮에 졸지 않았다. 그의 전투의지는 뜨거운 태양보다도 더 달아올라 있었다. 그의 목표는 최장 등반거리 3백 미터에 중급자 정도의 루트에 도전하는 것이었다. 그는 절대로 기가 죽지 않기 위해 온 정신을 집중한 채 하루하루를 지냈다.

대낮 해안가의 기온은 30도가 넘었다. 그는 긴팔소매옷을 입고 해안가를 따라 걸었다. 굳이 가장 더운 시간에 산책을 하는 이유는 죄책감 때문이었다. 그는 분수에 맞지 않게 많은 빚을 지고 도망을 왔다. 그는 자신을 이런 뜨거운 태양 아래로 내몰아 고생을 시켜도 괜찮다고 생각하다가도, 어느 순간 자신의 잘잘못을 다 잊고는 순진하게 웃곤 했다.

그는 멀리서 보기에도 이곳 사람들과 달리 체구가 아주 작았다. 가까운 파라솔 아래서 백인 남녀가 그에 대해 얘기했다. "살을 죄다 구워버릴 작정인 모양이야. 상당히 무식하지." 그는 그런 백인들 쪽으로 슈팅을 날렸다. "싸우디아라비아에다 최초로 고층빌딩을 세운 민족의 후손이 나야, 새끼들아, 걱정도 팔자네." 백인여자가 수영복도 입지 않은 젖가슴을 내놓은 채 벌떡 일어나 양손을 휘휘 저으며 그에게 다가왔다. 위기상황이었다. 그는 위기를 모면하기 위해 이번엔 바다 쪽으로 다시 한번 슈팅을 날리고, 다시 백사장 쪽으로 한번 더 슈팅을 날렸다. 리드미컬하게, 무심하게 한 행동처럼 보이도록 해야 했다. 백인여자는 두 팔을 허리에 올리고는 머리를 갸우뚱거리다가 파라솔로 돌아갔고, 돌아가자마자 남녀는 엉겨붙었다.

자동차가 모래 위에 서 있고 아이들 둘이 엎드려 모래장난을 하고 있었다. 부모들은 파라솔 밑에 누워 잠을 잤고 주근깨가 잔뜩 난 아이들은 지나가는 사람의 얼굴을 자꾸 쳐다봤다. 파라솔 밑에서 자고 있는 남녀의 근육으로 봐서 그들은 암벽대회 참가차 온 사람들이 분명했다.

그는 여전히 뜨거운 해안가를 걸었다. 수많은 사람들의 얼굴이 순서도 없이 떠올랐다가는 사라졌다. 자주 들어갔던 인터넷 싸이트의 로그인 아이디와 패스워드도 떠올렸다가는 이내 잊어버렸다. 한때는 플래티늄 고객이던 한 은행의 폰뱅킹 이용자 비밀번호도 가물가물했다. 아버지의 본적도 가물가물, 어머니의 생일도 가물가물, 이럴 때 그는 단거리 선수처럼 앞을 향해 마구 달렸다.

마른 수초가 누워 있는 해안가에 이르러 그는 달리기를 멈췄다. 바로 그곳이었다. 구멍, 그러니까 물고기의 해안가 묘지가 거기 있었다. 그는 숨을 고르고 구멍들을 확인했다. 몇주 전 날씨가 흐린 날이 며칠간 계속되었을 때 카메라를 든 한 동양여자와 서양남자가 계속해서 해변가에서 일했다.

그들은 수초가 듬성듬성 나 있는 땅을 삽으로 팠다. 기르던 개가 죽었거니 생각했다. 그런데 그들은 커다란 반투명 비닐가방 속에서 미끈덕거리는 듯한 무엇인가를 꺼냈다. 죽은 물고기였다. 길이가 최소한 1미터는 돼 보였다. 서양남자는 손도 까딱 안했고, 동양여자는 혼자 힘으로 너끈히 물고기를 들어 옮겼다. 여자는 파놓은 땅속에 물고기의 몸통을 수직으로 세워 넣었다. 그리고 다시 주변의 흙과 모래를 퍼와 물고기가 움직이지 않도록 고정시켰다. 그리고 물고기의 몸통에

흰 가루를 처덕처덕 발랐는데, 미끈함이 사라진 물고기는 좀 비극적
으로 보였다. 물고기의 머리가 하늘을 향했다. 입은 꽉 다물고 있었고
눈동자는 이미 탁하게 된 지 오래였다. 그때 그는 서양남자에게 "도
대체 저 여자가 뭘 하는 거죠?"라고 물었다. 그때 남자는 "사진을 찍
어요"라고 짧게 대답했다. 여자는 물고기처럼 몸을 낮춰 그 눈높이에
서 물고기와 함께 오래도록 하늘을 올려다보았다. 날씨가 아주 좋지
않았다. 바람도 불었고 춥기까지 해서 한국의 늦가을이나 초겨울 같
았다. 여자는 그때부터 모래 위에 납작하게 엎드린 채 각도와 높이를
바꿔가면서 셔터를 눌러대기 시작했다. 죽은 물고기는 이런저런 모양
으로 필름에 담겼다. 그는 사진을 찍는 여자에게 다가가 물었다. "혹
시 한국분 아니세요?" 여자는 듣지 못한 것 같았다. 셔터 소리가 점차
활기차졌다. 그는 물고기만 쳐다보고 있었다. 죽은 물고기의 표정은
바다에 닿고 싶어하는 것 같았다. 물고기의 갈망이 너무나 강렬해서
아무도 그 물고기에게 사형선고를 내릴 수 없을 것 같았다.

촬영이 끝난 후 그 물고기는 다시 반투명 비닐가방 속으로 들어갔
다. 여자는 물고기가 든 가방을 안고 차로 이동하려고 했다. "차라리
바다로 보내지 그래요. 내가 도와줄 수 있는데……" 그의 말에 여자
가 돌아서서 한마디 했다. "이게 얼마 주고 빌려온 건 줄이나 알아
요." 여자의 입에서 아주 익숙한 한국말이 튀어나왔다. 그는 성큼성
큼 해변가를 벗어나고 있는 여자를 향해 중얼거렸다. "어디 가나 드세
기는."

그때 물고기가 박혔던 자리에는 빈 구멍만 남아 있었다. 동그란 구
멍의 가장자리를 손으로 만져보았다. 모래들이 단단하게 굳어 있었
다. 그는 구멍 가장자리에 코를 대고 냄새를 맡았다. 물비린내는 나지

않았다. 다만 피냄새가 나는 것 같았다. 금세 비위가 상하는 느낌이 들어 씻지 않으면 안될 것 같았다. 그는 바다 쪽으로 걸어가면서 북쪽을 쳐다봤다. 북쪽의 암벽들은 여전히 매끈하고 차게 빛나고 있었다. 그는 다시 이를 갈았다.

*

그녀는 거의 매일 오후 세시경에 잠이 들었으며 새벽 두시경에 일어났다. 그러니까 장장 열시간 이상을 자는 셈이었다. 그리고 그녀는 일년에 거의 4백 편의 영화를 보았다. 월요일부터 금요일까지 오전에는 주로 영화시사회를 하는 극장에 있었다. 영화평론가, 아니면 극장 경영자, 그렇게까지 근사하지는 않았다. 말하자면 그녀는 시내의 어느 복합상영관에서 상영작을 선별하는 일을 하는 매니저가 뒤로 고용한 영화감별사였다. 그러니까 그 매니저의 영화기호는 통째로 그녀의 것이었다. 매니저는 만나야 할 사람도 많았고 항상 바빴다. 덕분에 그녀는 돈을 벌었지만 매니저만큼 많이 벌지는 못했다. 그녀가 부양하는 가족들은 점점 먹고 싶은 게 많아지고 돈이 너무 없어서 살기가 힘들다고 투정을 부렸지만 그녀는 그 정도의 수입에 항상 감사했다.

새벽 두시경에 일어나 비디오를 두 편쯤 보고 나면 이른 아침이었다. 책가방을 들고 아파트단지를 빠져나가는 학생들의 뒷모습이 보였다 안 보였다 했다. 시력은 점점 망가져가고 있었다. 그녀는 거실 커튼을 가린 뒤 비타민 한알을 삼키고 물을 마셨다. 그리고 부양가족들이 잠들어 있는 침대를 쳐다보고는 씻으러 들어가곤 했다.

"이모 일어나. 빨리 일어나." 아이는 자고 있는 그녀의 눈앞에 엔젤

카드를 내놓았다. 화투장보다 조금 큰 종이카드 안에는 작은 천사들
이 그려져 있고 그 아래에 영어단어가 하나씩 적혀 있었다. 오늘의 명
상단어는 '조이(joy)'였다. "이모 오늘은 조이다, 빨리 일어나." 아이
는 그녀의 얼굴을 손가락으로 간질이며 장난을 쳤다. "할머니는 어디
갔니?" "응, 물리치료하러. 이모 나 '백설공주' 봐야 되거든. 이모 밥
먹고 또 자." 아이는 콩콩 뛰어 거실로 나갔다.

　아이는 촌수를 알 수 없는 그녀 집안 누군가의 딸로 제법 똑똑했다.
다섯살짜리가 간단한 한글이나 영어단어를 알려주는 대로 곧잘 읽었
다. 그녀는 물을 마시다가 비디오를 보는 아이의 검고 반짝거리는 눈
동자를 쳐다봤다. 사는 데 지치는 기색이 없는 아이를 보고 그녀의 엄
마는 말했었다. "태어난 지 얼마 안된 신삥이잖니. 너나 나랑 같겠
니." 하지만 아이는 제대로 된 가정에서 살 수 없는 형편이었다. 아이
는 누구보다 집안 사람들의 심경변화에 민감했다. 그녀는 벌써 오래
전부터 아이가 엔젤카드를 조작하고 있다는 걸 알고 있었다. 이모가
우울하다, 그러면 기쁘게 해줘야지, 그러면 조이를 꺼내는 거야. 카드
의 패는 그런 식으로 결정되는 것이 분명했다.

　"거울아 거울아 마술거울아. 캄캄한 어둠과 바람 속에서 내 너를
부르노니, 나와 대답하라. 내 한가지 너에게 물어볼 것이 있다."

　「백설공주」의 초반에 등장하는 질투의 화신 왕비의 대사였다. 그는
도대체 어디에 있는 걸까. 그녀는 거울에게라도 물어보고 싶은 심정
으로 아이와 함께 월트디즈니의 애니메이션 속으로 빠져들었다.

　그녀의 엄마는 늘 바빴다. 사는 데 지치지 않기는 아이보다 할머니
가 더했다. 단 한번만이라도 생활비를 아껴써야 한다는 생각을 해본
적이 있는지. 기운이 남아돌아 늘 의료기 판매홍보를 위해 만들어놓

은 치료실에 가 죽은 사람처럼 누워 있다 돌아오곤 했다. 그밖의 취미는 텔레비전 홈쇼핑채널 보기여서 24시간 내내 텔레비전을 틀어두었다. 화장품이나 양념갈비 수준은 벌써 넘어서서, 이제는 혈통서가 있고 예방접종도 제대로 한 진돗개 백구를 사고 싶어했다. 아이의 엄마가 보내주는 양육비는 모조리 다 쇼핑하는 데 쓰면서도 도무지 정신을 차릴 줄 몰랐다. 게다가 도저히 어쩔 수 없는 또하나의 취미가 무수히 많은 사람들과 전화를 하는 것이었다. 주로 어떡하면 오래 살 수 있는가에 관련된 얘기들이 많았다. 그러면서도 그 수많은 전화 속 사람들과 만나는 일은 드물었다. 전화를 거는 쪽은 늘 이쪽이었고 지난번의 통화내용을 정확하게 기억하고 있다가 새로운 얘기로 연결시키는 것도 이쪽이었다. 그녀는 언젠가 잠깐 엄마가 상상 속의 인물들과 통화를 하는 건지도 모른다는 생각을 한 적이 있었다.

"얘, 난 꼬리곰탕 먹고 싶어. 물리치료하는데 어깨가 후들후들한 게 죽겠어." 막 들어온 그녀의 엄마가 말했다. 그녀는 대답도 하지 않고 화장실로 들어가버렸다. "우리 강아지야, 니 이모 오늘 패가 뭐 나왔는데 저러니?" 비디오에 빠졌는지 아이는 할머니의 말에 대답을 하지 않았다. "저렇게 뚱하기만 하니까 애인도 없지. 미련한 년." 그녀는 치약을 짜다가 그 소리를 들었고 거울 속에 비친 자신을 향해 미련한 년이라고 중얼거렸다. 그러자 속이 좀 시원해졌다. 잠시 후 백설공주와 일곱 난쟁이들이 춤을 추기 시작했고 아이는 할머니의 전화 목소리가 커질 때마다 텔레비전 볼륨을 조금씩 높였다.

원룸 오피스텔은 수려한 바위산 줄기가 한눈에 보이고, 늘 군인들이 경비를 서는 정부관련 건물 주변에 있었다. 날씨가 좋은 날은 초록색으로 물든 산줄기가 산뜻하게 드러났다. 그녀는 그를 따라 이 오피스텔에 왔었지만 이제는 더이상 올 수 없었다. 그녀는 이번이 마지막이라고 다짐했다.

2층에 사는 관리인 여자는 인사도 받지 않고 얼굴부터 찌푸렸다. "그 방 세줬어요. 사람이 살고 있는데 어떻게 보여줘요. 그 방 학생이 지금 학교 가고 없긴 하지만." 관리인 여자는 기다란 열 평형 방안에서 텔레비전을 켜놓은 채 뜨개질을 하고 있었다. 창이 있긴 했지만 날씨가 흐린 탓에 볕이 들지 않았다.

관리인 여자는 1층의 그의 방 현관문을 열어주고는 문 앞에 서서 기다렸다. "엄마 저 여자 미친 거 아냐?" 침대에 누워 있던 여자의 딸이 따라나와 말했다. 그의 방이라니, 이제는 그의 방이 아니었다. 방 주인은 깔끔한 사람인 것 같았다. 벽지도 새로 했고 씽크대 안도 깨끗했다. 담뱃불이 떨어져 지저분하던 장판은 없어지고 단순한 줄무늬 장판이 깔려 있었다. 담뱃재가 흩어져 있던 책상 위에는 세련된 디자인의 노트북 한대가 놓여 있었고, 입던 옷이 어지럽게 걸려 있던 행어에는 세탁소에서 날아온 포장된 옷들이 가지런히 걸려 있었다. 그의 낡은 침대가 있던 자리에도 이중 매트리스의 두꺼운 새 침대가 놓여 있었다. 그녀가 그를 만나러 이 오피스텔에 왔을 때 그는 거의 자고 있거나 잠들기 전, 혹은 잠 깬 후였다. 그녀는 들어가자마자 그의 침대 위로 올라갔고, 좁은 침대 위에서 서로 같은 방향을 보고 누워 잠을 잤다. 침대가 너무 작아서 잠에서 깨어나면 온몸이 욱신거렸고, 침대 아래로 떨어진 적도 있었다. 그녀는 손바닥으로 침대 위를 쓸었다.

창문을 열었다. 하늘은 여전히 흐렸고 공기도 차가웠다. 창문을 닫고 그의 방에서 나오려고 했다. 순간 창문 오른쪽 벽에 걸린 소박한 판화가 눈에 들어왔다. 그녀는 잠깐 그 판화가 걸려 있던 자리에 붙어 있던 사진을 떠올렸다. 하얀 빙벽 사진이었다. 빙벽을 오르는 등반자는 아주 작아서 어마어마한 빙벽에 붙은 벌레처럼 보이는 사진이었다. 빙벽은 등반자를 삼킬 기세였다. 등반자가 빙벽 끝까지 오른다는 것은 불가능해 보였다. 그녀는 방을 나왔고 관리인 여자가 찰칵 하고 문을 걸었다. 순간 그녀는 자신도 모르게 어깨를 떨었다.

오피스텔 지하의 공동세탁실은 사면이 모두 막혀 있어 축축한 냄새가 났다. 천장에 환기팬이 몇개 있었지만 소용없었다. 세탁실로 들어서자마자 그녀는 기침을 했다. 그가 쓰던 세탁기는 세탁실 우측에 있었다. 모든 세탁기의 배수호스는 시멘트 바닥 밑으로 뚫린 구멍 속으로 들어가도록 설치되어 있었다. 세제통과 섬유린스통이 몇개 있었지만 어느 것이 그의 것인지 알 수 없었다. 그녀는 그가 사용하던 세탁기 뚜껑을 열고 세탁통 안을 들여다보았다. 말라비틀어진 검정 양말 한짝이 이물질처럼 붙어 있었다. 한쪽 구석에 놓여 있는 의자도 보였다. 그는 답답한 공기의 세탁실 의자에 앉아서도 곧잘 잤고, 탈수가 끝나는 시간이 되면 귀신처럼 일어나 빨래를 널었다. 그녀는 눈이 시려서 서 있기가 어려웠다. 이제 영화 보는 일은 그만 해야겠다고 생각했다. 무엇이든 중독성 있는 일은 하고 싶지 않았다. 그녀는 현기증을 느끼며 자리에서 일어났다. 커다란 물고기가 시멘트 바닥 위에서 펄쩍펄쩍 공중으로 뛰어올랐다. 그녀는 목이 말랐고 좀 어지러웠다. 눈이 시렸지만 분명히 저쪽 건조대의 옷들 틈에 익숙한 옷이 보였다. 그가 자주 입었던 후드 달린 푸른색 사파리였다.

오피스텔에서 나와 그녀는 좀 걸었다. 날씨는 여전히 흐렸고 바람까지 불었다. 그녀는 사람들의 신발만 쳐다보며 걸었다. 여러 모양의 신발들이 허청허청 어딘가로 걸어갔다. 그 신발들 속에는 눈 오던 지난 겨울, 그가 덧신고 나왔던 쑥색 아이젠도 섞여 있었다. 그는 양복에 등산화를 신고 있었다. 탁월한 감각이라고 생각해서 어떤 해방감까지 느꼈었는데 지금 그녀에게는 그렇게 단순하지가 않았다.

그녀는 지하철을 타고 강을 건너 영화가 개봉되는 극장으로 갔다. 그녀가 감별한 영화가 상영되는 첫날이었다. 이런 날은 가끔 극장에 왔다. 아무도 그녀가 이 영화와 관계 있는 사람인지 몰랐다. 극장을 자주 찾는 탓에 검표원들만이 더러 알은체를 했다. 그녀는 복잡한 기분이 되어 스크린을 응시했지만 영화는 눈에 들어오지 않았다. 사람들은 숨죽인 채 영화를 보았다. 그녀는 가방 속에 손을 넣어 그의 푸른색 사파리를 만져보았다. 약간 유머러스한 장면이 나왔는데 사람들이 아무도 웃지를 않았다. 그녀는 자신의 웃음소리가 지나치게 크다는 걸 알았지만 웃지 않을 수가 없었다. 도대체 이런 유머도 이해를 못하다니. 그녀의 웃음소리는 점점 더 커졌다. "거 좀 조용히 합시다." 한 아저씨의 주의를 받은 후에야 그녀의 웃음소리는 멈췄다.

집으로 돌아가서 그녀는 아이가 보던 애니메이션 영화 「백설공주」 테이프를 앞으로 돌려 재생 버튼을 눌렀다.

"일곱 개의 보석산을 넘고 일곱 개의 폭포를 지나면 일곱 난쟁이의 집이 있습니다. 백설공주는 그곳에 살아 계십니다. 백설공주는 죽지 않았습니다."

그녀는 왕비를 향한 거울의 차갑고 경멸에 찬 목소리를 듣는 순간 거짓말처럼 그가 있는 곳을 알아냈다. 그가 그녀에게서 가져간 돈은 자그마치 2천만원이었다. 그녀는 조이! 조이!를 연발하며 두 주먹을 불끈 쥐었다. 그녀 평생 가장 에너지가 넘치는 순간이었다.

*

정적에 휩싸인 해안도로 위로 경찰차가 느리게 지나갔다. 그는 봐
도봐도 어두운 창밖을 집요하게 내다봤다. 그는 경찰차가 사라질 때
까지 창 앞에 꼼짝 않고 서 있었다. 그는 잘 지내다가도 가끔씩 노이
로제에 빠졌다. 잘 돌아다니다가도 숙소 앞을 서성거리는 사람이 있
으면 그 사람이 사라질 때까지 아무 일도 못했다. 경찰차의 경광음만
들려도 온몸이 굳었다. 지금이 어떤 세상이라고. 그는 빚을 지고 도망
온 사람이었다. 빚쟁이들이 비행기를 타고 버스를 대절해 단체로 이
곳까지 온다고 해도 봉변당할 준비가 다 되어 있었다. 어느날 보니,
이리저리 융통해서 어떻게 막으면 되겠다는 계산이 안될 정도로 빚이
불어나 있었다. 그는 왜 자신이 그토록 많은 빚을 지게 되었는지 그
불씨가 되었던 사건의 출발지점을 거의 다 까먹었다. 모든 일이 그렇
지만 그건 아주 작은 일로부터 시작되었다.

텔레비전을 켰다. 낮은 텔레비전 소리에 불안감이 좀 덜해졌다. 그
는 침대에 엎드려 등반대회가 끝날 때까지 사용할 비용을 계산하고
일기를 썼다. 사흘 뒤면 등반대회가 열린다. 대회가 끝나면 돌아가야
한다고 그는 수없이 다짐했다. 그러면서도 밤이면 잠이 잘 오지 않았
다. 그는 잠깐씩 잠이 들었다가는 다시 깨어났다. 깨어나서는 갑자기
팔굽혀펴기를 했다. 그는 밤마다 꿈을 꾸었다. 인제 용대리 암벽을 오
르고 있는데 빚쟁이들이 아래에서 내려오라고 소리를 질렀다. 그는
암벽 아래로 내려오지도, 올라가지도 못하고 계속해서 매달려 있었
다. 암벽 아래는 빚쟁이들투성이였다. 그는 암벽에서 추락했고 빚쟁
이들이 안전그물 한코씩을 붙잡고 서서 그를 무사히 받았다. 그들은

그의 팔목에 덜컥 수갑을 채웠고 그는 소리도 지르지 못하고 가위에
눌렸다. 그런 꿈을 꾼 후에 그는 도대체 잠을 자지 못했다.

날씨는 점점 뜨거워졌다. 하루 뒤면 서울을 떠난 산악회 회원들이
이곳에 도착하기로 되어 있었다. 그는 자외선에 노출시키지 않기 위
해 백 안에 넣어둔 로프를 꺼내 천천히 매듭을 만들어보았다. 로프는
독이 가득 든 뱀의 껍질처럼 매끈하게 살아 있었다. 로프만이 그를 구
할 수 있지만 로프가 그를 위험하게 할 수도 있었다. 그는 로프를 얼
굴 가까이 가져가 대어보았다. 그는 잠깐, 만유인력에 의해 높은 곳에
서 낮은 곳으로 떨어져서 모든 게 산산이 부서지는 것이 나을지도 모
른다는 생각을 했다. 그는 쓰지 않는 양말을 덧씌워 보관하고 있는 암
벽화도 꺼냈다. 그는 이곳으로 오기 직전에 통신판매회사를 통해 새
암벽화 하나를 구입할 생각이었다. 그러나 신용카드를 사용할 수 없
었다. 그래서 아쉽게도 신던 것을 창갈이만 해가지고 왔다. 카라비너
와 이런저런 인공확보물 장치들을 꺼내보던 그는 창밖을 보았다. 바
다가 보였다. 그리고 어마어마한 암벽이 보였다. 그는 창을 열어놓은
채 침대에 얼굴을 대고 엎드렸다. 푹 자고 싶었지만 잠이 오지 않았다.

*

그녀는 기적적으로 해변가에 도착했다. 비행기에서 내렸을 때 그녀
는 자신이 밟고 있는 땅의 크기에 기가 죽어 심장이 멈추는 줄 알았
다. 청심환을 가지고 온 건 참 다행이었다. 버스가 해변가에 도착했을
때 그녀를 맞이한 건 태양뿐이었다. 그녀는 뭐 이런 데가 다 있냐는
표정으로 들고 있던 가방 위에 주저앉았다. 그리고 주변을 둘러보았

다. 바다가 보였다. 어마어마했다. 그리고 저 멀리 거대한 암벽덩어리
들이 보였다. "그 산에는 한기가 흘러요. 암벽등반을 하는 사람은 누
구든 거길 가보고 싶어하죠. 그 사람도 거기 얘길 가끔 했지 아마."
그의 행방을 물으러 찾아갔던 북한산 아래 한 청소년수련관의 인공암
벽타기 지도교사가 그녀에게 해준 말이었다. "사람들은 왜 암벽을 오
르죠?" 그녀의 질문이 너무 진지했던 모양이다. 그 남자는 멀리 산을
쳐다보며 말했다. "제 친구 중에 말이죠. 집 벽과 천장에 인공암벽 장
치를 해놓고 사는 애가 있거든요. 그 친구는 밥도 등반하면서 먹고,
전화도 등반하면서 받아요. 그 친구한테 물어보면 좋을 것 같은데."
　엉덩이에 너무 힘을 주는 바람에 깔고 앉아 있던 여행용 가방이 활
짝 열렸다. 가방 안에서 색깔이 화려한 면양말, 썬캡, 썬글라스, 썬크
림, 무릎보호대 등이 튀어나왔다. 그녀는 저 멀리 서 있는 암벽을 보
고는 그 물건들의 쓰임새를 의심하기 시작했다. 겁이 덜컥 났다.
　'스포츠 암벽등반대회' 현수막을 단 트럭들이 산 쪽으로 줄지어 달
려가고 있었다. 승용차들과 미니 트럭들이 줄지어 따라갔다. 그녀는
죽을 힘을 다해 차들을 세우려고 했다. 너무나 더워서 빚쟁이 아니라
그 누구래도 찾아갈 힘이 나질 않았다. 그때 밴 한대가 섰다. 그녀는
무조건 북쪽을 가리켰고 얼굴 가득 수염을 단 백인 남자가 고개를 끄
덕였다. 남자의 얼굴이 심상치 않았다. 그녀는 남자의 얼굴이 너무나
무서워서 이제 자기는 죽은 거나 다름없다고 생각했다. 어떻게 받은
비자인데. 그녀는 그동안의 인연을 생각해 그 극장에 자신이 근무하
고 있는 걸로 해서 서류를 만들어달라고 부탁했고, 그녀를 고용했던
매니저는 단번에 그녀를 도와줬다. 그녀는 그 모든 일이 운명 같았다.
그녀가 떠나오던 날 아이는 그녀에게 '피스'(peace)가 적힌 엔젤카드

를 내놓았다. 평화라니, 나더러 평화라니, 그녀는 밴 안에서 혼자 중얼거렸다. 길은 점점 가파르게 변했고 길 양쪽엔 자잘한 바위산들이 끝없이 이어지고 있었다.

그런 차 안에서 어떻게 해서 잠이 들 수 있었는지 그녀는 스스로를 의심했다. 남자가 차 앞쪽을 두드리며 일어나라고 소리를 질렀다. 그녀는 남자가 꺼내주는 맥주를 얼른 받아들고는 긴장한 탓에 모두 마셔버렸던 것이다. 밴에서 내렸을 때 그녀의 몸은 온통 땀에 젖어 있었다. 돌아보니 차가 달려온 길은 경사가 심한 협곡이었고, 세상의 모든 차들은 줄지어 다들 이리로 몰려오고 있었다. 그녀는 자꾸만 고개를 숙여 남자에게 인사했고 남자는 그만 귀찮기 짝이 없다는 듯 양팔을 벌렸다.

사람들은 어마어마하게 크고 기괴하게 생긴 암벽산 아래, 가장 편평한 초원지대에 서 있었다. 저 아래 초원 한가운데로 매트리스나 등반장비를 멘 사람들이 일렬로 걸어올라왔다. 사람들이 많이 모이는 등반캠프 입구는 등반용품을 파는 회사에서 나온 영업사원들과 구경하는 사람들로 붐볐다. 자신의 등반장비를 좌판에 모아놓고 전시하는 사람, 등반자들의 모습을 만화 스티커로 만들어 파는 사람, 전설적인 등반가들의 모습을 본떠 만든 캐릭터들의 물결로 산 아래는 축제 분위기였다.

사람들은 썬글라스를 끼고 모두 한 곳을 올려다봤다. 모두들 조용히 암벽 위를 올라가는 사람들만 쳐다봤다. 한참 초긴장 상태였다가 또 어느 순간 모두들 동시에 떠드는데 도무지 알아들을 수가 없었다. 머리 색깔이며 체격들이 모두들 비슷비슷한 것 같았다. 그녀는 무조건 사람들 틈에 섞여 앉았다. 그리고 그후로도 오랫동안 잊혀지지 않을 장관을 보게 되었다.

등반자는 거의 수직의 암벽을 아주 편안하게 기어올라갔다. 허리에 매달린 수많은 장비들을 하나씩하나씩 꺼내 암벽에 걸면서 천천히 올라갔다. 앞선 등반자의 뒤를 따르면서 안전을 확보하기 위해 돕는 후등자도 천천히 올라갔다. 먼저 올라간 등반자는 헬멧도 쓰지 않고 푸른색 바지만 입고 있었다. 등반자는 거의 암벽 정상까지 올라갔고 그들의 모습은 벌레처럼 작았다. 칼처럼 드높은 암벽들은 거대한 괴물 같았다. 그녀는 온몸을 떨었다. 옆에 앉은 서양인의 피부가 인상적이었다. 맨질맨질하고 부드러워 보이는 다리를 만져보고 싶었지만 그럴 수는 없었다. 이제는 등반자가 한걸음 한걸음 올라갈 때마다 모두 다 탄성을 질렀다. 도무지 맨정신으로는 할 수 없는 일 같았다. 정상이 얼마 남지 않아 보였다. 암벽에 올라가 보는 세상은 어떨까, 그녀는 그 위가 궁금했다.

시간이 얼마나 지났을까. 기온이 뚝 떨어지는 느낌이 들어 어깨를 감싸는 순간, 등반자가 갑자기 추락했다. 그녀는 너무 놀라 얼굴을 감싸쥐었다. 등반자는 긴 줄을 타고 한참을 추락하고, 암벽의 어떤 지점에서 정지한 후 또 추락하고, 다시 추락하여 관람객들 앞으로 뚝 떨어져내렸다. 등반자는 한마리 새였다. 7백 미터 높이에서의 추락, 그것은 암벽에서 내려오는 하강법 중의 하나였다. 자기들이 마치 한마리 새라도 된 것처럼 그들은 원색의 옷을 입고 맨살을 드러낸 채, 초록색 매니큐어를 칠한 손에 흰 초크를 바르고 화려한 신발을 신은 발로 가볍게 지상에 닿았다. 최소한의 장식으로 가장 멋지고 화려하게. 그것이 그들의 모토인 것 같았다. 순간, 그녀는 가슴이 시원해졌다. 또 다음 등반자가 올라가기 시작했다. 그렇게 많은 사람들이 루트를 달리

해서 올라가고 떨어지고 다시 올라갔다. 하늘 끝까지 닿아보겠다는 듯 암벽을 타고 있는 등반자들은 더이상 나약한 인간의 모습이 아니었다.

그때 어디선가 익숙한 목소리들이 들려왔다. 한국말이었다. 그녀는 순간 고개를 돌렸다. 그가 거기에 서 있었다. 그는 그녀를 보는 순간, 입을 열지 못했다. 그는 그녀를 붙들고 사람들이 없는 곳으로 데려갔다. 그는 팔을 후들후들 떨며 "여기 어떻게 와 있어?" 하고 물었다. 그녀는 "내가 어딘들 못 찾을 줄 알아요"라며 그를 노려봤다. "어디서 자고 있을 줄 알았더니. 무모하게 암벽이나 타는 할일 없는 인간들 속에 섞여 있다니." 그는 아무 말도 하지 않고 감격한 눈으로 그녀를 쳐다보기만 했다.

해질 무렵 사람들은 온통 축제였다. 협곡을 지나 초원을 가로질러 암장 아래 모인 사람들의 얼굴은 한결같이 밝았다. 전세계에서 온 사람들은 서로 인사를 하고 음료를 마시면서 좀 쌀쌀한 가운데서도 산을 떠나지 않고 그대로들 있었다. 모두들 목을 축이면서 평퍼짐하게 앉아 자신의 모험담들을 나눴다. "내가 말야 척추가 상하는 사고를 당했으면서도 이 짓을 못 그만두는 이유가 뭘까 곰곰 생각을 했어. 그건 손에 닿는 바위의 감촉 때문이야. 손에 닿는 바위는 여자의 몸보다도 따뜻하거든." 그뿐이 아니었다. "내가 말야 울산 문수산에서 떨어져 머리가 터져서 정신이 나갔었잖아. 우리 마누라는 나하고 더 살아야 하나 말아야 하나 고민했지. 근데 말야 난 중환자실에 누워 있는 동안에도 암벽등반을 못하면 어쩌나 고민했다니까." 언어만 달랐지 거기 있는 사람들은 모두들 그런 얘기에 취해 있는 것 같았다. 양이나 사슴들이 사람들 틈으로 내려올 것만 같은 푸근한 저녁이었다.

작은 암벽 두 개를 연결해 줄타기를 하고 있는 사람들이 보였다. 젊고 아름다운 청년들이었다. 침묵과 환호가 이어졌다. 일어서서 춤을 추고 있는 사람들도 보였다. 작고 경사가 심한 바위 아래 매트리스를 깔고 벌레처럼 바위에 매달려서 옆으로 조금씩조금씩 움직이고 있는 어깨근육이 건장한 여자들도 보였다. 몸에 로프를 맨 채 스케이드보드를 타고 바위 위에서 추락하는 사람도 있었고, 산악자전거를 타고 추락하는 사람도 있었다. 그들에게 추락은 자유였다. 어떤 사람은 침낭 안에 들어가 유유자적 책을 읽었는데 그의 옆에는 아름다운 램프가 켜져 있었다. 무엇보다 공기가 맑았다. 이제껏 맡아보지 못한 맑고 시린 공기였다.

"어떻게 됐어요. 등반은? 벌써 했어요? 내가 봐야 되는데. 언제 하죠?" 그녀의 말에 그가 씩 웃으며 손을 비볐다. 그녀는 흰 초크가 묻은 그의 손바닥에 밴 피와 고산병에 걸린 것처럼 주름투성이가 된 그의 얼굴을 보았다. 그의 몸에 붙어 있던 군살들은 모두 어디로 갔는지 그는 십년은 늙어 보였다. "난 초보야. 예선전에서 우루루 떨어졌어!" 그가 말했다.

그날밤 그는 암벽 끝까지 다다라 새로운 세상을 보는 꿈을 꾸었다. 만년설로 뒤덮인 산도 협곡도 바다도 모두 다 발 아래에 있었다. 그는 저 지상에서부터 암벽 위까지 그 누구의 도움도 없이 올라갔고, 무한한 풍경 하나를 본 것으로 이제 다 되었다, 난 돌아가리라, 다짐을 했다. 오죽하면 그는 자면서 뽀드득뽀드득 이를 갈았다. 그녀는 그날밤 영화를 보지 않아서 좋았다. 어마어마한 크기의 화강암 바위산과 뜨거운 태양, 그리고 추락하는 자유는 영원히 잊지 못할 것 같았다. 그날밤 캠프장에서 그들은 다시 마주보고 깊은 잠이 들었다.

아침이 되어 다시 등반대회가 시작되었는데도 그들은 깨지 않고 곤하게 잤다. 등반자들은 계속해서 오르는 것만이 진리라는 듯 올라가다 떨어지고 또 올라갔다. 누군가 자고 있는 그들을 보고 말했다. 세상에, 도전하러 와서는 저렇게 잠만 퍼자다니! 그와 그녀는 이 세상에서 잠을 가장 많이 자는 잠의 연인들로 기록되었다.

—『문예중앙』 2002년 봄호

담

*

  담뱃가게 할머니가 뇌진탕으로 인해 사망한 채 발견된 일요일 아침, 동네사람들은 만 열두살의 소년인 나를 살인범으로 지목했다.

  추운 겨울, 영국의 대도시 런던에 거대한 스모그가 덮쳐 1만 2천 명이 사망한 '1952년 런던 스모그 사건'의 관련 문건을 접했을 때, 갑자기 1952년으로부터 이십년 뒤인 열두살 때의 그 겨울이 떠올랐다. 연료로 사용했던 석탄 연기와 안개가 섞여 스모그가 되어 런던의 하늘을 3개월간이나 뒤덮고 있었다고 한다. 스모그로 인한 가시거리 백미터, 아울러 바람 한점 없음…… 열두살의 그 겨울 내내 나는 지속적으로 발생하여 소멸되지 않는 스모그에 휩싸여 있었다.

  중국행 비행기의 동체가 약간씩 흔들리며 막 구름을 벗어나는 중……

그날 가게 앞에 모여서 있던 사람들 중에서 그 누구도 나를 향해 차가운 시선을 보내거나 독한 소리를 건네지는 않았다. 그러나 죽은 할머니의 늙은 아들이 발버둥치면서 오열하기 시작하면서부터 내 정수리 위로 집중되고 있는 묵직한 시선들이 느껴졌다. 돌아보아야 해, 사람들 얼굴을 피하지 말고 똑바로 봐야 한다고 스스로에게 주문했다. 그때 분명 나를 향해 뻗어 있는 사람들의 팔을 보았다. 생생한 전류가 몸속으로 들어와 빠져나가지도 못하고 혈관 속을 뱅뱅 돌고 있는 기분이었다. 애야, 넌 부모가 없잖니. 넌 죽은 할머니의 담뱃가게에서 수차례 도둑질을 하다가 붙잡혔지. 그러니까 너지! 겉으로는 침묵하고 있는 사람들의 영혼은 모두들 나를 향해 그렇게 외치고 있었다. 그후로 나는 밤마다 사람들의 팔이 제멋대로 허공을 날아다니다가 내 몸에 찰싹 달라붙어 떨어지지 않는 꿈에 시달려야 했다.

그 자리를 벗어나고 싶었던 나는 강을 끼고 도는 구(舊)도로 쪽으로 달리기 시작했다. 구도로는 바로 강 옆이라 굴곡이 심했지만 그만큼 경치가 좋았다. 도로는 보수작업을 위해 얼마 후면 장기간 폐쇄될 계획이었다. 영하 20도 정도는 되는 것처럼 몹시 추웠다. 뛰어가는 얼굴에 흰 눈가루가 날아와 박혔다. 산과 산이 만나 생긴 산그늘 깊은 곳까지 모두 흰눈이었다. 흰 산 아래 강은 짙고 차가운 검은색이었다. 저만치 강을 가로질러 우뚝 서 있는 댐이 보였다. 싸늘하고 칙칙한 시멘트 건물인 댐은 늘 거기 서 있었다.

'이곳은 국가 주요 시설물로 출입을 제한하는 지역이다'로 시작되는 경고문이 적힌 안내판은 쓰러질 듯 기우뚱하게 서 있었다. 경고문 옆 바위에 등을 기대고 앉았다. 댐 건너편의 눈 덮인 산으로부터 나뭇가지 위에 쌓인 눈덩이가 곤두박질치는 소리가 들려왔다. 강을 가로질러 우뚝 서 있는 댐이 잘 보였다. 댐은 정기적으로 수문을 열어 하류로 물을 내려보내는 일을 하지 않은 지 오래였다. 아울러 전기를 생산하는 일도 하지 않았다. 겨울햇볕이 강물 위로 넘치게 쏟아져내리고 있었다. 굳게 닫힌 댐의 수문은 변함없이 열네 개였다.

*

　면회 온 사람들이 교도소 정문 앞에 서서 시간이 되길 기다렸다. 교도소의 하늘색 출입문이 활짝 열리는 걸 보기는 쉽지 않았다. 높은 담벼락 위에 일정한 간격을 두고 설치되어 있는 흰 기둥 위의 감시탑이 밖에서 볼 수 있는 것의 전부였다. 밤색 뿔테안경을 쓴 교도관이 자전거를 타고 달려오고 있었다. 그는 정문 앞에 도착하자마자 하얀 안경알부터 닦았다. 교도관들은 추운 날씨인데도 위아래 한벌인 곤색 유니폼 위에 외투도 입지 않고 모자만 쓴 채 자전거를 타고 출근했다. 동네아이들은 누구나 한번쯤 탈옥한 사형수가 자기네 집에 와서 밥을 얻어먹고 멀리멀리 도망갔다는 거짓말을 하곤 했다. 오줌을 누러 가다가 봤는데, 눈동자가 눈가 끝에 몰려 있는 게 늑대인간같이 생겼다는 말도 잊지 않았다.

　딱 일년 동안만 떨어져 살면 된다면서, 엄마의 먼 친척집이 있는 E시에 도착한 날 우리는 교도소가 보이는 버스정류장에 앉아 있었다. 버스는 삼십분 간격으로 왔다. 엄마는 내가 살기에 동네환경이 너무 안 좋다며 자꾸만 발을 굴렀다. 하필이면 교도소 정문 앞을 지나 학교에 가야 한다는 게 마음에 걸린다고 했다. 아버지는 구두와 바짓단 사이의 양말을 잡아당겨 먼지를 털며 말했다. 별 걱정을 다 하네. 못된 놈들은 저기 들어가서 평생 썩게 된다, 자연스럽게 교육도 되고 좋지 뭘 그래. 아버지는 그렇게 말하고는 버스가 오는 쪽만 쳐다봤다. 아버지 말대로 사전교육이 된 건 사실인지도 모르겠다.

구태의연하지. 이 동네 너무 구태의연하지 않니? 까만 털 달린 돼지새끼 냄새투성이에. 까까머리들만 득실득실한 교도소에. 야간고등학교를 나와 공무원시험도 치르지 않고 교도소 사무직원이 된 친척집 누나는 E시와 그 동네를 늘 그렇게 표현했다. 난 구태의연이란 말뜻을 몰라 누나가 그 말을 할 때마다 아무 대답도 안했다.

학교는 걸어서 이십분 거리였다. 운동장 한쪽에 높다랗게 쌓아둔 눈더미 위에서 참새들이 짹짹거렸다. 일주일에 두 번 있는 체육시간이 있는 날은 다른 날보다 좀 견딜 만했다. 바로 그날 체육시간 수업은 운동장이 아니라 교실에서 했다. 체육복을 입고 모두 일어서서 몸풀기 체조를 하는 동안 교탁 위에 놓인 권투 글러브 두 벌에 아이들의 시선이 집중됐다. 둘 다 윤이 나는 비닐 글러브였다. 선생은 '정신일도 하사불성'이란 말을 외치고 칠판 위에 커다랗게 쓴 뒤 느리게 몸을 돌려 아이들을 쳐다봤다. 그리고 교실 뒤쪽에 앉은 덩치 큰 남자애들 둘을 앞으로 나오게 했다. 그애들이 글러브를 끼고 끈을 매느라 낑낑거리는 동안 아이들은 술렁거리기 시작했다. 글러브를 먼저 낀 녀석이 두 손을 맞부딪쳐가며 전의를 드러내자 상대 녀석도 한 팔을 머리 위로 들고 여러번 둥그렇게 휘둘렀다. 아이들은 자리에서 일어나 우우, 소리를 지르기 시작했고 선생은 어서 시작하라고 호루라기를 불었다.

부드럽던 하늘과 텅 빈 운동장, 그리고 약간씩 당기던 아랫배의 통

중 때문에 생긴 나른함까지. 그날은 모든 것이 왠지 좀 비현실적으로 느껴졌다. 전혀 예상치 못한 일이 일어나는 날의 생경한 현실감각, 그 날이 바로 그랬다. 체구가 비슷한 녀석들이 한참동안 치고받아 둘 다 얼굴색이 빨갛게 변했다. 선생이 호루라기를 불었는데도 분이 안 풀린 아이들은 글러브를 벗어던지고 육박전까지 할 태세였다. 선생이 다시 여러번 호루라기를 불었지만 아이들이 지르는 환호성 때문에 잘 들리질 않았다. 싸움은 거칠어졌다. 선생이 호루라기를 길게 불며 아이들을 떼어놓자 싸움이 끝났다. 그때 그 싸움은 거기서 끝났어야 했다.

나는 아픈 배를 문지르고 있었다. 선생은 첫번째 싸움에 대단히 만족한다는 평을 했다. 그러더니 다시 교실을 휘 둘러보았다. 그리고는 교실 맨 뒤에 앉은 여자애를 앞으로 나오게 했다. 얼굴이 길고 키가 큰 아이였다. 골라, 남자로. 선생은 여자애에게 싸울 상대를 직접 고르라고 했다. 그것도 남자로. 교실이 갑자기 조용해졌고 여자애는 좀 머뭇거리다가 아이들을 둘러봤다. 그리고 그 아이의 눈길이 앞자리에 앉아 있던 내게 멎은 그 잠깐동안도 나는 그 싸움을 전혀 예상치 못했다. 그 아이가 나를 향해 손가락을 뻗었을 때 순간적으로 복통이 말끔히 가셨다.

선생은 여자애와 내가 글러브를 다 낀 후에 서로 마주보게 한 후 인사를 시켰다. 여자애의 키에 비해 나는 너무 작았다. 나도 그랬지만 여자애의 얼굴도 아무 생각이 없어 보였다. 이런저런 생각할 틈도 없이 여자애의 푸른색 글러브가 호루라기 소리와 함께 내 얼굴로 달려들었다. 내가 잔뜩 힘을 주고 손을 뻗으면 묘하게도 여자애의 가슴에 주먹이 닿았다. 어쩌면 난 그래서 더 때릴 수 없었다. 여자애는 내 머리통을 마음놓고 내리쳤다. 몇분이나 치고받았을까. 구경하던 애들이 마구 소리를 질렀고 여자애와 나는 정신없이 팔을 휘둘렀다. 그러다가 나는 여자애가 휘두르는 막판 주먹 한대를 맞고 교실 바닥에 주저앉았다. 그순간 미지근한 무엇인가가 목구멍으로 올라왔다. 그러나 나는 울 수 없었다. 배가 아파서 그런다는 핑계를 대고 맘껏 울 수도 있었지만 그러고 싶지는 않았다. 여자애는 제자리로 얌전히 돌아가 승리한 여전사 대우를 받았다. 집으로 돌아오는 길에 나는 혼자였다. 그때의 고독감은 대단했다. 나는 처음으로 '체력'이란 말을 생각했다. 키가 작아도 체력은 강해야 할 것 같았다.

꼬마야! 형사가 학교 정문 앞에서 기다리고 있었다. 배 부분이 반질반질하게 때가 탄 점퍼를 입은 형사는 차에서 내려 내 앞으로 다가왔다. 형사와 나는 부자지간이기라도 한 것처럼 화단턱에 나란히 걸터앉았다. 그는 대답하기 곤란한 얘기부터 꺼냈다. 부모님들은 연락 없니? 그는 주머니에서 땅콩을 꺼내 껍질째 씹어먹었다. 부모란 말이지 어릴 때가 지나면 사실 귀찮기만한 존재들이야. 지금은 좀 불편하겠지만 나중엔 다 괜찮아질 거야. 그리구 말야 친부모라고 해서 다 좋은 건 아냐. 어떤 땐 새엄마 새아빠가 친부모보다 더 좋은 경우도 많거든. 그때 그가 타고 온 자동차에서 무전기 소리가 들렸다. 그가 어기적거리며 차로 갔다가 다시 돌아왔다. 그순간 나는 도망치고 싶었다. 그러나 그렇게 경솔하게 행동할 만큼 바보는 아니었다. 등에서는 땀이 솟았고 그와 눈이 마주치면 미치광이처럼 이상한 말들을 마구 쏟아놓을 것 같아서 눈을 들 수가 없었다. 근데 말이지, 넌 그날밤 어디 있었니? 돌아온 형사는 마지막 땅콩을 입에 털어넣으며 물었다.

사람들 모두 담뱃가게 할머니의 뇌진탕에 내가 연루되어 있다고 믿었다. E시 상공의 공기까지도 말이다. 그렇다면 체육시간의 권투시합에서 내가 지목된 건 우연이 아니었다. 선생도 애들도 집에서 그 사건 얘기를 다 들었을 테니까. 사람들은 내가 가게에서 담배와 과자를 훔쳐가지고 나오다가 손님에게 발각되어 경찰서로 잡혀갔었다는 걸 다 알고 있었다. 사람들은 어떡하든 나를 자극해서 자백을 받아내고 싶었을 것이다. 그러나 나는 담뱃가게 할머니가 죽은 날, 할머니의 가게 근처에는 가지 않았다.

그날 나는 시내 한가운데 있는 등산용품 전문상점에서 칼을 훔쳤다. 아주 납작한 칼집에 든 칼은 날렵한 두께에 길이가 7센티미터 정도 되는 스위스 칼이었다. 깡통따개와 가위, 용도를 모르는 지저분한 쇠꼬챙이들이 묵직하게 달려 있던 기존의 디자인과는 달리 단순하고 날카로웠다. 그 가게에서 칼을 훔쳐가지고 나와서는 아무 버스나 잡아타고 한참을 달린 후 한적한 곳에서 내렸다. 그리고 칼을 허공으로 높이 던졌다. 칼집에 새겨진 흰색 십자가가 아름다웠다.

근데 말이지 꼬마야. 넌 그날 저녁 어디 있었는지 이 아저씨한테 말해야 돼 인마! 형사는 벌떡 일어나 상체를 뒤로 잔뜩 젖혔다가 바로 하고는 화가 난 목소리로 말했다. 시내, 시내를 그냥 막 돌아다녔어요. 그 말끝에 형사가 내 목덜미를 한 손으로 꽉 잡고 물었다. 시내 어디? 나는 겁에 질려 떨기만 했다. 그와 잠깐 앉아 그러고 있는 사이에 벌써 해가 지고 있었다. 형사는 내게 이런저런 몇가지를 더 묻고는 가능하면 밖에 나다니지 말라는 충고를 하고 돌아갔다.

구도로를 달리기 시작했다. 길의 굴곡에 따라 강이 보였다 안 보였다 했다. 길은 미끄럽지 않았지만 얻어맞은 얼굴이 따끔거리고 귀가 떨어져나갈 것처럼 추웠다. 눈 덮인 산은 여전히 흰색이었고 길이 구부러질 때마다 바람소리가 들려왔다. 뛰다가 멈추고 다시 뛰어야 했다. 덤프트럭 몇대가 강 건너편 도로 위로 기어가듯 달리고 있었다.

댐에 도착하자 몹시 숨이 찼다. 깎아지른 듯한 댐 왼편의 산등성이에는 댐과 연결된 두꺼운 전기선들이 그대로 남아 있었다. 산등성이 아래에 있던 닭장 입구를 막아놓은 망사를 발로 여러번 찼지만 화가 가라앉지를 않았다. 댐 바로 앞에 강어귀로 내려갈 수 있도록 만들어놓은 계단 끝에는 시멘트로 만든 지지대 같은 것이 있었는데 검은 강물을 지척에서 내려다볼 수 있었다. 검은 강물 위에 내 그림자가 보였다. 나는 한동안 그렇게 몸을 구부린 채 강을 내려다봤다.

얻어맞은 얼굴이 딱딱하게 부어올랐다. 손바닥으로 볼을 비비며 무심코 댐 위를 쳐다보고 있었는데, 거기 사람이 보였다. 댐의 중간쯤 수문과 수문을 연결한 엑스(X) 자 형태의 철골 구조물 아래서, 한사람이 경중경중 뛰어다니고 있었다. 멀리서 보기에도 그 사람의 키는 보통 이상이었다. 나는 벌떡 일어나 댐 옆으로 가까이 다가갔다. 저 사람은 어떻게 저길 들어갔을까. 내가 이해할 수 없는 건 바로 그거였다. 굵은 철조망으로 막아놓은 곳에 어떻게 들어간 건지 알 수가 없었다. 그 사람은 양팔을 수직으로 치켜들었다가 내리기 운동을 반복했다. 키가 너무 커서 쭉 뻗은 팔이 수문 위 철골에 닿을 지경이었다. 그리고 그는 댐 하류의 물이 많지 않은 강바닥을 향해 허리를 굽힌 채 기침을 했다. 그 풍경은 왠지 괴상하고 다소 쓸쓸했다. 그 첫느낌 때문이었을까. 형을 만나면 재미난 얘기를 해도 왠지 마음이 더 가라앉곤 했다.

그가 수문 위를 천천히 달려 내가 서 있는 댐 입구까지 왔다. 그는 운동선수처럼 등번호가 달린 러닝셔츠를 입고 있었다. 키가 얼마나 큰지 얼굴을 제대로 올려다볼 수가 없을 정도였다. 게다가 큰 머리에 박힌 두 눈이 광대뼈 속에 깊이 감춰져 있어서 마치 눈이 없는 사람 같았다. 그는 댐 입구 철조망에 걸어둔 운동복을 입고 내 앞으로 다가왔다. 난 널 여러번 봤어. 반갑다, 정말 반갑다! 그가 그렇게 말하며 긴 팔로 악수를 청했다. 마치 동화 속의 인물을 만난 것 같아서 힘을 주어 그의 손을 잡고 또 잡았다. 그의 손바닥은 아주 딱딱해서 수분이라고는 없었다.

그가 자신의 나이를 말했을 때 나는 귀를 의심했다. 그는 적어도 서른살은 되어 보였다. 어쨌든 그는 스무살이었고, 그날 이후 그와 나는 친구가 되었다. 나는 그에게 자이언트형이라는 멋진 이름을 붙여주었다.

정상 체격의 극단적인 변이현상, 말단거대증, 당뇨병 수반, 기타 감염 내지는 합병증 동반, 경우에 따라서는 50세까지도 발육이 그치지 않음. 그는 질병으로서 인식되기도 전에 병을 앓은 E시 최초의 거인증 임상 사례는 아니었을까. 그는 거인증 환자였다.

*

친척집은 식구가 많아서 커다란 밥상 두 개를 붙여놓고 둘러앉아서 아침밥을 먹었다. 친척집 식구들은 아무도 세상 돌아가는 얘기를 하지 않았다. 집안의 큰어른인 할아버지만 동네에 악귀가 든 거라며 몹시 화를 냈다. 엄마와 먼 친척이 되는 그 집의 며느리는 시아버지가 불편해 눈을 내리깔고 밥을 먹었다. 다 나 때문이었다. 나는 누군가 한사람 밥을 다 먹고 일어서기만 하면 얼른 수저를 놓고 재빨리 따라 일어서서 방을 나왔다.

오랜만에 안개가 끼여 있었다. 스케이트장에 가려고 언덕길을 내려가는데 앞이 보이지 않았다. 엔진소리가 가까운 데서 들리는데 자동차는 안 보였다. 가만히 서 있었더니 뒤에서 안개를 뒤집어쓴 자동차 한대가 천천히 달려왔다. 안개가 점점 몸 가까이 다가왔다. 개 한마리가 뭔가 기분이 안 좋은 얼굴로 안개 속으로 사라졌다. 안개 속에선 무리하게 움직이지 않아야 했다. 아주 천천히 걸어가고 있는데 저만치 앞 안개 속에 생긴 검은 구멍 하나가 보였다. 검은 구멍은 제멋대로 움직였다. 앞으로 가면 갈수록 검은 구멍이 점점 커졌다. 검은 구멍이 점점 길어지더니 잠시 후 곤색 유니폼을 입은 교도관 한명의 상체가 보였다. 그리고 연이어 상체는 안 보이고 하체만 보였다. 다시 머리와 상체가 보였는데 밤색 뿔테안경이었다. 나는 반가워서 인사를 했지만 그는 나를 못 보고 그냥 지나갔다. 생각해보니 우리는 아는 사이도 아니었다. 한참 가다가 돌아봤더니 그는 다시 작고 검은 구멍이 되어 안개 속에서 제멋대로 움직이고 있었다. 잠시 후 다시 돌아봤더니 검은 구멍조차도 안개 속으로 사라져 보이지 않았다.

안개 때문에 교도소 감시탑이 보였다 안 보였다 했다. 교도소 앞에는 사람들이 많은 것 같았다. 뭔가 좋은 일이 있거나 나쁜 일이 있을 때 그런 광경이 벌어졌다. 그러나 그무렵 특별사면은 없었다. 그것보다는 겨울과 봄에 각각 한번씩 이루어지는 사형집행일 가능성이 컸다. 보퉁이를 든 여자들이 눈만 내놓은 채 얼굴을 꽁꽁 싸매고 교도소 문이 열리기를 기다렸다. 남자들은 무거운 침묵 속에 담배연기만 안개 속으로 내뿜었다.

형사는 겨우내 똑같은 옷을 입고 동네를 맴돌았다. 동네 술집에서 교도관들과 술을 마시기도 했고 예상치 못한 시간에 길거리에서 불쑥 불쑥 마주치기도 했다. 그에 대한 공포는 다행히 점점 사라져갔다. 그 대신 난 가끔 죽은 할머니 생각을 했다. 할머니는 초저녁잠이 많아 가게문 닫을 시간을 늘 넘겼다. 내가 손님처럼 유리문을 열고 들어가 쪽마루에 놓인 진열장에서 담배를 꺼내고, 다시 좌판에 놓인 초콜릿이며 과자를 꺼내 가게문을 열고 나와도 할머니는 세상 모르고 잤다. 그렇게 훔쳐간 것들 중에는 유효기간이 지났거나 곰팡이가 난 것들도 있었다. 나는 물건 관리도 제대로 하지 못하는 할머니가 안타까웠다.

한번은 밤에 유리문을 살며시 열고 가게로 들어갔는데 방문에 달린 유리창으로 할머니의 늙은 아들이 보였다. 나는 순간적으로 당황해 뭔가를 사러 들어간 것처럼 행동하려고 했는데 할머니의 아들은 누가 온 것도 몰랐다. 그는 자고 있는 할머니의 모습을 내려다보고만 있었다. 할머니를 내려다보고 있는 그의 얼굴은 몹시도 슬퍼 보였다.

그무렵 나는 자이언트형과 함께 자주 시내에 나갔다. 형이 얼마나 큰지 사람들은 가다가 돌아서서 괴물을 보듯 형을 쳐다봤다. 형은 어디서 구했는지 자루 같은 회색 양복을 입고 있어서 체구가 더 커 보였다. 형은 찻집 한가운데 설치한 어항 바로 앞자리에 앉았는데 어항 중앙에 형의 머리가 걸려 있었다. 나는 빨간 물고기들이 형의 얼굴을 통과해 좌우로 헤엄쳐다니는 걸 보며 웃었다. 형은 거기서 나이가 좀 든 어떤 남자를 만났고, 남자가 무슨 말을 할 때마다 연신 머리를 숙였다. 남자는 찻집에서 나가면서 흰 봉투를 형의 손에 쥐어주었고 그걸 받는 형의 얼굴은 아주 밝았다.

형은 E시에서 제법 규모가 큰 양조회사 사장의 보디가드로 취직을 했다. 비슷한 규모의 양조회사가 근처에 몇 있었는데 경쟁이 하도 치열해서 배포권을 놓고 가끔 주먹질을 한다고 했다. 형을 고용한 사람들은 형의 큰 덩치만으로도 상대를 압도하기에 충분하다고 생각한 것 같았다.

직장을 얻은 형은 댐에 나와 열심히 운동을 했다. 강해 보이기 위해서는 운동을 해야 한다고 했다. 형은 가끔 허공에다 대고 소리를 질렀다. 상대를 일거에 제압하기 위해서는 사실 목소리가 더 중요하다고 했다. 그런데 형의 목소리는 마치 커다란 통 속에서 울리는 것처럼 멀리 퍼져나가지도 못하고 발음도 정확치 않았다. 게다가 너무 힘을 주면 기침까지 나와서 우스워지기까지 했다. 그래서 형은 근육을 키우기로 했고 병이 날 정도로 열심히 운동을 했다.

자이언트형이 일하는 양조장은 찻길 논 옆에 있었다. 어느날 저녁, 형을 만나러 찾아갔다. 막 정문 쪽으로 들어가는데 이상한 소리가 났다. 양조장 건물 앞에는 버려진 술 찌꺼기가 가득 쌓여 있었는데 그 앞에 사람들이 모여서 있는 게 보였다. 그리고 바닥에 누워 있는 회색 양복이 보였다. 형이 맞고 있었다. 나는 단숨에 뛰어들어갔다. 왜 그래요, 이 형을 왜 그래요? 소리를 질렀지만 공장 지배인은 매질을 멈추지 않았다.

너무 몸이 안 좋아. 요즘 사실 너무 아팠거든. 그래서 힘을 전혀 못 쓰고 사장님이 놈들한테 맞은 거야. 자이언트형은 집으로 돌아가는 길에 그렇게 말하며 툴툴거렸다. 형은 돈도 없고, 병원에 데려갈 가족도 없었다. 형네 집으로 가서 불을 켜고 형을 눕게 했다. 방안엔 온기가 없었다. 자이언트형은 몸 곳곳이 붉게 변한 채 순두부 같은 술 찌꺼기를 장식처럼 달고 있었다. 정말 볼만했다. 왼쪽 광대뼈는 너무 맞아서 내려앉은 것처럼 보이기까지 했다. 자이언트의 길고 긴 팔과 다리는 피로 때문에 저절로 반으로 툭 접혔다가 다시 펴졌다. 형이 말했다. 나 더 큰 것 같지 않니? 그러고 보니 자이언트형의 몸은 처음 만났을 때보다 조금 더 자란 것 같았다. 도대체 언제까지 커야 되는 걸까. 형은 낙심한 듯 말하며 온몸의 힘을 쭉 뺐다. 형의 다리가 방문 밖으로 나갈 지경이었고, 뻗은 팔은 장롱에 닿아 몹시 불편해 보였다. 나는 형의 손을 잡았다. 형의 머리맡에는 색색의 약병들이 수두룩했다.

양조장 지배인은 교도소 위쪽에 살았다. 그는 자전거를 타고 교도소를 지나 시내로 나가는 찻길 옆의 양조회사로 출근했다. 나는 교도소 건너편 나무 밑에서 자전거를 탄 채 그를 기다렸다. 그는 귀까지 덮는 모자를 쓰고 힘차게 페달을 밟았다. 나도 온힘을 다해 자전거 페달을 힘차게 밟았다. 넓은 내리막길에서 그가 굉장히 속력을 냈다. 그가 왼쪽으로 달리면 나는 오른쪽으로 달리고, 그가 오른쪽으로 달리면 나는 왼쪽으로 달렸다. 그가 속도를 늦추면 나도 늦추고 그가 속도를 내면 나도 속도를 냈다. 그렇게 한참을 달려 어느새 시내로 가는 찻길에 도착했다. 마음이 더욱 급해졌다. 그런데 웬일로 그가 버스정류장 옆 자전거보관대 앞에서 멈춰섰다. 거기서부터는 걸어가거나 버스를 탈 모양이었다. 나는 자전거를 남의 집 가게 앞에 대충 세우고 그에게 다가갔다. 저어 자이언트형 아시죠? 아니, 해봉이형요. 그가 날 돌아봤다. 형이 계속 일하게 해주세요. 그가 주머니에서 담뱃갑을 꺼내들더니 멍하니 딴 곳을 쳐다봤다. 그리고 담배를 입에 물고는 불을 붙였다. 가서 그 등신새끼한테 말해, 누굴 상대로 개수작이냐구. 그리구, 너 어린놈이 자꾸 도둑질하면 진짜 혼난다. 가 이 새끼야 빨리 가. 그때 버스가 도착했고, 그가 막 도착한 버스를 타기 위해 일어섰다. 그때 주머니 속에 있던 칼은 이미 오른손에 들려 있었다. 나는 뒤에서 그의 허리를 찔렀고 그가 눈길 위에 엎드렸다. 나는 그의 주머니에서 담배를 꺼내 불을 붙여 한모금 길게 빤 뒤, 그의 옆얼굴에 담뱃불을 비벼 껐다. 어린놈에게 당한 걸 억울해하는 그의 얼굴을 내려다보며 나는 깔깔대고 웃었다. 상상으로 말이다. 그는 이미 버스를 타고 가버린 뒤였다.

그는 갔지만 그의 자전거는 남아 있었다. 열쇠를 풀어 자전거를 훔쳐가기에는 시간이 너무 많이 걸렸다. 칼로 해결하기에는 무리가 있었다. 나는 눈을 부릅뜨고 땅바닥에 떨어진 것들을 찾았다. 다행히 가까운 곳에 부러진 못 비슷한 게 보였다. 못을 자전거바퀴에 대고 돌멩이로 여러번 쳤다. 앞바퀴와 뒷바퀴 모두 아주 간단히 바람이 빠져 자전거 꼴이 말이 아니었다. 자전거를 타고 돌아가는데 자꾸만 주변을 두리번거리게 됐다. 무서워서라기보다는 분이 덜 풀려서였다.

아무 곳이나 돌아다니다가 밤중에 집에 돌아왔더니 누나 방에 불이 켜져 있었다. 누나는 눈이 풀리고 혀가 꼬부라진 채 술을 마시고 있었다. 왜 그런지는 알고 싶지 않았다. 누나는 울다가 웃다가 누웠다가 앉았다가 안절부절못하고 방안을 맴돌았다. 자기 가슴을 마구 때리기도 했고 손바닥을 맞잡고 마구 비벼대기도 했다. 누나가 그러는 사이 소주를 한잔 마셨는데 금세 술기가 올라와 몸을 가누기가 힘들었다. 소주병이 누나를 따라 방안을 데굴데굴 굴러다녔다. 머리가 아파 얼굴을 감싸고 앉아 있던 나는 누나의 이불 위에 엎드렸다. 시간이 가면서 누나의 몸부림은 잦아들었고 나는 점점 더 술이 취했다. 누나가 하는 말이 잘 들리지도 않았다. 그리고 자전거에 관한 일은 까맣게 잊고 단잠을 잤다. 다음날 아침에 일어나보니 방은 깨끗했고 언제 그랬냐는 듯 누나는 출근 준비를 하고 있었다.

이상하게도 이틀 뒤, 양조회사에서 자이언트형을 다시 불렀다. 나는 형과 함께 양조회사로 갔다. 지배인이 잘못을 뉘우쳤거나 형을 동정하게 돼서 다시 부른 거라고 믿고 흥분해서 둘이서 막 떠들면서 걸어갔다. 우리가 들어가자마자 지배인이 내 멱살을 잡았다. 그리고는 공장 안으로 질질 끌고 들어갔다. 형이 뒤에서 내 이름을 부르는 것 같았는데 문을 걸었는지 형의 목소리가 잘 들리지 않았다.

공장 안에는 술을 만드는 커다란 양철 탱크가 몇개 있었는데 지배인이 나를 중앙에 있는 제일 큰 탱크 앞으로 끌고 갔다. 둥근 탱크를 따라 사다리가 여러개 놓여 있었다. 지배인에게 멱살이 잡힌 채 사다리를 올라갔다. 그곳은 거대한 암갈색 액체의 세상이었다. 지배인은 내 목을 잡아 탱크 테두리에 밀착시키고 엄포를 놓았다. 액체가 내 턱에 닿고 코에 들어갈 지경이었다. 저새끼 저거 병신이야. 우리 사장님이 죽도록 맞는데 저 병신이 한대도 못 때렸어. 너도 좀 맞을래 이 쥐새끼야. 탱크 안에서는 암갈색 액체가 동심원을 그리며 천천히 돌고 있었다. 간장처럼 보이기도 했고 포도주처럼 보이기도 했으며 싸한 냄새가 났다. 나는 그순간, 그 안에 풍덩 빠져버렸으면 좋겠다는 생각을 했다. 그 거대한 술 속으로 말이다.

지배인은 다시 자전거에 손을 댔다간 학교도 못 다니게 하겠다고 말했다. 자이언트형과 나는 아무 말도 하지 않고 찻길로 걸어나왔다. 그리고 형은 시내 쪽으로, 나는 교도소 쪽으로 뒤도 돌아보지 않고 걸었다.

담뱃가게 할머니를 죽인 사람이 다른 사람 아닌 할머니의 늙은 아들로 밝혀진 날 동네사람들은 모두들 길거리에 모여서서 수군댔다. 천인공노할 죄를 저지른 아들은 경찰들이 시키는 대로 현장검증이라는 걸 했다. 가게 유리문 안으로 고개를 들이민 사람들은 할머니의 늙은 아들이 할머니의 머리를 쳐서 죽인 뒤, 넘어져서 머리를 다쳐 죽은 것처럼 위장하는 장면을 보고는 거듭거듭 분노했다. 그리고는 평소에 나한테 말 한번 걸지 않던 사람들이 괜히 말을 걸었다. 친척집 아주머니는 생전 처음으로 용돈을 주었고, 누나는 뽀뽀까지 해줬다. 그날 밤, 동네 술집이란 술집은 모두 동네손님들로 북적거렸고, 교도소가 가까워 때려죽여도 시원치 않을 놈을 바로 잡아넣을 수 있으니 얼마나 좋으냐고 했다. 그날밤 사람들은 모두 이상하게 들떠서 어두운 밤길을 몰려다녔다.

며칠 뒤, 나는 자이언트형이 새롭게 구했다는 직장으로 형을 만나러 갔다. E시 시내 중심가에 있는 나이트클럽이었다. 정문 앞에 선 웨이터들은 나를 들여보내주지 않았다. 그래서 나이트클럽 뒷문으로 들어가야 했다. 주방문은 어디나 열려 있게 마련이어서 들어가기가 쉬웠다. 쾅쾅거리는 음악소리가 들려오는 주방 조리대엔 과일껍질이며 빈 깡통이 즐비했다. 주방 바닥에 앉아 졸고 있던 여자는 내가 들어가는 줄도 모르고 계속 졸았다. 나는 주방으로 들어가 복도를 통과해 무대가 보이는 한쪽 구석에 가서 섰다. 그리고 자이언트형을 봤다.

형은 원색의 조명이 빙빙 도는 무대 중앙에 서 있었다. 형의 몸에는 파란색 타이츠가 입혀져 있었고 상의에는 붉은색 망토가 씌워져 있었다. 형은 수퍼맨 복장을 하고 있었다. 음낭이 얼마나 큰지 아랫도리가 정말 대단했다. 여자들이 맥주를 마시던 자리에서 일어나 형을 향해 물풍선을 던졌는데 다행히 형은 잘 막았다. 형은 웃고 있었지만 몹시 긴장한 것 같았다. 형은 손님들이 던진 물풍선을 손으로는 막을 수 있어도 몸을 움직여 피하면 절대 안되는 거였다. 불빛 때문에 형의 눈동자는 거의 보이지 않았다. 그때 무대 바로 앞자리에 앉아 있던 남자가 자리에서 일어나더니 물풍선을 세게 던졌고, 그게 형의 얼굴에서 터졌다. 형은 눈만 깜빡거리고 몸은 움직이지 않았다. 연이어 이곳저곳에서 사람들이 물풍선을 던졌고 형은 손으로 채 막지 못하고 허둥거리다가 무대 바닥에 쭉 미끄러졌다. 나는 더 볼 수가 없어서 다시 주방 쪽으로 갔다. 주방에서 손님들이 먹다 남긴 과일을 집어먹던 웨이터가 나를 보더니 머리통을 냅다 쥐어박았다. 순간적으로 너무나 화가 나서 웨이터를 노려보았다가 더 아프게 한대 맞았다. 그때 주머니 속에는 칼이 있었다.

골목은 어두웠다. 큰길 불빛이 저만치 골목 끝에서야 보였다. 어느새 비가 내렸는지 길이 촉촉하게 젖어 있었다. 빈 깡통이 발끝에 걸렸다. 물웅덩이에도 빠졌다. 커다란 쓰레기통 옆을 지나가는데 그 앞에 뭔가가 보였다. 내다버린 죽은 동물이었다. 개였는지 고양이였는지, 그게 뭔지는 잘 알 수 없었다. 나는 주머니에 든 칼을 꺼내 이미 죽은 것의 몸을 찔렀다. 손끝에 닿는 물컹거리는 느낌 때문에 눈물이 나려고 했다. 그래서 몇 차례 더 찔렀다. 그리고 길바닥에 칼을 버렸다. 오른손에 피가 묻은 것 같았다. 꼭 쥔 주먹을 담벼락에 대고 질질 끌면서 걸었다. 주먹에 힘을 주면 줄수록 손가락 마디가 더 아팠다. 손가락 마디에 시멘트가 박히고 피가 났다. 자이언트형이 너무 미웠다. 그리고 형을 데려오지 않은 게 마음이 아팠다. 그 몸으로 집에까지 가려면 새벽은 되어야 도착할 테니까.

담뱃가게는 출입금지 줄을 단 채 어둠속에 서 있었다. 유리문은 드르륵 소리가 나며 열렸다. 할머니가 깨지 않게 살짝 문을 열었던 것처럼 가만히 문을 닫고 가게 안으로 들어갔다. 마른 먼지와 곰팡내 같은 것이 풍겼다. 비스킷과 사탕 초콜릿들을 올려둔 한평쯤 되는 가게의 좌판은 무거운 군용담요가 씌워져 있었다. 왼쪽에 있는 할머니 방은 언제나처럼 불이 켜져 있었고 할머니는 잠든 것 같았다. 나는 군용담요를 들추고 담요 안으로 손을 넣었다. 그때 할머니 방문이 슬며시 열렸고 할머니가 누운 채 상체만 일으켜 앉았다. 그리고는 웃는 얼굴로 손짓을 섞어 말했다. 어여 가져가 먹어, 어여 가져가. 나는 아무 말을 하지 못하고 문득 가게 밖으로 눈을 돌렸다. 달빛이 아주 환했다.

*

그해 E시의 교도소에는 확정 사형수가 일곱 명, 미확정 사형수가 열두 명 복역중이었다. E시의 한 야간공업학교를 졸업하고 시내의 자전거포에서 자전거 수리 기술을 배웠다. 이년 후 컬러 텔레비전이 보급되기 시작했다. 1982년 11월 10일 소련 공산당 서기장 브레즈네프가 죽었다. 소련 국민들은 식량부족에 시달렸지만 늙은 공산당 간부들의 부패는 그칠 줄 몰랐다. 반대파를 정신병원에 감금한 사람 브레즈네프, 그가 죽은 날의 그 이상했던 하늘빛. 몇년 후 국회의원 선거 유세를 위해 E시에 온 한 정치인의 연설을 듣고 '혁명'이란 말을 생각했다. 그 다음해 무작정 E시를 떠났다. 1986년 K시 외곽에 있는 한 자동차공장에 취직. 우연히 들른 노조 사무실에서 『강철군화』라는 미국 사람이 쓴 소설을 빌려가지고 나오다. K시의 한 극장에서 슈베르트의 연가곡 「보리수」가 배경음악으로 나온 영화 「겨울 나그네」 관람, 총 상영시간 120분. 1989년 11월 9일 브란덴부르크 문만 조금 남기고 베를린 장벽 제거하다. 자동차공장에서 노조원으로 활동하기 시작. 그해 12월 곱창을 잘 먹던 한 여자와 영원히 헤어짐. 그 이후로 지금까지 계속 쏠로. 노조원들과의 갈등으로 직장을 그만둠. 갈등의 이유는 세계관의 차이. 1990년대 초 직장을 잃고 할일이 없어 거의 암호와도 같은 대학입학시험 공부 시작, 그때 나이 서른두살. 달 밝은 밤 찹쌀떡을 팔러 돌아다니다 새벽송을 도는 어린이들을 보고 전율하다. 결국 대학에는 들어가지 못함. 그 대신 아무도 옹호하지 않는 인간성을 옹호하고 아무도 보호하지 않는 자연을 보호하는 환경 관련 시민운동단체에 취직. 테이프에서 흘러나오는 말들을 무조건 받아 입력하는 녹취 작업 전담자가 됨. 1996년 죽음의 호수 시화호 방문. 테이프 녹취하는 일은 후배에게 맡기고 몇년간 맹렬히 활동. 1인 시위만 최소 스무 번. 2001년 2월 19일 영국 남부의 한 도축장에서 구제역에 걸린 50만 마리의 가축 도살. 아울러 프랑스도 영국 양과 접촉한 자국 양 모두 도살. K시에 팔년 만의 강추위 도래. 2002년 4월 중국 황사로 인한 K시의 오염도 극대, 황사가 태양빛 차단, 반도체 같은 섬세한 것들의 손상, 무기에 쌓인 먼지를 닦느라 피곤한 병사들. 지금, 황사 발원지인 중국 타클라마칸 사막에 나무를 심으라고 국내의 어린이들이 모아준 돈을 들고 중국으로 가는 중. 사막 한가운데 나무를 심는 일을 실행할 단체를 소개해달라는 이메일을 보냈을 때, 중국에서는 이런 답장을 보내왔다. 심는 일도 당신들이 와서 해라. 한시간 후면 비행기는 착륙한다.

*

봄은 아주 더디게 왔다. 언 땅이 녹아 길 곳곳이 질척거렸고 담뱃가게는 포크레인에 의해 헐리고 네모 반듯한 황색 공터로 남았다. 그 자리에서 연녹색의 작은 풀들이 돋아나고 있었다.

바깥출입을 거의 안하고 아파서 누워 있기만 하던 자이언트형이 댐에 가보고 싶다고 했다. 오랜만에 구도로를 달렸다. 산은 무겁고 칙칙한 색깔을 벗어나는 중이었다. 바람도 그리 차갑지 않았다.

형은 어깨에 두꺼운 담요를 걸치고 전에 댐 사무실로 썼던 건물에서 걸어나왔다. 왜 거기서 나와 형? 그에게 물었지만 그는 대답을 안했다. 형의 얼굴색이 아주 안 좋아 보였다. 우리는 댐이 가장 잘 보이는 경고문 밑에 쭈그리고 앉았다. 형은 약한 햇볕에도 눈을 잘 뜨지 못했다. 형의 손은 뼈가 불거져서 보기가 흉했다. 형이 내 얼굴을 내려다보며 입을 벌리고 웃었다. 그리고 내게 말했다. 야 인마, 나도 옛날엔 너처럼 작고 귀여웠어. 나는 그때 처음으로 튀어나올 대로 튀어나온 광대뼈와 움푹 꺼진 눈자위 속에서 반짝 빛나는 자이언트형의 검고 예쁜 눈을 보았다. 형은 담배를 한대 피웠다. 나는 형에게 사가지고 온 삶은 계란과 우유를 보여줬다. 형은 씩 웃었다.

자이언트형이 댐의 수문 위로 올라가는 통로를 막아놓은 굵은 쇠창살문을 단번에 열었다. 늘 바라보기만 하던 거대한 시멘트 구조물이 바로 눈앞에 있었다. 시멘트 냄새에 숨이 막혔고 가슴이 뛰었다. 수문 위는 보기보다 아주 넓었다. 그 어느 때보다 햇볕이 따사로웠다. 형의 뒤를 따라 첫번째 수문 위를 지나가면서 엑스 자의 난간 위를 올려다봤다. 두번째 수문 위를 지나가면서 집으로 가는 구도로 쪽을 돌아봤다. 세번째, 네번째 수문을 지나고 다섯번째 수문 위를 지날 때 자이언트형이 잠깐 멈춰서서 뒤를 돌아봤다. 그때 수문 위의 엑스 자 구조물들이 갑자기 흔들리기 시작했다. 나는 겁을 잔뜩 먹고 형에게 다가가려고 했지만 형은 계속 앞으로 나아갔다. 댐 하류 쪽은 물이 많이 말라서 강의 양쪽으로는 마른 돌쩌귀들까지 다 보였다. 이제 수문은 몇개 남지 않았고 다른 도시로 떠날 수 있는 도로가 지척에 있었다.

일곱번째 수문 위에 도달했을 때 도무지 상상할 수 없는 진동이 형과 나의 몸을 꼼짝도 못하게 했다. 오랜 세월 잠들어 있던 수문들이 일제히 열리고 있었다. 수문을 통해 하류로 쏟아져내리기 시작하는 물소리는 인간이 감당하기 힘들었다. 나는 미친 듯이 소리를 질렀다. 수문을 통과해 삽시간에 하류로 흘러내려간 물은 마른 강바닥을 적셨다. 갑자기 온몸에 고압전류가 흐르는 것 같아서 그 자리에서 동서남북으로 뺑뺑 돌며 들뛰었다. 순간, 자이언트형이 어깨를 감싼 담요가 떨어지는 줄도 모르고 하류 쪽으로 쏟아져내리는 급류를 쳐다보며 타잔처럼 소리를 내질렀다. 내가 열었다, 내가 수문을 열었다! 형의 목소리는 그 어느 때보다도 우렁찼고 자이언트다웠다. 내가 형의 담요를 줍느라 상체를 숙인 순간, 형은 허리를 구부정하게 숙이고 급류가 흐르는 댐 아래 강으로 떨어졌다. 거짓말처럼, 형은 떨어졌다. 형은 어디에도 없었다. 내가 아무리 형을 불러도 천지를 울리는 폭포 같은 굉음만 들려왔다.

*

댐은 자이언트형이 사라진 지 삼년 뒤에 다이너마이트에 의해 폭파되었다. 댐이 있던 자리에는 E시로 들어오는 진입로 역할을 하는 아치형의 다리가 만들어졌다. 그 자리에 댐이 있었다는 걸 아는 사람도 있을 것이다. 사람들은 다리를 통과해 구도로가 아닌 신도로를 통해 E시로 들어왔다. 구도로는 폐쇄된 지 오래여서 아무도 그 경치를 볼 수 없었다. 그것이 나의 유년이었다. 자이언트형은 댐 아래로 떠내려갔지만 나는 떠내려가지 않았다.

E시의 여자들은 하루가 다르게 예뻐졌고 사람들은 돈 버는 일을 위해 하루를 고스란히 바쳤다. 그래서 동네에는 낮이나 밤이나 사람들이 없었고 교도소만 유적처럼 남아 있었다. 꽃이 피고 만물이 소생하는 봄 4월, 교도소에서는 정기 사형집행이 실시되었다. 그리고 부모들은 결국 나를 찾으러 오지 않았다. 그러나 그것이 그들의 죄는 아니었다. 그들도 어딘가에서 나처럼 늙어가고 있는 중이었으므로.

—『문학판』 2003년 봄호

변장한 유토피아

김형중

1. 미쳐 날뛰는 기호들

다소 난해해 보이는 강영숙의 소설세계를 이해하기 위해 첫번째로 통과해야 할 관문은 이 작가 특유의 '문체'다. 강영숙의 문체는 야콥슨(R. Jakobson)적인 의미에서의 '은유적 계열체'를 모른다. 오로지 '환유적 통합체'에만 관심이 있다는 듯, 소설은 숨차게 수평으로만 진행된다. 그에 따라 종래의 소설문법에서는 충분히 상징이나 은유의 지위를 획득할 수도 있었을 기호들이 급속도로 증가하지만, 그것들은 전혀 서로를 되돌아보지 않음으로써 의미론적 계열체를 형성하지 않는다. 그것들은 중심서사를 위해서도, 일관된 의미를 위해서도 결코 공모하지 않는다. 그리하여 결국에는 은유나 상징이 되기를 포기한다. 「봄밤」의

한 구절을 보자.

　개들을 가득 실은 트럭이 천천히 도로 위를 지나갔다. 개들이 놀란
눈으로 먼곳을 쳐다보며 입김을 토해냈다. 짐자전거를 탄 노인이 비
닐을 뒤집어쓴 채 천천히 페달질을 하며 아스팔트 위를 달려나갔다.
한 여자가 담배를 꺼내 피워 물었다. 담배냄새가 구수하게 느껴졌다.
빨간색으로 칠한 버스 한대가 저쪽에서부터 천천히 달려왔다. 동춘
서커스단 버스였다. 그들은 세상이 바뀌면서부터 마치터널 근처에
천막을 치고 서커스 공연을 했다. (「봄밤」 41면)

　트럭 안의 개들, 비닐을 뒤집어쓴 채 짐자전거를 탄 노인, 담배 피우
는 여인, 그리고 동춘서커스단의 빨간 버스가 빠른 속도로 차례차례 등
장한다. 그러나 강렬한 이 각각의 기호들은 결코 하나의 의미론적 계열
체를 형성해내지 못한다. 이후로 소설 어디에서도 이들은 다시 등장하
지 않는다. 작가는 소설을 수평으로 쉼없이 진행시키면서 이 기호들을
다시 호명해내는 일 없이, 일회적으로 사용한 후 버린다. 기호들은 또
다른 기호에 금방 자리를 내어주고는 사라지는바, 이 끝없는 환유적 연
쇄는 소설이 끝날 때까지 계속된다. 가령 같은 작품의 말미에서 주인공
부부가 '매직스노랜드'로 밤산책을 나섰을 때 마주치게 되는 군상들에
대한 묘사를 상기해보라.
　허공에 박힌 모형 비둘기, 거대한 근육의 남신들(그들은 추워 보인
다), 패스트푸드점에서 쏟아져 나오는 쓰레기봉지들, 화장도 지우지 않
은 채 공원을 빠져나가는 배우들, 허리가 접힌 채 트럭에 실리는 캐릭
터 인형들, 울리고 있는 휴대폰을 강물 속으로 던져넣는 여자, 양복을

입고 커다란 가방을 어깨에 멘 채 신문을 보며 중얼거리고 있는 노인, 낮에 보았던 죽은 여자가 살아나 웃는 모습, 사람들이 빠져나간 밤의 도시를 점령하는 고양이떼, 그리고 축 늘어진 개 등, 강렬한 정서를 환기시키는 '기호들이 미쳐 날뛰지만'(프란꼬 모레띠 F. Moretti 『근대의 서사시』) 이것들이 후경(後景) 바깥으로 돌출해서 제몫의 독자적인 의미를 주장하는 법은 전혀 없다.

그런 이유로 수직적 독서는 오히려 강영숙의 소설에 대한 이해를 방해한다. 강영숙 소설의 표면상 난해함이 여기에서 연유하는바, 최소한 하나의 작품 단위 내에서는 그렇다는 얘기다.

2. 변장한 유토피아

그러나 강영숙의 소설들을 개개 작품 단위로 분절하지 않고 마치 한편의 연작 장편을 읽듯(사실 필자의 경험으로 강영숙의 소설은 이렇게 '상호텍스트적'으로 읽어야 한다) 읽기 시작하면 사정이 달라진다. 단일 작품 단위에서는 작품의 배경으로나 쓰이던 기호들이 다른 작품에 다시 등장하거나 변주됨으로써 수직적 깊이를 부여받는다. 대표적인 예로 강영숙 소설들에서 거의 예외없이 출현하는 '동물'의 기호들이 그렇다.

우선 눈에 띄는 동물은 「연인들」의 '물고기'다. 이미 죽은 그 물고기는 "지역을 알 수 없는 해변가"를 배경으로 "잡풀들 사이의 모래 위로 머리만 내놓은 채" "하늘을 향해 뭔가를 기원"하듯이 땅에 꽂혀 있는데 (175면), 그 등장이 이 한편의 작품 단위 내에서는 대체적으로 느닷없다. 「봄밤」에는 뭔가를 잘못 먹고 축 늘어져 있는 '개' 한마리가 등장한다. 이 개는 타자들에 대한 연민으로 가득 차 있는 남자에 의해 구조되지만, 그렇다고 해서 그 등장의 돌출성이 상쇄되는 것은 아니다. 개의 출현 역시 이 한 작품의 단위 내에서는 중심서사와 아무런 관련이 없어 보인다. 이와 유사하게 낯선 방식으로, 「날마다 축제」의 말미에는 허물 벗은 새끼 '거미'들이 줄을 타고 하늘로 날아오르고, 「빙고의 계절」에서는 하늘에서 비와 함께 미꾸라지가 쏟아져내리며, 「씨티투어버스」에서는 공항이 폐쇄된 도시에 '미친개' 한마리가 썩은 밧줄에 묶여 내려온다. 이 작품 「씨티투어버스」에서는 몇 종류의 동물들이 더 등장하는바, 비록 환영(幻影) 속에서이긴 하지만 도심 한복판을 '들소떼'(물론 트럭에 치여 죽는 운명에 처한다)가 뛰어다니고, "술집이 성행하고 삐끼들이 판을 치는" 주변 위성도시에서는 중국산 웅담이나 비아그라 유사품과 함께 "성장을 멈춘 강아지와 원숭이"가 팔리고 있다(24면). 「태국풍의 상아색 쌘들」에서는 트럭의 창살에 갇힌 분홍 돼지들이 등장한다. 아울러 「댐」의 주인공이 자이언트형에게 가해진 폭력에 대한 자학적 분노를 개인지 고양이인지 알 수 없는 죽은 '동물'의 몸에 여러 차례 칼날을 찔러넣는 행위로 대신하고 있다는 사실도 주의를 요한다.

「날마다 축제」의 날아오르는 새끼거미들(이에 대해서는 다시 논하기로 한다)을 제외하고는 모두 죽고 병들고 학대당하고 내다 팔리고 있는 신세에 처해 있는 이 동물들은 아도르노(T. W. Adorno)가 『한줌의 도덕』에서 동물들에 대해 언급한 부분을 즉각 상기시키는 데가 있다. 아도르노에 따르면 동물은 "변장한 유토피아"이다. 그리고 그것의 본래 이름은 "단연코 교환될 수 없는 것"(최문규 옮김 『한줌의 도덕』, 솔 1995, 321면)이다. 아도르노가 보기에 동물은 교환가치가 아직 사회를 총체적으로 지배하기 전의 어떤 상태에 대한 다른 이름이다. 인간들의 동물에 대한 동경은 그러므로 화폐를 통한 등가교환의 원칙이 사회를 장악하기 전 상태에 대한 향수에 다름아닐 것이다. 사물의 교환가치를 모르는 어린아이들이 동물과 쉽사리 친해지는 이유도 여기에 있을 것이고, 위선적이긴 하지만 대도시마다 동물원을 만들어놓고는 시민들로 하여금 '여가'(교환가치로부터 자유로운 시간)를 이곳에서 보내도록 하는 이유도 여기에 있을 것이다. 「동물의 왕국」류의 TV 다큐프로그램은 여전히 안방의 스테디셀러다.

그러나 강영숙의 소설 속에서는 이 변장한 유토피아마저 학살당하는 처지에 있다. 그렇다면 그것들은 아마도 '훼손된 유토피아'의 상징이 될 법하다. 요컨대 강영숙의 소설 속에서 죽은 동물들, 죽어가는 동물들은 개별 작품 단위를 벗어나 몇개의 텍스트들을 가로지르게 되면, 반복과 변주를 통해 이제 돌이킬 수 없을 만큼 훼손되어버린 어떤 이상적 사회상에 대한 상징의 지위를 획득한다. 죽은 물고기는 바다에 당도하지 못하고, 개는 약을 먹고, 들소는 트럭에 치이며, 돼지들은 도살장에서 죽어나간다. 그들이 죽어나가는 만큼 유토피아는 훼손된다.

3. 선험적 황사

강영숙의 소설들에서 상호텍스트적으로 자주 등장하는 또다른 기호들은 주로 날씨에 관한 것들이다. 대부분의 작품들이 날씨에 대한 묘사로부터 시작한다. 물론 날씨는(작가의 우울한 세계관에 걸맞게) 좋지 않다. 불쾌감을 불러일으킬 정도로 더운 날씨가 지속되거나(「연인들」「날마다 축제」「씨티투어버스」), 하루에도 여러 차례 샤워를 하지 않고는 못 배겨낼 정도로 황사가 심하거나(「오아시스」), 태풍과 홍수가 지상을 황폐하게 만든다(「날마다 축제」「태국풍의 상아색 쎈들」). 심지어는 스모그(「댐」)가 몇개월을 끌고, 눈이 와야 할 곳엔 눈이 내리지 않는다(「오아시스」).

좋지 못한 날씨는 강영숙의 주인공들에게는 거의 선험적이다. 마치 태초부터 영원까지 계속될 듯한 이 혼탁한 날씨가 주는 불쾌감에서 그들은 누구도 벗어나지 못한다. 그런 점에서 「오아시스」 초두의 다음과 같은 구절은 의미심장한 데가 있다. "이제 사람들을 바꿔놓는 건 다름 아닌 날씨였다."(126면)

날씨가 사람을 바꿔놓는다. 그리고 마치 이를 증명이라도 하듯, 이 작품 「오아시스」의 주인공은 사람들이라기보다는 그들을 지배하는 모래바람이 된다. 사람들은 모래를 닮아간다(사실 강영숙의 첫 소설집 『흔들리다』는 아베 코오보오(安部公房)의 소설만큼이나 모래먼지들 천지였다). 어머니는 유방암 수술을 받고(불모다), 두 남녀 주인공은 아이를 갖지 못한다(역시 불모다). 그들의 감정은 사막처럼 건조해지고, 하나같이 청결강박증에서 헤어나오지 못한다. 황사는 거의 선험적으로 그들의 불모상태를 결정한다.

이쯤 되면 우리는 '황사'를 단순히 날씨의 기호로만 이해할 수 없다는 사실을 인정해야 한다. 더위도 마찬가지다. 황사와 더위는 강영숙이 포착한 당대의 사회적 상태를 암시하는 기호, 곧 현대사회의 총체적 불모성에 대한 상징으로 보인다. 게다가 여러 다른 기호들이 황사의 그런 상징성을 환유적으로 강화시킨다. 예컨대 강영숙의 소설 곳곳에 범람하는 오물들을 상기해보자.

물은 바짝 말라 있고, 돌의 표면도 수분이 없어 노랗게 말라 있었다. 정강이에나 찰 물속은 깨진 술병, 먹다 버린 통조림, 버리고 간 코펠 뚜껑, 일회용 스티로폼 용기 등 오물 천지였다. 그래도 물 옆이면 시원한 바람이라도 불 것 같아 다리 아래 그늘로 걸어들어갔다. 고기만 먹고 돌 틈새로 던져버린 뼈다귀, 아직도 형체가 그대로인 수박 껍데기, 파리며 개미가 다닥다닥 붙은 나무젓가락까지. 다리 아래도 사정은 마찬가지였다. (「날마다 축제」 87면)

웃지 못할 일도 있었다. 가까운 이웃나라에서 급히 날아온 비행기들이 궁둥이는 땅에 대지도 않은 채, 정체를 알 수 없는 물건들을 투하하고는 도망치듯 날아갔다. 자국에는 더이상 놔둘 수 없는 오만가지 배양 세균들, 실험 도중 알 수 없는 이유로 죽어버려 용도폐기된 일단의 희귀동물들, 인종차별적이고 성차별적 시각이 적나라한 화질 나쁜 섹스비디오 테이프들. 무엇보다 관심의 대상이 됐던 것은 썩은 밧줄에 묶여 내려온 미친개 한마리였다. 개는 낯선 나라의 드넓은 공항에서, 해가 기울고 달이 뜨고 새벽이 오는 걸 보며 고국에서의 지나간 추억을 그리워했을 것이다. (「씨티투어버스」 9면)

여기에 차창 밖으로, 혹은 풍경 속에서 얼핏얼핏 그 모습을 드러내는 시멘트 건물들의 황폐함(「씨티투어버스」「댐」「태국풍의 상아색 쌘들」)과 폐허화한 농지들의 황량함(「날마다 축제」「태국풍의 상아색 쌘들」), 그리고 소비자본주의 시대의 문화적 오물들(「봄밤」의 '매직스노랜드'와 「씨티투어버스」의 위성도시 그리고 「별빛은, 별빛은」의 '드림피아')을 더한다면 그야말로 강영숙의 소설 속 세계는 오물과 불모의 공화국이다.

과문한 탓이겠으나, 필자가 알기로 당대, 아니 한국소설사 전체를 통틀어 그 어떤 소설가도 이토록 참담하고 그로테스크한 배경을 마련해놓고 그 속에 자신의 등장인물들을 데려다놓은 적은 없었다. 사람들(충분히 불모상태에 동화된)이 호흡하는 것마저 힘들어 보이는 이 선험적 폐허 속에서 '변장한 유토피아', 그 여린 동물들이 살아남기는 완전히 불가능했을 것이라는 사실에 대해 완전히 동의한다.

4. 헛되이 가족을 찾아서

그러나 동물들만 '유토피아'를 환기시키는 것은 아니다. 강영숙 소설 속에는 유토피아를 환기시키는 다른 기호가 있다. 그것은 '가족'이다. 알뛰쎄르(L. Althusser)의 논지에 따르면 물론 가족은 근대 이후 학교와 함께 가장 강력한 영향력을 행사하는 '이데올로기적 국가장치'의 일종이다. 그러나 달리 생각하면 가족은, 최소한 '사랑'이라고 불리는 어떤 감정상태에 의해 매개되어 있는 한에 있어서, 등가교환의 원칙이 적용되지 않는 거의 유일한 해방구, 혹은 아르키메데스의 점이기도 하다. 기본적으로 사랑은 그 허위성에도 불구하고 최소한 '보상 없는 소모'를 정상적인 상태로 용인한다. 사랑은 아무렇지도 않게 자신의 에너지와 부를 소모하게 하며, 결혼은 마치 미친 듯이 두 가족의 재산을 탕진하게 한다. 태어나는 아이들로부터 부모는 아무런 보상을 원하지 않으며, 자식들 또한 보상에 대한 의무 없이 가족의 부를 소모한다. 그렇다면 현대사회에 팽배해 있는 가족주의를 두고 그것을 이데올로기라는 이유로 간단히 재단해버리고 말 일만은 아니다. 동물과 마찬가지로 가족 또

한 변장한 유토피아이다.

강영숙의 인물들에게 가장 결핍된 것도, 그리고 바로 그런 이유로 그들이 애타게 찾아나서는 것도 바로 이런 의미에서의 가족이다. 앞서 제쳐두었던 동물, 「날마다 축제」의 거미가 왜 다른 동물과 달리 죽어나가지 않았는지 이해되는 지점도 여기다. 이 작품의 기본서사는 아이 찾기의 서사다. 물론 아이는 찾지 못하고, 주인공이 동경해 마지않던 이상적인 가족은 홍수에 의해 모두 쓸려가버렸다. 그러나 가족이 완전히 훼손되어버린 자리에서도 새끼거미들은 수백 마리가 떼지어 하늘로 날아오른다. 동물들 중, 번창하는 가족에 대한 상징으로서의 거미만이 유일하게 살아남는다.

그러나 거미들의 번식에도 불구하고 강영숙 소설 속에서 사람의 아이들은 모두 버려졌거나, 남의 집에 맡겨져 있다. 「연인들」의 친척아이는 여주인공의 집에 맡겨져 있다. 「별빛은, 별빛은」의 주인공은 고작 열한살 때 어머니에 의해 버림받았다. 「댐」에서 어린 주인공의 부모는 끝내 그를 찾으러 돌아오지 않는다. 게다가 성인이 된 주인공들에게는 가족을 구성할 능력이 없다. 그들은 모두 불임증에 시달리고(「오아시스」) 나이 들도록 독신이거나 헤어진 상태이다(「태국풍의 상아색 쌘들」「별빛은, 별빛은」). 설사 아이를 낳았다 하더라도 이내 빼앗기고 말며(「날마다 축제」), 심지어는 가족 전체가 동반자살하기도 한다(「태국풍의 상아색 쌘들」). 그리고 바로 동일한 이유로 그들 모두 아이를 갖고 싶어하고 가족을 복원하고 싶어하며 이상적인 상태의 가족을 동경한다.

당연한 일이지만 그 동경이 강영숙 소설의 가장 아름다운 장면들을 낳는다. 다음은 그 아름다운 가족 풍경들이다.

나는 오래 전에 엄마가 해준 말을 떠올리려고 했지만 잘 생각이 나지 않았다. 아주 따뜻한 말이었다. 밤에 엄마가 나와 함께 자다가 해준 말, 다만 그 말의 느낌만 생각이 났다. 주홍색, 아니 푸른색 느낌이 나는 말이었다. (「날마다 축제」 97면)

과수원 너머 그 집은 무사했다. 아이는 마당에서 공놀이를 했고 여자는 마루에 길게 누워 아기와 함께 놀고 있었다. 남자는 마루 앞 기둥에 거울을 거느라 못질을 하고 있었다. 나는 천천히 그 집 앞으로 걸어갔다. 남자가 건 거울에서 반사된 빛이 내 얼굴에 와 닿았다. 남자아이가 손가락으로 나를 가리키자 여자와 남자가 기다렸다는 듯이 일어나 맞아주었다. 아기는 두 팔과 다리를 번쩍 들어올린 채 마루 위에서 버둥거리고 있었다. (98면)

강영숙 소설의 전체적인 우울증에 비추어 이 장면들은 도드라지게 아름답다. 마치 흑백필름으로 촬영된 폐광촌 마을 풍경에 오로지 한그루 꽃나무만 컬러로 현상된 듯한 느낌을 줄 정도이다. 그러나 그도 잠시, 이내 그 아름다운 가족 또한 훼손된 상태임을 확인하게 되는데, 가령 "엄마가 나와 함께 자다가 해준 말", 그 "푸른색 느낌이 나는 말"은 이미 다 잊혀지고 느낌만 남아 있다. 또한 나중에 밝혀지는 사실이지만 두번째 인용문의 목가적인 가족 풍경도 사실은 홍수에 이미 쓸려나간 폐허의 집터에서 화자가 환영으로만 겨우 되살려낸 것에 불과하다. 가족은 결코 복원되지 않는다. 빼앗긴 아이는 돌려받지 못하고, 부모는 맡겨둔 아이를 찾으러 돌아오지 않는다. 동반자살한 가족도(「태국풍의 상아색 쌘들」), 공사장에서 떨어져 죽은 한 아이의 엄마도(「봄밤」) 살아 돌아오지 못한다. 그들은 오로지 환영 속에서만 부활한다. 강영숙 소설 속에서 가족이 처한 상황은 죽어나가는 동물들이 처한 상황과 동일하다. 유토피아는 두 번 부인된다.

5. 황사에 맞서서

사실, 황사 자체의 원인을 제거하는 일, 곧 사회의 총체적 불모성에 직접 맞서는 것만이 강영숙의 소설에 희망을 가져올 수 있을 것이다. 다른 말로 하자면 현대사회의 총체적 불모성에 대한 상징으로서의 황사가 사라지지 않는 한, 동물들은 죽어나가고 가족은 복원되지 않을 것이다. 그러고 보면 동물과 가족에 대한 막연한 향수는 사실 애절한 만큼 소극적인 데가 있다. 그러나 다행히 강영숙의 소설에도 예외적이지만 황사에 직접 맞서려는 시도를 행하는 인물들이 있긴 하다.

그들은 둘인데, 「오아시스」에서 주인공의 대학 때 친구가 그 하나이고, 지옥 같은 유년을 겪고 나중엔 노동운동과 환경운동에 투신한 「댐」의 소년이 나머지 하나이다. 친구는 오아시스를 건설하러 황사의 진원지인 중국으로 떠났다. 또한 환경운동가가 된 소년도 나무를 심으러 타클라마칸 사막으로 떠났다. 나무가 자라고 오아시스가 만들어지면 황사는 더이상 서울의 하늘을 덮지 않을 것이다.

그러나 우리는 그들의 임무가 성공할 것이라고 믿을 수 없는데, 왜냐하면 강영숙 소설에서 일어나는 모든 탈출과 복원 시도는 '순환'적인 종결을 맞기 때문이다. 죽기 위해 도시를 떠난 자는 죽지 못하고 다시 도시로 돌아온다. 「태국풍의 상아색 쌘들」을 보라. 아이를 찾으러 떠난 여자는 아이를 찾지 못하고 돌아온다. 「날마다 축제」를 보라. 버스는 제 아무리 먼길을 돌아도 결국 출발지로 되돌아온다. 「씨티투어버스」를 보라. 호텔 종업원은 서른아홉이 되어도 해변 까페의 종업원이 되지 못한다. 「별빛은, 별빛은」을 보라. 사정이 그렇다면, 비록 용감한 두 사람의 시도에도 불구하고 강영숙 소설 속에서 황사는 계속되고, 오물은 범람하고, 동물들은 죽어나가며 가족은 복원되지 않을 것이라고 해야 맞는 말이다.

가혹하다고? 그렇지 않다. 왜냐하면 사회가 정말로 그와같이 인간에게 적대적일 때(바로 오늘날의 상황이 그러한데), 급조된 모든 유토피아란 사실은 기만일 것이기 때문이다. 문학을 포함해서, 예술이 치유라는 말은 그럴듯하다. 그런 예술이 존재한다는 것은 좋은 일일 것이다. 그러나 예술은 항상 비타협적인 고통의 표현이어야 한다는 말을 나는 더 믿는 편이다. 그런 예술이 있어서 지금도 동물들은 죽어가고, 가족은 훼손당하며, 사람들은 여전히 선험적이고 총체적인 황사바람 속에 있음을 환기시킬 수 있다면, 그 또한 좋은 일이기 때문이다. 그렇다면 강영숙은 더 가혹해져도 무방할 것이다.

金亨中 / 문학평론가

작가의 말

　신춘문예로 데뷔하던 해 낳은 큰아이가 일곱살이 되면서 젖니가 빠지고 영구치가 새로 났다. 태어난 지 6, 7개월 정도 되었을 때 아래쪽 대문니가 먼저 나기 시작했으므로, 모든 인간의 공평한 이갈이 순서에 따라 먼저 난 아래 대문니 한개가 먼저 흔들렸다. 그런데 그 첫번째 젖니가 빠지던 날 나는 집에 없었다. 아이들을 돌봐주시는 우리 엄마에게 따져 물었다.

　내가 집에 있을 때 빼도 되는데, 왜 하필 내가 집에 없는 날 이를 뺀 거야. 내가 저 애의 엄만데, 일생의 한번뿐인 순간을 지켜볼 권리쯤은 인정해줘야 하지 않수? 그런데 뺀 이빨은 어디다 버린 거야, 지붕 위로 던지긴 한 거야?

　우리 엄마는 혀를 차며 아주 차분하게 대답했다.

　아파트에 지붕이 어딨어 이년아. 그렇게 억울하면 회사고 뭐고 다 관두고 집에서 애나 키워, 니가 키우라구.

　몇 개월 후, 불행하게도 아이의 두번째 대문니가 빠지던 날에도 나는 집에 없었다. 큰아이의 말에 의하면 많이 흔들리지도 않았는데 할머니가 무명실을 가지고 와서는, 예쁘게 빼야 예쁘게 새로 난다면서 이마를 톡 치고는 이를 잡아챘다는 것이다. 그러나 난 이번에는 엄마

232

에게 따지지 않았다. 대신 아이의 입을 벌리게 하고는 이가 빠진 자리며 구강구조를 꼼꼼히 들여다보았다. 그때 이미 치아의 가장 뒤쪽에서는 유치가 아닌 영구치 어금니가 하얗고 약해 보이는 유치들과는 다른 누런 색깔로 반쯤 자라나 있었다.

그후로도 한동안 나는 아이의 젖니를 생각했다. 몽중방황이 심해 밤이면 돌아다니며 자는 나는 아파트 지붕 위로 기어올라가는 꿈을 꾸기도 하고, 변기 속도 들여다보고, 쌀 항아리 속도 휘저어보았다. 애견미용사인 친구한테 전화를 걸어 강아지들도 유치에서 영구치로 이갈이를 하는지, 거기서 더 나아가 맹수들의 사정은 어떤지, 심지어 서울대공원 동물원의 사육사 아저씨에게도 전화를 걸었다. 어쨌든.

나는 삶과 유리된 소설을 쓰고 싶지는 않았다. 총체적인 삶과 대면하고 있는 인간을 그리고 싶었고, 뜨겁고 격렬한 서사를 가라앉히는 쿨한 문장을 갖고 싶었다. 그리고 언젠가는 삶의 절박함이 창조성과 만나는 빛나는 순간도 보게 될 거라고 중얼거리면서.

독자들을 위한 멋진 해설을 써준 김형중 선생님에게 감사드리고 책을 묶어준 창비 편집부에 특별히 감사드린다. 언제나 나에게는 언니이고 동생이고 애인인 하성란에게도.

　나는 왜 그런지 항상 모교의 스승들께 감사드리게 된다. 김혜순 선생님이 쓰신 『여성이 글을 쓴다는 것은』은 내가 좋아하는 책인데(시인도 아닌 주제에!) 나도 선생님처럼 온전히 자기 것인 언어를 갖고 싶고, 선생님처럼 열심히 살고 싶다. 얼마나 가야 선생님께 부끄럽지 않은 작품 하나를 쓸 수 있을까.

　박기동 선생님이 벌써 회갑이시라니 아무도 믿지 않는다. 지난 2월의 마지막 금요일날 문예창작과를 졸업한 우리들은 선생님의 회갑을 빌미로 모였다. 조촐한 상이라 죄송했지만 선생님은 즐거워하셨고, 거기 있던 사람들이 말하길 일년에 한번쯤은 이런 날이 꼭 있었으면 좋겠다고 했다. 소설쓰기의 엄격함을 가르쳐주신 선생님께 감사드린다. 선생님께서는 앞으로 거기 모인 사람들의 회갑잔치에 필히 다 참석하실 것. (한명도 빼놓지 말고.)

　생각해보니 이 책에 실린 소설들을 쓰던 밤, 나는 존 쿳시(J. M. Coetzee)의 소설에 빠져 있었다. 내가 뭘 쓰기보다는 나로서는 절대로 가 닿을 수 없는 좋은 텍스트를 읽는 순간이 훨씬 행복했다. 그러다 정신을 차리고 돌아앉으면 일곱살, 세살의 두 아이가 내 등 뒤에서 발밑에서 곤하게 자고 있었다.

아이들은 노트북 앞에 앉은 내게 말한다. 우리가 잠들기 전에는 절대로 끝나지 않을 재미있는 얘기를 매일 밤 들려줘야 해. 나는 아이들이 잠들기 전에는 절대로 끝나지 않을, 밤과 낮, 성과 속, 현실과 환영이 뒤범벅된 아주 특별한 텍스트를 꿈꾼다. 그리고 이 책에 실린 작품들 속에 그 맹아(萌芽)가 들어 있기를 바란다.

2004년 3월

강영숙